Strapazzami

Anna Zaires

Traduzione italiana: Martina Stefani

♠ Mozaika Publications ♠

Pubblicato da Mozaika Publications, stampato da Mozaika LLC.
www.mozaikallc.com

Traduzione italiana: Martina Stefani 2015
Revisione italiana a cura di Immacolata Sciplini

Copertina della Najla Qamber Designs.

E-ISBN: 978-1-63142-163-1
ISBN: 978-1-63142-164-8

PROLOGO

Sangue.

È dappertutto. La pozza di liquido rosso scuro sul pavimento si sta espandendo, moltiplicando. È sui miei piedi, la mia pelle, i miei capelli... lo assaporo, lo percepisco, lo sento coprirmi. Sto annegando nel sangue, sto soffocando.

No! Basta!

Vorrei urlare, ma non riesco a raccogliere aria a sufficienza. Vorrei muovermi, ma sono trattenuta, legata, con le corde che mi segano la pelle mentre mi dimeno.

Riesco a sentire le sue grida però. Disumane urla di dolore e agonia che mi dilaniano, rendendo la mia mente vuota e straziata come la sua carne.

Solleva il coltello un'ultima volta e la pozza di sangue si trasforma in un oceano, la corrente mi risucchia—

Mi sveglio gridando il suo nome, con le lenzuola bagnate dal sudore freddo.

Per un attimo, sono disorientata... e poi, mi ricordo.

Non tornerà più da me.

CAPITOLO UNO

Diciotto Mesi Prima

Ho diciassette anni quando lo vedo per la prima volta.

Diciassette anni e sono pazza di Jake.

"Nora, dai, è noioso" dice Leah appena ci sediamo sulle gradinate a guardare la partita. Calcio. Qualcosa di cui non so nulla, ma che fingo di amare perché è lì che lo vedo. Là fuori su quel campo ad allenarsi tutti i giorni.

Non sono l'unica ragazza a guardare Jake, naturalmente. È il quarterback e il ragazzo più sexy del pianeta, o per lo meno del sobborgo di Chicago di Oak Lawn, nell'Illinois.

"Non è noioso" le dico. "Il calcio è molto divertente."

Leah alza gli occhi. "Sì, sì. Va' a parlare con lui. Non essere timida. Perché non ti fai notare?"

Mi stringo nelle spalle. Io e Jake non frequentiamo gli stessi ambienti. Ha tutte le cheerleaders che gli ronzano intorno, ma lo conosco abbastanza da sapere che cerca ragazze alte e bionde, non bassette brune.

Inoltre, per ora è piuttosto divertente godere dell'attrazione. E so che questo è quello che provo. Voglia. Ormoni, semplicemente. Non so se mi piacerà Jake come persona, ma certamente mi piace senza camicia. Ogni volta che cammina, sento il mio cuore battere più velocemente per l'emozione. Mi sento calda dentro e voglio contorcermi sulla sedia.

Addirittura lo sogno. Sogni sexy, sogni sensuali, in cui mi tiene la mano, mi sfiora il viso, mi bacia. I nostri corpi si toccano, si sfregano l'uno contro l'altro. Ci spogliamo.

Cerco di immaginare come sarebbe il sesso con Jake.

L'anno scorso, quando frequentavo Rob, sono quasi andata fino in fondo con lui, ma poi ho scoperto che aveva dormito con un'altra ragazza a una festa mentre era ubriaco. Si è umiliato profondamente quando l'ho affrontato riguardo a questo argomento, ma non sono più riuscita a fidarmi di lui e ci siamo lasciati. Ora sono molto più attenta in fatto di ragazzi che frequento, pur sapendo che non tutti sono come Rob.

Jake potrebbe esserlo, però. È troppo popolare per non essere un seduttore. Eppure, se c'è qualcuno con cui vorrei vivere la mia prima volta, è sicuramente Jake.

"Usciamo stasera" dice Leah. "Solo noi ragazze. Possiamo andare a Chicago, festeggiare il tuo compleanno."

"Il mio compleanno è tra una settimana" le ricordo, anche se so che ha segnato la data sul calendario.

"E allora? Possiamo anticiparlo."

Sorrido. Ha sempre tanta voglia di festeggiare. "Non lo so. E se ci buttano di nuovo fuori? Le nostre carte d'identità non sono così adatte—"

"Andremo da qualche altra parte. Non dev'essere per forza l'Aristotele."

L'Aristotele è di gran lunga il club più figo della città. Ma Leah aveva ragione: ce n'erano altri.

"Va bene" dico. "Facciamolo. Anticipiamolo."

* * *

Leah mi viene a prendere alle 21:00.

È vestita per andare in un locale, con jeans scuri attillati, uno scintillante top nero e stivali fino al ginocchio con tacchi alti. I suoi capelli biondi sono perfettamente lisci e dritti e le cadono sulla schiena come una cascata.

Io, invece, indosso ancora le scarpe da ginnastica. Nascondo le mie scarpe da discoteca nello zaino, che ho intenzione di lasciare nella macchina di Leah. Un maglione pesante nasconde il top sexy che indosso. Non sono truccata e i miei lunghi capelli castani sono raccolti in una coda.

Esco di casa così per evitare ogni sospetto. Dico ai miei genitori che starò con Leah a casa di un'amica. Mia mamma sorride e mi dice di divertirmi.

Ora che ho quasi diciotto anni, non ho più il coprifuoco. Beh, forse ce l'ho, ma non è di tipo formale. Basta che io torni a casa prima che i miei genitori comincino ad andare fuori di testa—o che gli dica dove sono—e andrà tutto bene.

Appena salgo nella macchina di Leah, comincio la mia trasformazione.

Mi tolgo il maglione pesante, rivelando il top aderente che ho sotto. Indosso un reggiseno push-up per massimizzare in qualche modo i miei seni di dimensioni inferiori alla media.

Le spalline del reggiseno sono sapientemente progettate per essere seducenti, quindi non mi sento imbarazzata a mostrarle. Non ho degli stivali fighi come quelli di Leah, ma sono riuscita a cavarmela col mio più bel paio nero coi tacchi. Aggiungono circa dieci centimetri alla mia altezza. Ho bisogno di ogni centimetro, così mi metto le scarpe.

Poi, tiro fuori la mia borsetta del trucco e abbasso la visiera del parabrezza, per poter accedere allo specchio.

Degli occhi familiari mi osservano. Due grandi occhi castani e delle sopracciglia nere chiaramente definite dominano sul mio piccolo viso. Rob una volta mi ha detto che sembro esotica e me ne rendo conto. Pur essendo solo per un quarto latino-americana, la mia pelle è sempre leggermente abbronzata e le mie ciglia sono insolitamente lunghe. Ciglia finte, le chiama Leah, ma sono del tutto reali.

Non ho nessun problema con il mio aspetto, anche se spesso vorrei essere più alta. È dovuto ai miei geni messicani. Mia nonna era minuta e lo sono anch'io, anche se entrambi i miei genitori hanno un'altezza nella media. Non me ne importerebbe, ma a Jake piacciono le ragazze alte. Credo che non mi veda nemmeno nel corridoio; sono letteralmente al di sotto del livello dei suoi occhi.

Sospirando, mi metto un po' di lucidalabbra e l'ombretto. Non vado pazza per il trucco, perché sto meglio con un look sobrio.

Leah accende la radio e le ultime canzoni pop riempiono la macchina. Sorrido e comincio a cantare insieme a Rihanna. Leah si unisce a me e ora cantiamo a squarciagola il testo di S&M.

Prima che me ne renda conto, arriviamo al locale.

Entriamo come se il posto fosse nostro. Leah rivolge al buttafuori un grande sorriso e gli mostriamo le carte d'identità. Ci lasciano entrare senza problemi.

Non siamo mai state in questo locale. Si trova in una zona più vecchia, un po' fatiscente del centro di Chicago.

"Come hai trovato questo posto?" urlo a Leah, sperando così di farmi sentire sopra la musica.

"Me ne ha parlato Ralph" urla a sua volta, mentre io alzo gli occhi.

Ralph è l'ex ragazzo di Leah. Si sono lasciati quando lui ha iniziato a comportarsi in modo strano, ma chissà perché ancora si parlano. Credo che ora si droghi o qualcosa del genere. Non ne sono sicura e Leah non me lo dice per una lealtà mal riposta nei suoi confronti. È il re del losco e il fatto che siamo qui su suo consiglio non è molto confortante.

Ma non importa. Certo, la zona fuori non è delle migliori, ma la musica è bella e la folla è un bel mix di persone.

Siamo qui per festeggiare ed è esattamente questo ciò che facciamo nell'ora successiva. Leah riesce a convincere un paio di ragazzi a offrirci dei drink. Non beviamo più di un drink ciascuna: Leah perché deve riportarci a casa. E io perché non digerisco bene l'alcol. Siamo giovani, ma non siamo stupide.

Dopo gli shottini, balliamo. I due ragazzi che ci hanno offerto i drink ballano con noi, ma gradualmente ci allontaniamo da loro. Non sono molto carini. Leah trova un gruppo di sexy ragazzi universitari e ci avviciniamo a loro. Inizia una conversazione con uno di loro e io sorrido, vedendola in azione. È brava a flirtare.

Nel frattempo, la vescica mi dice che devo far visita al bagno delle signore. Così li lascio e vado.

Sulla via del ritorno, chiedo al barista un bicchiere d'acqua. Ho sete dopo aver ballato così tanto.

Me lo porge e lo trangugio avidamente. Quando ho finito, appoggio il bicchiere e guardo su.

Dritto nei suoi penetranti occhi azzurri.

È seduto al lato opposto del bancone, a circa cinque metri di distanza. E mi fissa.

Lo fisso anch'io. Non posso farne a meno. È forse l'uomo più bello che abbia mai visto.

Ha i capelli scuri e leggermente mossi. Ha il viso duro e mascolino; ogni tratto è perfettamente simmetrico. Folte sopracciglia scure su quegli occhi sorprendentemente chiari. Una bocca che potrebbe appartenere a un angelo caduto.

Improvvisamente mi sento eccitata mentre immagino quella bocca che mi sfiora la pelle, le labbra. Se fossi incline ad arrossire, sarei rossa come un pomodoro.

Si alza e cammina verso di me, continuando a fissarmi. Cammina lentamente. Con calma. È completamente sicuro di sé. E perché non dovrebbe esserlo? È stupendo, e lui lo sa.

Mentre si avvicina, mi rendo conto che è un uomo grosso. Alto e robusto. Non so quanti anni abbia, ma credo che sia più vicino ai trenta che ai venti. Un uomo, non un ragazzo.

Si ferma accanto a me e devo ricordarmi di respirare.

"Come ti chiami?" mi chiede sottovoce. La sua voce in un certo senso sovrasta la musica e i suoi toni più profondi si sentono anche in questo ambiente rumoroso.

"Nora" dico lentamente, guardandolo. Ne sono assolutamente affascinata e sono abbastanza certa che lo sappia.

Sorride. Le sue labbra sensuali si separano, mostrando dei denti bianchissimi. "Nora. Mi piace."

Non si presenta, così raccolgo il coraggio e gli chiedo: "Come ti chiami?"

"Puoi chiamarmi Julian" dice e osservo le sue labbra muoversi. Non sono mai stata così affascinata dalla bocca di un uomo prima d'ora.

"Quanti anni hai, Nora?" chiede poi.

Sbatto le palpebre. "Ventuno."

La sua espressione si rabbuia. "Non mentirmi."

"Quasi diciotto" ammetto a malincuore. Spero che non lo dica al barista e che non mi sbattano fuori da qui.

Annuisce, come se avessi confermato i suoi sospetti. E poi alza la mano e mi tocca il viso. Leggermente, delicatamente. Mi sfiora il labbro inferiore con il pollice, come se fosse curioso di conoscerne la consistenza.

Sono talmente scioccata che rimango impalata. Nessuno l'ha mai fatto prima, nessuno mi ha mai toccata con tale disinvoltura, in modo così possessivo. Sento caldo e freddo allo stesso tempo e un brivido di paura mi attraversa la schiena. Non vi è alcuna esitazione nelle sue azioni. Non mi chiede il permesso, non si ferma per vedere se sono disposta a farmi toccare.

Semplicemente mi tocca. Come se avesse il diritto di farlo. Come se gli appartenessi.

Faccio un respiro incerto e indietreggio. "Devo andare" sussurro e annuisce di nuovo, guardandomi con un'espressione imperscrutabile sul suo bel viso.

Capisco che mi sta lasciando andare e gliene sono pateticamente grata, perché qualcosa nel mio profondo sente che avrebbe potuto facilmente andare oltre, che non si comporta secondo le normali regole.

Che probabilmente è la creatura più pericolosa che io abbia mai incontrato.

Mi giro e mi faccio strada tra la folla. Mi tremano le mani e il cuore mi batte forte in gola.

Ho bisogno di andarmene, così afferro Leah e mi faccio accompagnare a casa con l'auto.

Mentre usciamo dal club, mi guardo dietro e lo rivedo. Mi sta ancora fissando.

C'è una promessa oscura nel suo sguardo, qualcosa che mi fa rabbrividire.

CAPITOLO DUE

Le tre settimane successive passano in un lampo. Festeggio il mio diciottesimo compleanno, studio per gli esami finali, esco con Leah e l'altra mia amica, Jennie, andiamo alle partite di calcio per veder giocare Jake e ci prepariamo per la consegna dei diplomi.

Cerco di non pensare all'incidente nel locale. Perché quando ci penso, mi sento una codarda. Perché sono scappata? Julian mi aveva appena sfiorata.

Non riesco a capire il motivo dietro la mia strana reazione. Mi aveva davvero eccitata, ma assurdamente spaventata allo stesso tempo.

E ora le mie notti sono irrequiete. Invece di sognare Jake, spesso mi sveglio provando una sensazione di caldo e di disagio, palpitando tra le gambe. Delle oscure immagini sessuali invadono i miei sogni, roba a cui non avevo mai pensato prima. Molte di queste coinvolgono Julian nell'atto di farmi qualcosa, di solito mentre sono indifesa e bloccata sul posto.

A volte credo di impazzire.

Spingendo quel pensiero inquietante fuori dalla mia mente, mi concentro sul modo di vestirmi.

Oggi è il giorno del mio diploma di scuola superiore e sono entusiasta. Io, Leah e Jennie abbiamo dei grandi piani in mente per dopo la cerimonia. Jake sta organizzando una festa post-diploma a casa sua. Sarà l'occasione perfetta per parlare con lui, finalmente.

Indosso un abito nero sotto la mia toga blu per il diploma. È semplice, ma mi sta bene ed evidenzia le mie piccole curve. Indosso anche i miei tacchi da dieci centimetri. Sono un po' troppo alti per la cerimonia di diploma, ma ho bisogno dell'altezza extra.

I miei genitori mi accompagnano a scuola con la macchina. Quest'estate spero di riuscire a mettere da parte abbastanza soldi da comprare l'auto per il college. Frequenterò un college locale, perché è più conveniente e continuerò a vivere con loro.

Non m'importa. I miei genitori sono simpatici e andiamo d'accordo. Mi concedono un sacco di libertà, forse perché pensano che io sia una brava ragazza che non si mette mai nei guai. Hanno ragione in generale. A parte le carte d'identità false e le occasionali uscite nei locali, conduco una vita abbastanza tranquilla. Non bevo in modo eccessivo, non fumo, non faccio uso di droghe di alcun tipo—anche se una volta ho provato l'erba a una festa.

Arriviamo e trovo Leah. Mentre ci mettiamo in fila per la cerimonia, aspettiamo pazientemente che chiamino i nostri nomi. È un giorno perfetto di inizio giugno—non troppo caldo, non troppo freddo.

Il nome di Leah viene chiamato per primo. Fortunatamente per lei, il suo cognome inizia per 'A.' Il mio cognome è Leston, quindi devo attendere altri trenta minuti. Fortunatamente, la nostra classe di diplomandi è composta da appena un centinaio di persone. Uno dei vantaggi di vivere in una piccola città.

Chiamano il mio nome e vado a ritirare il diploma. Guardando in mezzo alla folla, sorrido e saluto i miei genitori. Sono felice di vederli così orgogliosi.

Stringo la mano del preside e mi giro per tornare al mio posto.

E in quell'istante, lo rivedo.

Il sangue mi si gela nelle vene.

È seduto nell'ultima fila e mi osserva. Sento i suoi occhi su di me, anche da lontano.

In qualche modo riesco a scendere dal palco senza cadere. Le gambe mi tremano e il mio respiro è molto più veloce del normale. Mi siedo accanto ai miei genitori, pregando che non si accorgano dello stato in cui mi trovo.

Perché Julian è qui? Che cosa vuole da me? Facendo un respiro profondo, mi dico di calmarmi. Sicuramente è qui per qualcun altro. Forse ha un fratello o una sorella nella mia classe di diploma. O qualche altro parente.

Ma so che sto mentendo a me stessa.

Ricordo quel tocco possessivo e so che non ha finito con me.

Lui mi vuole.

Un brivido mi attraversa la schiena a quel pensiero.

* * *

Dopo la cerimonia non lo rivedo e mi sento sollevata. Leah ci porta a casa di Jake. Lei e Jennie chiacchierano tutto il tempo, felici di aver finito la scuola superiore per iniziare la fase successiva della loro vita.

Normalmente mi unirei alla conversazione, ma sono troppo scossa dall'aver visto Julian, così mi siedo in silenzio. Per qualche motivo, non avevo detto a Leah di averlo incontrato nel locale. Le avevo detto solo che mi faceva male la testa e che volevo andare a casa.

Non so perché non riesco a parlare con Leah di Julian. Non ho alcun problema a rivelarle tutto su Jake. Forse è perché è troppo difficile per me descrivere come mi fa sentire Julian. Lei non capirebbe perché mi spaventa.

Non lo capisco bene nemmeno io.

A casa di Jake, la festa è in pieno svolgimento quando arriviamo. Sono ancora decisa a parlare con Jake, ma sono troppo sconvolta per aver visto Julian prima. Decido di farmi coraggio con un po' di alcol.

Lasciando le ragazze, mi avvicino al contenitore e mi verso un bicchiere di punch. Annusandolo, capisco che sicuramente contiene dell'alcol e trangugio tutto.

Quasi subito, comincio a sentirmi confusa. Come ho scoperto in questi ultimi anni, la mia tolleranza all'alcol è praticamente inesistente. Un bicchiere è il mio limite.

Vedo Jake entrare in cucina e lo seguo.

Sta pulendo, buttando via qualche tazza in eccesso e dei piatti di carta sporchi.

"Ti serve aiuto?" chiedo.

Lui sorride, mentre i suoi occhi castani si increspano agli angoli. "Oh, certo, grazie. Sarebbe fantastico." I suoi capelli striati dal sole sono un po' lunghi e gli coprono la fronte, facendolo sembrare particolarmente carino.

Mi sciolgo un po' dentro di me. È davvero bellissimo. Non nel modo inquietante di Julian, ma in un modo che mi fa sentire piacevolmente a mio agio. Jake è alto e muscoloso, ma non troppo robusto per essere un quarterback. Non così robusto da giocare a palla in college, o almeno questo è quello che mi ha detto Jennie una volta.

Lo aiuto a ripulire, togliendo un po' di briciole dal tavolo e asciugando il punch rovesciato sul pavimento. Per tutto il tempo, il cuore mi batte forte dall'emozione.

"Nora, vero?" dice Jake, guardandomi.
Sa il mio nome!

Gli rivolgo un sorriso enorme. "Proprio così."

"È davvero fantastico che mi aiuti, Nora" dice sinceramente. "Mi piace organizzare le feste, ma la pulizia è sempre una rogna il giorno successivo. Per questo ora sto cercando di pulire un po', prima che diventi davvero sporco."

Il mio sorriso si allarga ulteriormente e annuisco. "Certo."

Questo ha perfettamente senso. Mi piace il fatto che sia così carino e riflessivo, molto più di un semplice atleta.

Cominciamo a chiacchierare. Mi parla dei suoi piani per il prossimo anno. A differenza mia, si trasferirà per il college. Gli dico che ho intenzione di rimanere a casa per i prossimi due anni per risparmiare denaro. In seguito, voglio trasferirmi in una vera e propria università.

Annuisce con approvazione e mi dice che è astuto. Aveva pensato di fare una cosa del genere, ma ha avuto la fortuna di ottenere una borsa di studio per l'Università del Michigan.

Sorrido e mi congratulo con lui. Dentro di me, salto su e giù dalla gioia.

Siamo compatibili. Siamo davvero compatibili! Gli piaccio, lo intuisco. Oh, perché non mi sono fatta avanti prima?

Parliamo per una ventina di minuti prima che qualcuno entri in cucina per cercare Jake.

"Ehi, Nora" dice Jake prima di tornare alla festa. "Hai da fare domani?"

Scuoto la testa, trattenendo il fiato.

"Che ne dici di andare a vedere un film?" propone Jake. "Magari ceniamo in quel piccolo ristorante di pesce?"

Sorrido e annuisco come un'idiota. Ho troppa paura di dire qualcosa di stupido, così tengo la bocca chiusa.

"Fantastico" dice Jake, sorridendomi. "Allora vengo a prenderti alle sei."

Torna a essere l'anima della festa, mentre io mi ricongiungo alle ragazze. Rimaniamo un altro paio d'ore, ma non parlo più con Jake. È circondato dai suoi amici atleti e non voglio interromperlo.

Ma di tanto in tanto, mi accorgo che guarda verso di me e mi sorride.

* * *

Sono euforica nelle ventiquattro ore che seguono. Racconto tutto quello che è successo a Leah e a Jennie. Sono emozionate per me.

Preparandomi per il nostro incontro, indosso un bel vestito blu e un paio di stivali marroni con il tacco alto. Sono un incrocio tra gli stivali da cowboy e qualcosa di un po' più elegante, e so che mi stanno benissimo.

Jake mi viene a prendere alle sei in punto.

Andiamo al Fish-of-the-Sea, un famoso locale non troppo lontano dal cinema. È un bel posto dove ci si può sedere, non troppo formale.

Perfetto per un primo appuntamento.

Ci divertiamo moltissimo. Apprendo nuove cose su Jake e la sua famiglia. Anche lui mi fa delle domande e scopriamo che ci piacciono gli stessi tipi di film. Per qualche strana ragione, non sopporto i film sdolcinati e mi piacciono molto le storie esagerate sulla fine del mondo con un sacco di effetti speciali. Lo stesso vale per Jake, a quanto pare.

Dopo cena, andiamo a vedere un film. Purtroppo, non parla dell'apocalisse, ma è comunque un bel film d'azione. Durante la proiezione, Jake mi mette il braccio intorno alle spalle e riesco a malapena a reprimere la mia eccitazione. Spero mi baci stasera.

Dopo il cinema, andiamo a fare una passeggiata nel parco. È tardi, ma mi sento completamente al sicuro. Il tasso di criminalità nella nostra città è trascurabile e ci sono un sacco di lampioni.

Camminiamo mentre Jake mi tiene per mano. Parliamo del film. Poi si ferma e mi guarda.

So cosa vuole. È quello che voglio anch'io.

Alzo gli occhi verso di lui e sorrido. Ricambia il sorriso, mi mette le mani sulle spalle e si china per baciarmi.

Le sue labbra sono morbide e il suo respiro sa della gomma alla menta che stava masticando prima. Il suo bacio è dolce e piacevole, proprio come speravo che fosse.

Poi, in un batter d'occhio, cambia tutto.

Non so nemmeno cosa sia successo e come sia successo. Un minuto prima sto baciando Jake e quello successivo è sdraiato a terra, privo di sensi. Una grande figura lo sovrasta.

Apro la bocca per gridare, ma riesco solo a dare una sbirciatina prima che una grossa mano mi copra la bocca e il naso.

Sento un'affilata puntura sul lato del collo e il mio mondo diventa completamente buio.

CAPITOLO TRE

Mi sveglio con un mal di testa martellante e lo stomaco nauseato. È buio e non riesco a vedere nulla.

Per un attimo, non riesco a ricordare cosa sia successo. Avevo bevuto troppo alla festa? Poi mi schiarisco le idee e mi tornano in mente gli eventi della notte scorsa. Ricordo il bacio e poi... *Jake*! Oh mio Dio, cos'è successo a Jake?

Cos'è successo a me?

Sono così terrorizzata che rimango sdraiata lì, tremante.

Sono sdraiata su qualcosa di comodo. Un letto con un buon materasso, probabilmente. Ho una coperta addosso, ma non riesco a sentire i vestiti su di me, solo la morbidezza delle lenzuola di cotone sulla pelle. Mi tocco e i miei sospetti trovano la conferma: sono completamente nuda.

Il mio tremore si intensifica.

Uso una mano per controllare tra le gambe. Con mio grande sollievo, sembra tutto normale. Nessuna parte bagnata, né indolenzita, nessun indizio che faccia pensare che io sia stata violentata.

Per ora, almeno.

Le lacrime mi bruciano gli occhi, ma non le lascio cadere. Piangere non aiuterebbe ora. Ho bisogno di capire cosa sta succedendo. Stanno progettando di uccidermi? Violentarmi? Violentarmi e poi uccidermi? Se si tratta di un riscatto, allora sono già morta. Da quando mio padre è stato licenziato durante la recessione, i miei genitori riescono a malapena a pagare il mutuo.

Mi sforzo di trattenere l'isteria. Non voglio iniziare a urlare. Attirerebbe la loro attenzione.

Così, rimango sdraiata lì al buio, mentre ogni orribile storia che ho visto al telegiornale mi attraversa la mente. Penso a Jake e al suo sorriso caldo. Penso ai miei genitori e a quanto saranno distrutti quando la polizia li avviserà della mia scomparsa. Penso a tutti i miei progetti e a come probabilmente non riuscirò mai a frequentare una vera e propria università.

E poi comincio ad arrabbiarmi. Perché lo fanno? Chi sono, a proposito? Penso che si tratti di 'loro' piuttosto che di 'lui' perché ricordo di aver visto una figura scura che incombeva sul corpo di Jake. Qualcun altro deve avermi afferrata da dietro.

La rabbia aiuta a fermare il panico. Riesco a riflettere per un po'. Ancora non riesco a vedere nulla nel buio, ma posso sentire.

Muovendomi con calma, mi metto ad esaminare con attenzione lo spazio che mi circonda.

Innanzitutto, mi rendo conto di essere distesa su un letto. Un letto grande, probabilmente matrimoniale. Ci sono dei cuscini e una coperta e le lenzuola sono morbide e piacevoli al tatto. Probabilmente costose.

Per qualche motivo, questo mi spaventa ancora di più. Questi sono criminali con i soldi.

Strisciando verso il bordo del letto, mi siedo, tenendo la coperta stretta intorno a me. I miei piedi nudi toccano il pavimento. È liscio e freddo al tatto, come il parquet.

Mi avvolgo la coperta intorno e mi alzo, pronta a continuare a esplorare.

In quel momento, sento la porta aprirsi.

Vedo una debole luce. Pur non essendo abbagliante, rimango accecata per un minuto. Sbatto le palpebre un paio di volte e i miei occhi si abituano.

E vedo *lui*.

Julian.

Se ne sta sulla soglia come un angelo oscuro. I suoi capelli si arricciano un po' intorno al suo viso, addolcendo la perfezione dura dei suoi lineamenti. I suoi occhi sono concentrati sul mio viso e curva le labbra in un lieve sorriso.

È stupendo.

E assolutamente terrificante.

Il mio istinto aveva ragione—quest'uomo è capace di qualsiasi cosa.

"Ciao, Nora" dice a bassa voce, entrando nella stanza.

Rivolgo uno sguardo disperato intorno a me. Non vedo niente che potrei utilizzare come arma.

La mia bocca è secca come il deserto. Non riesco nemmeno a raccogliere abbastanza saliva per parlare. Così, lo guardo avvicinarsi a me come una tigre affamata a caccia della sua preda.

Lo affronterò se mi tocca.

Si avvicina e io faccio un passo indietro. Poi un altro e un altro ancora, finché non raggiungo il muro. Sono ancora avvolta dalla coperta.

Alza la mano e mi irrigidisco, pronta a difendermi.

Ma tiene semplicemente una bottiglia d'acqua e me la offre.

"Ecco" dice. "Ho pensato che avessi sete."

Lo fisso. Sto morendo di sete, ma non voglio che mi droghi di nuovo.

Sembra capire la mia esitazione. "Non ti preoccupare, gattina mia. È solo acqua. Ti voglio sveglia e cosciente."

Non so come reagire a questa affermazione. Il cuore mi martella in gola e mi sento male per la paura.

Se ne sta lì, a guardarmi con pazienza. Stringendo la coperta con una mano, soccombo alla sete e prendo l'acqua da lui. Mi trema la mano e nel farlo sfioro le sue dita con le mie. Un'ondata di calore mi attraversa, una strana reazione che ignoro.

Ora devo svitare il tappo, il che significa che devo lasciar andare la coperta. Osserva il mio dilemma con interesse e nessun accenno di divertimento. Per fortuna, non mi tocca. Sta lì in piedi a meno di due metri di distanza e semplicemente mi guarda.

Premo le braccia sul corpo, tenendo la coperta in quel modo, e svito il tappo. Poi tengo la coperta con una mano e porto la bottiglia alle labbra per bere.

Il liquido freddo è straordinario sulle mie labbra secche e sulla lingua. Bevo finché non finisco tutta la bottiglia. Non riesco a ricordare l'ultima volta in cui l'acqua mi è sembrata così buona.

La secchezza della bocca dev'essere l'effetto collaterale di qualsiasi droga abbia usato per portarmi qui.

Ora posso parlare di nuovo, così gli chiedo: "Perché?"

Con mia grande sorpresa, la mia voce sembra quasi normale.

Alza la mano e mi tocca di nuovo il viso. Proprio come aveva fatto nel locale. E ancora una volta, resto immobile lì e glielo lascio fare. Le sue dita sono delicate sulla mia pelle, il suo tocco è quasi tenero. È un contrasto così evidente rispetto a tutta la situazione che rimango un attimo disorientata.

"Perché non mi è piaciuto vederti con lui" dice Julian, e riesco a sentire la rabbia repressa a stento nella sua voce. "Perché ti ha toccata, ti ha messo le mani addosso."

Riesco a malapena a pensare. "Chi?" sussurro, cercando di capire di chi stia parlando. E poi capisco tutto. "Jake?"

"Sì, Nora" dice, cupo. "Jake."

"È—" Non so nemmeno se riesco a dirlo ad alta voce. "È . . . vivo?"

"Per ora" risponde Julian, con gli occhi che ardono nei miei. "È in ospedale con una lieve commozione cerebrale."

Sono così sollevata che mi accascio contro la parete. E poi mi sovviene il pieno significato delle sue parole. "Che vuol dire 'per ora'?"

Julian si stringe nelle spalle. "La sua salute e il suo benessere dipendono completamente da te."

Ingoio per inumidire la gola ancora secca. "Da me?"

Le sue dita mi accarezzano di nuovo il viso, spingendomi i capelli dietro l'orecchio. Ho così freddo che ho l'impressione che il suo tocco mi bruci la pelle. "Sì, gattina mia, da te. Se ti comporti bene, starà benissimo. Altrimenti . . ."

Riesco a malapena a respirare. "Altrimenti?"

Julian sorride. "Morirà tra una settimana."

Il suo sorriso è la cosa più bella e spaventosa che io abbia mai visto.

"Chi sei?" sussurro. "Che cosa vuoi da me?"

Non risponde. Mi tocca i capelli, portando una folta ciocca castana sul viso. Respira, come per annusarla.

Lo osservo, bloccata. Non so cosa fare. Dovrei affrontarlo ora? E se sì, cosa otterrei? Non mi ha ancora fatto del male e non voglio provocarlo. È molto più grosso di me, molto più forte. Vedo lo spessore dei suoi muscoli sotto la maglietta nera che indossa. Senza i tacchi, arrivo appena alla sua spalla.

Mentre rifletto sulla possibilità di combattere qualcuno che probabilmente pesa una cinquantina di chili più di me, lui prende la decisione per me. Allenta la presa sui miei capelli e tira la coperta che stringo forte.

Non la lascio andare. Semmai, la stringo più forte. E faccio qualcosa di imbarazzante.

Lo supplico.

"Ti prego" dico disperata. "Ti prego, non farlo."

Sorride di nuovo. "Perché no?" La sua mano continua a tirare la coperta, lentamente e inesorabilmente. So che lo sta facendo per prolungare la tortura. Potrebbe tranquillamente strapparmi la coperta con un forte strattone.

"Non voglio questo" gli dico. Riesco a malapena a respirare per la costrizione sul petto e la voce mi esce inaspettatamente sospirata.

Sembra divertito, ma c'è un bagliore oscuro nei suoi occhi. "No? Credi che non abbia percepito la tua reazione nel locale?"

Scuoto la testa. "Non c'è stata nessuna reazione. Ti sbagli . . ." La mia voce è carica di lacrime non versate. "Voglio solo Jake—"

In un attimo, mi avvolge la mano intorno alla gola. Non fa nient'altro, non stringe, ma la minaccia è implicita. Sento la violenza in lui e sono terrorizzata.

Si china verso di me. "Tu non vuoi quel ragazzo" dice con fermezza. "Lui non potrà mai darti quello che posso darti io. Hai capito?"

Annuisco, troppo spaventata per poter fare qualsiasi altra cosa.

Mi lascia andare la gola. "Bene" dice con un tono più dolce. "Ora lascia andare la coperta. Voglio rivederti nuda."

Rivedermi? Dev'essere stato lui a spogliarmi.

Cerco di stringermi ancora di più al muro. E continuo a non lasciar andare la coperta.

Sospira.

Due secondi dopo, la coperta è sul pavimento. Come avevo sospettato, non ho alcuna possibilità quando usa tutta la sua forza.

Resisto nell'unico modo possibile. Invece di restare lì e permettergli di guardare il mio corpo nudo, scivolo lungo il muro fino a sedermi per terra, con le ginocchia contro il petto. Con le braccia che mi avvolgono le gambe, rimango seduta così, tutta tremante. I miei capelli lunghi e folti mi cadono lungo la schiena e le braccia, coprendomi in parte.

Nascondo il viso tra le ginocchia. Sono terrorizzata da quello che mi farà ora e le lacrime che mi bruciano gli occhi finalmente escono fuori, rigandomi le guance.

"Nora" dice, con un tono inflessibile. "Alzati. Alzati, ora."

Scuoto la testa in silenzio, ancora senza guardarlo.

"Nora, questo può essere piacevole o doloroso per te. Dipende da te."

Piacevole? È pazzo? Tutto il mio corpo è scosso dai singhiozzi, a questo punto.

"Nora" ripete, e sento l'impazienza nella sua voce. "Hai esattamente cinque secondi per fare quello che ti sto dicendo."

Aspetta e riesco quasi a sentirlo contare nella testa. Conto anch'io e quando arrivo a quattro, mi alzo, con le lacrime che continuano a rigarmi il viso.

Mi vergogno della mia vigliaccheria, ma ho tanta paura del dolore. Non voglio che mi faccia male.

Non voglio proprio che mi tocchi, ma chiaramente non è un'alternativa.

"Che brava ragazza" dice sottovoce, toccandomi di nuovo il viso, coprendomi le spalle con i capelli.

Tremo al suo tocco. Non riesco a guardarlo, così tengo gli occhi abbassati.

A quanto pare è contrario a questo, perché mi solleva il mento fin quando non ho altra scelta che quella di incrociare il suo sguardo.

I suoi occhi sono blu scuro con questa luce. È così vicino a me che riesco a sentire il calore che si irradia dal suo corpo. Mi fa piacere perché sento freddo. Sono nuda e fa freddo.

Improvvisamente, si allunga verso di me, chinandosi. Prima che possa spaventarmi, mi fa scivolare un braccio intorno la schiena e un altro sotto le ginocchia.

Poi mi solleva senza sforzo tra le sue braccia e mi porta sul letto.

* * *

Mi mette giù, quasi con delicatezza, e mi raggomitolo, tremando. Comincia a spogliarsi e non posso fare a meno di guardarlo.

Indossa un paio di jeans e una T-shirt e si toglie per prima cosa la T-shirt.

La parte superiore del corpo è un'opera d'arte: spalle larghe, muscoli tonici, pelle abbronzata e liscia. I suoi capelli scuri gli sfiorano delicatamente il petto. In qualche altra circostanza, sarei stata entusiasta di avere un amante così bello.

In questa circostanza, vorrei solo urlare.

Seguono i suoi jeans. Sento il rumore della sua cerniera che si abbassa e questo mi spinge ad agire.

Nel giro di un secondo, passo dall'essere sdraiata sul letto a balzare verso la porta, che aveva lasciato aperta.

Sarò anche bassa, ma sono veloce con i piedi. Ho corso per dieci anni ed ero piuttosto brava. Purtroppo, mi sono fatta male al ginocchio durante una delle gare e ora mi limito a corse più piacevoli e ad altre forme di esercizio.

Raggiungo la porta, scendo le scale e arrivo quasi alla porta quando mi afferra.

Le sue braccia mi tirano da dietro e mi stringe così forte che per un attimo non riesco a respirare. Ho le braccia completamente bloccate, quindi non posso nemmeno combatterlo. Mi solleva e gli do i calci con i tacchi. Riesco a dargliene un po' prima che mi giri per costringermi a guardarlo.

Sono certa che mi farà del male ora e mi preparo al colpo.

Invece, mi tira a sé per un abbraccio e mi stringe forte. Il mio viso è sepolto nel suo petto e il mio corpo nudo è premuto contro il suo. Sento l'odore di pulito, l'essenza di muschio della sua pelle e qualcosa di duro e caldo contro il mio stomaco.

La sua erezione.

È tutto nudo ed eccitato.

A giudicare dal modo in cui mi stringe, direi che sono quasi del tutto indifesa. Non posso né prenderlo a calci, né graffiarlo.

Ma posso morderlo.

Così, affondo i denti nei muscoli del suo pettorale e lo sento imprecare prima di tirarmi i capelli, costringendomi a mollare la presa.

Poi mi tiene così, con un braccio avvolto intorno alla vita, la parte inferiore del mio corpo premuta forte contro di lui. L'altra mano è chiusa in un pugno tra i miei capelli, mentre mi tiene la testa all'indietro. Gli spingo il petto con le mani in un futile tentativo di stabilire una certa distanza tra noi.

Incrocio il suo sguardo con decisione, ignorando le lacrime che mi rigano il viso. Non ho altra scelta che non sia farmi coraggio ora. Se muoio, voglio almeno mantenere una certa dignità.

La sua espressione è cupa e arrabbiata, mentre stringe gli occhi azzurri su di me.

Respiro con difficoltà e il cuore mi batte così forte che penso possa saltarmi fuori dal petto. Ci guardiamo a vicenda—predatore e preda, conquistatore e conquistata—e in quel momento sento uno strano legame con lui. Come se una parte di me potesse essere cambiata per sempre da quello che sta succedendo tra di noi.

Improvvisamente, il suo viso si addolcisce. Un sorriso appare sulle sue labbra sensuali.

Poi si sporge verso di me, abbassa la testa e preme la bocca sulla mia.

Sono sbalordita. Le sue labbra sono morbide, tenere mentre esplorano le mie, anche se mi tiene con una presa di ferro.

È un abile baciatore. Ho baciato un bel po' di ragazzi e non ho mai provato nulla di simile. Il suo respiro è caldo, aromatizzato con qualcosa di dolce e la sua lingua gioca con le mie labbra finché non si separano involontariamente, concedendogli l'accesso alla mia bocca.

Non so se si tratti dell'effetto della droga che mi ha dato o del semplice sollievo dovuto al fatto che non mi sta facendo del male, ma mi sciolgo in quel bacio. Uno strano languore si diffonde nel mio corpo, minando la mia volontà di combattere.

Mi bacia lentamente, senza fretta, come se avesse tutto il tempo del mondo. La sua lingua accarezza la mia, mentre mi succhia dolcemente il labbro inferiore, inviando un'ondata di calore dritto nel mio intimo. La sua mano allenta la presa sui miei capelli e culla la parte posteriore della mia testa. È quasi come se mi stesse facendo l'amore.

Mi ritrovo a sorreggermi sulle sue spalle con le mani. Non ho idea di come siano arrivate lì, ma ora mi aggrappo a lui, invece di respingerlo. Non capisco la mia reazione. Perché non mi allontano disgustata dal suo bacio?

È davvero straordinaria, quella sua incredibile bocca. È come baciare un angelo. Mi fa dimenticare la situazione per un secondo, mi permette di cacciare il terrore.

Si distacca e guarda in basso verso di me. Le sue labbra sono bagnate e lucide, un po' gonfie a causa del nostro bacio. Probabilmente lo stesso vale per le mie.

Non sembra più arrabbiato. Più che altro sembra affamato e contento allo stesso tempo. Vedo sia la lussuria che la tenerezza sul suo viso perfetto e non riesco a distogliere lo sguardo.

Mi lecco le labbra e i suoi occhi si soffermano sulla mia bocca per un secondo. Mi bacia di nuovo, sfiorando le labbra sulle mie.

Poi mi solleva un'altra volta e mi porta al piano di sopra sul suo letto.

CAPITOLO QUATTRO

Quando ripenso a quel giorno, il mio comportamento non ha alcun senso per me. Non capisco il motivo per cui io non l'abbia affrontato con maggior convinzione, perché non abbia nemmeno cercato di nuovo di scappare. Non è stata una decisione razionale da parte mia—non è stata una scelta consapevole quella di cooperare per evitare il dolore.

No, sto agendo puramente d'istinto.

E il mio istinto è quello di sottomettermi a lui.

Mi mette sul letto e rimango sdraiata lì. Sono troppo esausta per la nostra lotta di prima e mi sento ancora intontita per la droga.

C'è qualcosa di così surreale riguardo a quello che mi sta succedendo che la mia mente non riesce a funzionare del tutto. Mi sento come se stessi guardando un film. Non è assolutamente possibile che io mi trovi in questa situazione. Non posso essere la ragazza che è stata drogata e rapita e che permette al suo rapitore di toccarla, di accarezzarle tutto il corpo.

Siamo sdraiati di fianco, guardandoci a vicenda. Sento le sue mani sulla mia pelle. Sono un po' ruvide, callose. Calde sulla mia carne congelata. Forti, anche se non sta usando la forza in questo momento. Potrebbe sottomettermi con facilità, come ha fatto prima, ma non ce n'è bisogno. Non mi sto opponendo. Sto fluttuando in una torbida nebbia sensuale.

Mi bacia di nuovo, accarezzandomi il braccio, la schiena, il collo, la parte esterna della coscia. Il suo tocco è delicato, ma fermo. È quasi come se mi stesse facendo un massaggio, solo che riesco a sentire l'intenzione sessuale nelle sue azioni.

Mi bacia il collo, mordicchiando leggermente il punto sensibile in cui il mio collo e la spalla si uniscono e rabbrividisco per la piacevole sensazione.

Chiudo gli occhi. La sua sorprendente dolcezza è disarmante. So che dovrei sentirmi violata, e mi sento così, ma mi sento anche stranamente adorata.

Con gli occhi chiusi, fingo che questo sia solo un sogno. Un'oscura fantasia, come quelle che a volte ho nella tarda notte. Rende più appetibile il fatto che io stia permettendo a uno sconosciuto di farmi questo.

Una delle sue mani ora è sulle mie natiche e stringe la carne morbida. L'altra mano sale lungo la mia pancia, fino al torace. Raggiunge i miei seni e afferra quello sinistro nel palmo della mano, stringendo leggermente. I miei capezzoli sono già duri e il suo tocco è molto piacevole, quasi rassicurante. Rob mi ha fatto questo in passato, ma non è mai stato così. Non mi sono mai sentita così.

Continuo a tenere gli occhi chiusi mentre mi gira sulla schiena. In parte sta sopra di me, ma la maggior parte del suo peso è sul letto. Non vuole schiacciarmi, me ne rendo conto, e gliene sono grata.

Mi bacia il collo, la spalla, lo stomaco. La sua bocca è calda e mi lascia una scia umida sulla pelle.

Poi avvolge le labbra intorno al mio capezzolo destro e lo succhia. Il mio corpo si inarca e sento la tensione nel basso ventre. Ripete l'azione con l'altro capezzolo e la tensione dentro di me cresce, si intensifica.

Lo avverte. So che è così, perché la sua mano si insinua tra le mie cosce e sente l'umidità lì sotto. "Che brava ragazza" mormora, accarezzandomi le pieghe. "Così dolce, così sensibile."

Mi lamento mentre le sue labbra scendono lungo il mio corpo e i suoi capelli mi fanno il solletico sulla pelle. So cosa intende fare e la mia mente si svuota quando lui raggiunge la sua destinazione.

Per un attimo, cerco di resistere, ma mi separa le gambe senza sforzo. Le sue dita mi accarezzano delicatamente, quindi mi separa le piccole labbra.

E poi mi bacia lì, scatenando un'ondata di calore dentro di me. La sua bocca esperta mi lecca e mi mordicchia il clitoride fin quando non mi lamento, e poi avvolge le labbra intorno ad esso e succhia delicatamente.

Il piacere è così forte, così sconvolgente da farmi spalancare gli occhi.

Non capisco cosa mi stia succedendo ed è spaventoso. Sto bruciando dentro, palpitando tra le gambe. Il cuore mi batte così forte che non riesco a riprendere fiato e mi ritrovo ad ansimare.

Comincio a dimenarmi e lui ride sommessamente. Sento gli sbuffi d'aria del suo respiro sulla mia carne sensibile. Mi tiene giù con facilità e continua a fare quello che stava facendo.

La tensione dentro di me sta diventando insopportabile. Mi agito contro la sua lingua e i miei movimenti sembrano farmi avvicinare ad un limite inafferrabile.

Poi mi lascio andare a un leggero urlo. Tutto il mio corpo si contrae e vengo sommersa da un'ondata di piacere così intensa da farmi arricciare le dita dei piedi. Sento i miei muscoli interni pulsare e mi rendo conto di aver appena avuto un orgasmo.

Il primo orgasmo della mia vita.

Ed è stato per mano, o meglio per bocca, del mio rapitore.

Sono così scioccata che voglio solo raggomitolarmi e piangere. Chiudo di nuovo gli occhi.

Ma non ha ancora finito con me. Sale sopra di me e mi bacia di nuovo la bocca. Ha un sapore diverso ora, salato, con un sottofondo che sa un po' di muschio.

Viene da me, mi rendo conto. Sto assaporando me stessa sulle sue labbra. Una calda ondata di imbarazzo mi attraversa il corpo, mentre la fame dentro di me si intensifica.

Il suo bacio è più carnale di prima, più ruvido. La sua lingua mi penetra la bocca in un'evidente imitazione dell'atto sessuale e i suoi fianchi si posizionano pesantemente tra le mie gambe. Una delle sue mani mi tiene la parte posteriore della testa, mentre l'altra è tra le mie cosce, strofinandomi leggermente e stimolandomi ancora.

Ancora non resisto del tutto, anche se il mio corpo si contrae quando la paura ritorna. Sento il calore e la durezza della sua erezione spingere contro l'interno della mia coscia e so che sta per farmi del male.

"Ti prego" sussurro, aprendo gli occhi per guardarlo. La mia vista è offuscata dalle lacrime. "Ti prego . . . Non l'ho mai fatto prima—"

Le sue narici si dilatano e i suoi occhi brillano. "Mi fa piacere" dice a bassa voce. Poi sposta un po' i fianchi e usa la mano per guidare la sua asta verso la mia apertura.

Ansimo appena comincia a spingere dentro. Sono bagnata, ma il mio corpo resiste all'intrusione sconosciuta. Non so quanto sia grosso, ma sembra enorme mentre la punta del suo cazzo entra lentamente dentro di me.

Comincia a far male, a bruciare, e urlo, spingendo sulle sue spalle.

Le sue pupille si dilatano, facendo sembrare i suoi occhi più scuri. Ci sono gocce di sudore sulla sua fronte e mi rendo conto che in realtà si sta trattenendo. "Rilassati, Nora" mi sussurra aspramente. "Farà meno male se ti rilassi."

Tremo. Non riesco a seguire il suo consiglio perché sono troppo nervosa e perché fa davvero male anche solo avere un po' di lui dentro di me.

Continua a spingere e la mia carne lentamente lo lascia entrare, dilatandosi controvoglia per lui. Ora mi contorco, singhiozzando, mentre gli graffio la schiena con le unghie, ma è implacabile, facendo entrare il suo cazzo centimetro dopo centimetro.

Poi si ferma un attimo e vedo una vena pulsare vicino alla sua tempia. Sembra dolorante. Ma so che gli fa piacere sapere che mi fa così male.

Abbassa la testa e mi bacia la fronte. E poi spinge oltre la mia barriera verginale, strappando la sottile membrana con una spinta decisa. Non si ferma fin quando tutta la sua lunghezza non è dentro di me e il suo pelo pubico non spinge contro il mio.

Quasi svengo dal dolore. Il mio stomaco si contorce dalla nausea e mi sento debole. Non riesco nemmeno a urlare; tutto quello che riesco a fare è cercare di fare piccoli respiri per evitare di svenire. Sento la sua durezza dentro di me ed è la cosa più dolorosa e invasiva che abbia mai provato.

"Rilassati" mi sussurra in un orecchio: "Rilassati, gattina mia. Il dolore passerà, starai meglio . . ."

Non gli credo. Mi sento come se un palo riscaldato fosse stato spinto dentro di me, aprendomi in due. E non posso far nulla per fuggire, per sentire meno dolore. È troppo grande rispetto a me, troppo forte. Tutto quello che posso fare è rimanere sdraiata lì, impotente, bloccata sotto di lui.

Non muove i fianchi, non spinge, anche se riesco a sentire la tensione nei suoi muscoli. Mi bacia dolcemente la fronte un'altra volta. Chiudo gli occhi, mentre lacrime amare mi rigano le tempie e sento le sue labbra sfiorarmi leggermente le palpebre.

Non so per quanto tempo rimaniamo in quel modo. Mi riempie di dolci baci sul viso, sul collo. Mi abbraccia, mi accarezza la pelle in una parodia del tocco di un amante. E per tutto il tempo, il suo cazzo è sepolto in profondità dentro di me, mentre la sua durezza inflessibile mi fa male, mi brucia dentro.

Non so a che punto il dolore cominci a cambiare. Il mio corpo infido lentamente si addolcisce, comincia a rispondere ai suoi baci, alla tenerezza del suo tocco.

Il malvagio bastardo lo nota. E lentamente comincia a muoversi, estraendo parzialmente il cazzo dal mio corpo e infilandolo di nuovo all'interno.

Inizialmente, i suoi movimenti peggiorano le cose, amplificando la mia agonia. E poi si allunga tra i nostri corpi con una mano e utilizza un dito per spingere nel mio clitoride, mantenendo la pressione leggera e costante. Le sue spinte mi muovono i fianchi, facendomi sfregare sul suo dito in modo ritmico.

Con mio orrore, sento la tensione crescere dentro di me ancora una volta. Il dolore è ancora lì, ma lo stesso vale per il piacere. Mi contorco tra le sue braccia, ma ora sto anche combattendo contro me stessa. Le sue spinte si fanno sempre più forti, più profonde e io grido per l'insopportabile intensità. Il dolore si mischia col piacere, fino a diventare indistinguibili l'uno dall'altro, fin quando non mi ritrovo in un mondo di pura sensazione travolgente. E poi esplodo, mentre l'orgasmo mi attraversa con una forza tale che la mia vista si appanna per un momento.

Improvvisamente, lo sento gemere contro il mio orecchio e lo sento diventare ancora più spesso e più lungo dentro di me. Il suo cazzo pulsa e sbatte in profondità dentro di me, capendo che anche lui ha raggiunto l'orgasmo.

Poi, scivola fuori da me e mi abbraccia, stringendomi forte.

E piango tra le sue braccia, cercando conforto dalla stessa persona che è la causa delle mie lacrime.

* * *

In seguito, la mia mente è annebbiata, i miei pensieri stranamente confusi. Mi porta da qualche parte e mi sdraio flosciamente tra le sue braccia, come una bambola di pezza.

Ora mi lava. Sto sotto la doccia con lui. Sono vagamente sorpresa che le gambe riescano a sorreggermi.

Mi sento intorpidita, distaccata in qualche modo.

C'è del sangue sulle mie cosce. Lo vedo mischiarsi con l'acqua, mentre esce dallo scarico. Inoltre, c'è qualcosa di appiccicoso tra le mie gambe. Il suo sperma, molto probabilmente. Non aveva usato la protezione.

Potrei aver contratto una malattia sessualmente trasmessa. Dovrei esserne inorridita al solo pensiero, ma mi sento intorpidita. Se non altro non devo preoccuparmi della gravidanza. Appena le cose sono diventate serie con Rob, mia mamma ha insistito per portarmi dal medico e farmi inserire un sistema di controllo delle nascite nel braccio. Essendo un'infermiera presso una clinica per donne senza scopo di lucro, ha visto fin troppe gravidanze in età adolescenziale e voleva assicurarsi che la stessa cosa non succedesse a me.

Gliene sono molto grata in questo momento.

Mentre rifletto su tutto questo, Julian mi lava accuratamente, mettendomi lo shampoo e il balsamo sui capelli. Mi rade perfino le gambe e le ascelle.

Non appena sono perfettamente pulita e liscia, chiude l'acqua e mi conduce fuori dalla doccia.

Asciuga prima me con un asciugamano e poi sé stesso. Mi avvolge in una morbida vestaglia e mi porta in cucina per farmi mangiare.

Mangio quello che mi mette davanti. Non lo assaggio nemmeno. Si tratta di un sandwich, ma non so cosa ci sia dentro. Mi dà anche un bicchiere d'acqua, che ingoio voracemente.

Spero vagamente che non mi stia drogando, ma non mi interessa molto se lo sta facendo. Sono così stanca che voglio solo svenire.

Dopo che ho finito di mangiare e bere, mi riporta in bagno.

"Vai, lavati i denti" dice, mentre lo fisso. Si preoccupa della mia igiene orale?

Voglio lavarmi i denti, però, così faccio come dice lui. Uso il bagno anche per fare pipì. Mi lascia premurosamente sola per questo.

Poi mi riporta nella stanza. In qualche modo il letto ora ha delle lenzuola pulite, senza tracce di sangue. Gli sono grata per questo.

Mi bacia delicatamente sulle labbra, esce dalla stanza e chiude la porta.

Sono così stanca che mi dirigo verso il letto, mi sdraio e mi addormento subito.

CAPITOLO CINQUE

Quando mi sveglio, sono completamente lucida. Ricordo tutto e ho voglia di urlare.

Salto giù dal letto, notando che indosso ancora la vestaglia della notte scorsa. Il movimento improvviso mi fa sentire un dolore interiore profondo e la parte inferiore del corpo si contrae al ricordo del motivo per cui sono così dolorante. Riesco a sentire ancora la sua pienezza dentro di me e rabbrividisco al ricordo.

Sono disgustata e delusa da me stessa. Che cosa c'è che non va in me? Come ho potuto restare immobile lì e permettere che Julian facesse sesso con me? Come ho potuto provare piacere nel suo abbraccio?

Sì, è bello, ma non ci sono scuse. È malvagio. Lo so. L'ho percepito fin dall'inizio. La sua bellezza esteriore nasconde un'oscurità interiore.

Ho la sensazione che abbia appena cominciato a rivelarmi la sua vera natura.

Ieri ero troppo spaventata, troppo traumatizzata per prestare attenzione all'ambiente circostante. Oggi mi sento molto meglio, così studio attentamente questa stanza.

C'è una finestra. È chiusa da spesse tapparelle color avorio, ma posso ugualmente vedere un po' di sole filtrare dentro.

Mi precipito verso di essa, aprendo le tapparelle, e sbatto le palpebre per la luce improvvisa. I miei occhi impiegano qualche secondo ad abituarsi e poi guardo fuori.

Sono molto sorpresa.

La finestra non è sigillata ermeticamente o niente di simile. Anzi, a quanto pare posso aprirla e uscire facilmente. Questa camera si trova al secondo piano, quindi forse posso scendere giù senza rompermi nulla.

No, non è la finestra il problema.

È la vista fuori.

Vedo le palme e una spiaggia di sabbia bianca. Oltre ad essa, c'è un grande bacino d'acqua blu e luccicante al sole.

È bello e tropicale.

E quanto di più diverso ci possa essere dalla mia piccola città del Midwest.

* * *

Ho di nuovo freddo. Così freddo da avere i brividi. So che è dovuto allo stress, perché la temperatura dev'essere intorno ai trenta gradi.

Cammino su e giù per la stanza, fermandomi di tanto in tanto a guardare fuori dalla finestra.

Ogni volta che guardo fuori è come un pugno nello stomaco.

Non so cosa sperassi. Sinceramente non avevo avuto la possibilità di riflettere sul luogo in cui mi trovo. Avevo semplicemente dato per scontato che mi avrebbe tenuta in zona, magari vicino Chicago, dove ci siamo incontrati la prima volta. Pensavo che tutto quello che avrei dovuto fare per fuggire fosse trovare una via d'uscita da questa casa.

Ora mi rendo conto che è molto più complicato di così.

Riprovo la porta. È bloccata.

Pochi minuti fa, ho scoperto un piccolo bagno annesso a questa stanza. L'ho utilizzato per i miei bisogni fondamentali e per lavarmi i denti. È stata una piacevole distrazione.

Ora cammino come un animale in gabbia, sentendomi sempre più terrorizzata e arrabbiata ogni minuto che passa.

Infine, la porta si apre ed entra una donna.

Sono così scioccata che semplicemente la fisso. È abbastanza giovane, forse sui trent'anni, ed è carina.

Tiene in mano un vassoio di cibo e mi sorride. Ha i capelli rossi e ricci e i suoi occhi sono di un delicato color castano. È più alta di me, probabilmente di almeno dieci centimetri, e ha un fisico atletico. È vestita in modo molto casual, con un paio di pantaloncini di jeans e una canotta bianca, e un paio di infradito.

Rifletto sulla possibilità di attaccarla. È una donna e ho una piccola possibilità di vincere contro di lei in un combattimento. Non ho alcuna possibilità contro Julian.

Il suo sorriso si allarga, come se mi stesse leggendo nella mente. "Ti prego, non saltarmi addosso" dice, e sento il divertimento nella sua voce. "È piuttosto inutile, credimi. So che vuoi scappare, ma non c'è davvero un posto dove andare. Siamo su un'isola privata nel bel mezzo dell'Oceano Pacifico."

La sensazione di vuoto allo stomaco peggiora. "L'isola privata di chi?" chiedo, pur conoscendo già la risposta.

"Di Julian, naturalmente."

"Chi è lui? Chi siete voi?" La mia voce è abbastanza stabile mentre parlo con lei. Non mi rende nervosa come Julian.

Appoggia il vassoio. "Scoprirai tutto a tempo debito. Sono qui per prendermi cura di te e della proprietà. A proposito, mi chiamo Beth."

Faccio un respiro profondo. "Perché sono qui, Beth?"

"Sei qui perché Julian ti vuole."

"E non ci trovi nulla di sbagliato?" Sento il sottofondo isterico nella mia voce. Non capisco come faccia questa donna a stare al gioco di quel pazzo, come faccia a comportarsi come se questo fosse normale.

Si stringe nelle spalle. "Julian fa quello che vuole. Non spetta a me giudicare."

"Perché no?"

"Perché gli devo la mia vita" dice seriamente ed esce dalla stanza.

* * *

Mangio il cibo che Beth mi ha portato. È abbastanza buono in realtà, anche se non è quello tradizionale per fare colazione. C'è del pesce alla griglia in una sorta di salsa di funghi e patate al forno con insalata verde come contorno. Per dessert, c'è del mango a pezzetti. Frutta locale, credo.

Nonostante il mio tumulto interiore, riesco a mangiare tutto. Se fossi meno vigliacca, resisterei rifiutandomi di mangiare il suo cibo, ma temo la fame quanto il dolore.

Finora non mi ha veramente fatto del male. Beh, mi ha fatto male quando ha messo il suo cazzo dentro di me, ma non era stato duro di proposito. Ho il sospetto che avrebbe fatto male la prima volta a prescindere dalle circostanze.

La prima volta. All'improvviso mi rendo conto che è stata la mia prima volta. Ora non sono più vergine.

Stranamente, non sento di aver perso nulla. Non ho mai dato molta importanza alla sottile membrana dentro di me. Non ho mai voluto aspettare fino al matrimonio o niente del genere. Mi dispiace che la mia prima volta sia stata con un mostro, ma non mi addoloro per la perdita della definizione di 'vergine'. Avrei fatto tutto con Jake, se solo fosse stato possibile.

Jake! Mi si stringe lo stomaco. Non riesco a credere di non aver pensato a lui da quando Julian mi ha detto che era al sicuro. Il ragazzo di cui sono stata pazza per mesi era la cosa più lontana dalla mia mente quando stavo tra le braccia del mio rapitore.

Una calda vergogna brucia dentro di me. Non avrei dovuto pensare a Jake ieri sera? Non avrei dovuto immaginare il suo viso mentre Julian mi toccava in modo così intimo? Se volevo davvero Jake, non avrebbe dovuto esserci lui nella mia mente durante il mio forzato rapporto sessuale?

Improvvisamente provo un amaro odio verso l'uomo che mi ha fatto questo, l'uomo che ha mandato in frantumi le mie illusioni sul mondo, su di me. Non avevo mai pensato molto a cosa avrei fatto se fossi stata rapita, a come avrei reagito. Chi penserebbe a una cosa del genere? Ma credo di aver sempre pensato che sarei stata coraggiosa, che avrei lottato fino all'ultimo respiro. Non è quello che fanno tutti nei libri e nei film? Lottare, anche quando è inutile, anche quando farlo significa farsi male? Non avrei dovuto farlo anch'io? Sì, è più forte di me, ma non avrei dovuto arrendermi così facilmente. Non mi ha legata; non mi ha minacciata con un coltello o una pistola. Tutto quello che ha fatto è stato inseguirmi quando ho cercato di fuggire.

Quella corsa è stata tutta la mia resistenza finora.

Non riconosco quella persona che si era arresa così facilmente. Eppure so che sono io. Una parte di me che non era mai venuta fuori prima. Una parte di me che non avrei mai scoperto se Julian non mi avesse catturata.

Pensare a questo è così sconvolgente che mi concentro sul mio rapitore. Chi è? Come può permettersi di possedere un'intera isola privata? Perché Beth gli deve la vita? E, soprattutto, che cosa intende fare con me?

Un milione di scenari diversi mi attraversano la mente, uno più terrificante dell'altro. So che esiste una cosa chiamata tratta degli esseri umani. Succede sempre, soprattutto alle donne provenienti dai Paesi più poveri. È questo il destino che mi aspetta? Finirò in un bordello da qualche parte, drogata e usata quotidianamente da decine di uomini? Julian sta semplicemente provando la merce prima di consegnarla alla destinazione finale?

Prima che il panico possa prendere il sopravvento, respiro profondamente e cerco di ragionare con lucidità. Anche se il traffico di esseri umani è una possibilità, mi sembra improbabile. Per prima cosa, Julian sembra essere molto possessivo con me, troppo possessivo per essere qualcuno che sta solo testando la merce. E poi, perché mi avrebbe portata qui, sulla sua isola privata, se ha intenzione di vendermi?

Mi aveva chiamato *gattina mia*. È solo una tenerezza senza senso o mi considera questo? Ha qualche deviazione mentale che lo spinge a far prigioniere le donne? Ci penso un po' e concludo che forse ho ragione. Altrimenti perché un uomo ricco e bello farebbe questo? Sicuramente per lui non è un problema approcciare le ragazze nel modo consueto. Infatti, io stessa ci sarei uscita se non avessi provato quella strana sensazione con lui nel locale.

Se non mi avesse toccata come una cosa posseduta.

Si tratta di questo? Possesso? Vuole una schiava per fare sesso? Se è così, perché ha scelto me? È per via della mia reazione nel locale? Ha intuito che sarei stata una vigliacca, che gli avrei permesso di fare quello che voleva? In qualche modo, è stata colpa mia?

Quel pensiero è così nauseante che lo reprimo e mi alzo, decisa a esplorare ulteriormente la mia prigione.

La porta è ancora chiusa, cosa che non mi sorprende. Riesco ad aprire la finestra e dell'aria calda che sa di mare riempie la stanza.

Non posso aprire la grata sulla finestra, però. Dovrei farlo per fuggire. Non insisto troppo. Se quello che dice Beth è vero, uscire da questa stanza non mi aiuterebbe affatto.

Cerco qualcosa da poter utilizzare come arma. Non c'è alcun coltello, ma c'è una forchetta rimasta lì dal mio pasto. Beth probabilmente se ne accorgerebbe se la nascondessi. Nonostante ciò, lo faccio e nascondo la posata dietro una pila di libri su un alto scaffale posto su una delle pareti.

Poi esploro il bagno, sperando di trovare un flacone di lacca o qualcosa del genere. Ma c'è solo del sapone, uno spazzolino da denti e il dentifricio. Nel box doccia, trovo il bagnoschiuma, lo shampoo, il balsamo—tutto di belle marche costose. Il mio rapitore chiaramente non è avaro.

Ma ripeto, chiunque possieda un'isola privata probabilmente può permettersi uno shampoo da cinquanta dollari. Potrebbe anche permettersi uno shampoo da mille dollari, se esistesse una cosa simile.

Il fatto che io stia pensando allo shampoo mi stupisce. Non dovrei urlare e piangere? *Oh, aspetta, l'ho fatto ieri.* Credo che ci sia un limite alle lacrime che può versare una persona. Credo di aver esaurito le lacrime, almeno per ora.

Dopo aver esplorato ogni angolo della stanza, mi annoio, così prendo uno dei libri dalla mensola. Un romanzo di Sidney Sheldon, che tratta di una donna tradita che cerca la vendetta sui suoi nemici.

È così avvincente che riesco a evadere con la mente dalla mia prigione per un paio di ore.

* * *

Beth entra e mi porta il pranzo. Mi porta anche dei vestiti, ripiegati l'uno sull'altro.

Sono contenta. Ho indossato la vestaglia tutta la mattina e mi piacerebbe vestirmi normalmente.

Quando mette i vestiti sul comò, penso di nuovo di affrontarla e cercare di fuggire. Forse con la forchetta che ho nascosto.

"Nora, dammi la forchetta" dice.

Sobbalzo e le rivolgo uno sguardo spaventato. Sa davvero leggermi nella mente?

E poi mi rendo conto che sta semplicemente guardando il vassoio vuoto, notando che manca la posata.

Decido di fare la finta tonta. "Quale forchetta?"

Si lascia sfuggire un sospiro. "Sai quale forchetta. Quella che hai nascosto dietro ai libri. Dammela."

Un'altra delle mie ipotesi viene smentita. Non so perché pensassi di avere un po' di privacy.

Alzo gli occhi verso il soffitto, studiandolo con attenzione, ma non riesco a vedere le telecamere.

"Nora . . ." mi interrompe Beth.

Recupero la forchetta e gliela porgo. Tra me e me spero che le cavi gli occhi.

Ma Beth l'afferra e scuote la testa, come se fosse delusa dal mio comportamento. "Speravo che non ti saresti comportata in questo modo" mi dice.

"In che modo? Come la vittima di un rapimento?" vorrei davvero, davvero colpirla in questo momento.

"Come una bambina viziata" chiarisce, mettendosi la forchetta in tasca. "Pensi che sia così terribile stare qui su questa splendida isola? Pensi che stai soffrendo per il fatto di stare nel letto di Julian?"

La guardo come se fosse pazza. Crede davvero che questa situazione mi vada bene? Che mi comporterò come un docile agnellino senza mai protestare?

Mi guarda e per la prima volta noto delle rughe sul suo volto. "Non conosci il vero significato della sofferenza, ragazzina" dice a bassa voce "e spero che non lo scoprirai mai. Comportati bene con Julian e potrai continuare a vivere una vita meravigliosa."

Esce dalla stanza e deglutisco per sbarazzarmi dell'improvvisa secchezza nella gola.

Per qualche ragione, le sue parole mi fanno tremare le mani.

CAPITOLO SEI

È sera ormai. Ogni minuto che passa, l'ansia sale sempre di più al pensiero di rivedere il mio rapitore.

Il romanzo che stavo leggendo non mi interessa più. Lo poso e cammino in cerchio per la stanza.

Indosso gli abiti che Beth mi ha dato prima. Non è quello che avrei scelto di indossare, ma è sempre meglio di una vestaglia. Un paio di mutandine di pizzo sexy e bianche e un reggiseno abbinato come biancheria intima. Un bel prendisole blu con i bottoni nella parte anteriore. Mi sta tutto benissimo in modo sospetto. Mi seguiva da tempo? Scoprendo tutto di me, compresa la mia taglia di vestiti?

Quel pensiero mi dà la nausea.

Cerco di non pensare a quello che avverrà, ma è impossibile. Non so perché sono così sicura che verrà da me stasera. Forse ha un intero harem di donne da qualche parte sull'isola e fa visita ad ognuna solo una volta a settimana, come facevano i sultani.

Eppure qualcosa mi dice che verrà presto. Ieri sera aveva semplicemente stuzzicato il suo appetito. So che non ha finito con me, neanche per sogno.

Finalmente, la porta si apre.

Cammina come se fosse a casa sua. Ed è proprio così, infatti.

Rimango di nuovo colpita dalla sua bellezza mascolina. Potrebbe essere un modello o una star del cinema, con un viso del genere. Se ci fosse giustizia nel mondo, sarebbe stato basso o avrebbe avuto qualche altra imperfezione sul volto per compensare.

Ma non è così. È alto e muscoloso, perfettamente proporzionato. Ricordo cos'ho provato ad averlo dentro e sento una sgradita scossa di eccitazione.

Indossa ancora jeans e T-shirt. Una grigia questa volta. Sembra preferire i vestiti semplici e fa bene a farlo. Il suo aspetto non ha bisogno di altri accessori.

Mi sorride. È quel sorriso da angelo caduto—oscuro e seducente allo stesso tempo. "Ciao, Nora."

Non so cosa rispondere, così sputo la prima cosa che mi passa per la mente. "Per quanto tempo hai intenzione di tenermi qui?"

Inclina leggermente la testa di lato. "Qui in camera? O sull'isola?"

"Entrambi."

"Beth ti farà fare un giro domani, potrai nuotare se vuoi" dice, avvicinandosi. "Non verrai chiusa a chiave, a meno che tu non faccia qualcosa di stupido."

"Tipo?" chiedo, con il cuore che mi batte forte nel petto mentre si ferma accanto a me e solleva la mano per accarezzarmi i capelli.

"Cercare di fare del male a Beth o a te stessa." La sua voce è dolce, il suo sguardo ipnotico mentre mi guarda. Il modo in cui mi tocca i capelli è stranamente rilassante.

Sbatto le palpebre, cercando di spezzare il suo incantesimo. "E per quanto riguarda l'isola? Per quanto tempo mi terrai qui?"

Mi accarezza il viso con la mano, piegandola sulla mia guancia. Mi sorprendo ad appoggiarmi al suo tocco, come una gatta che viene coccolata, e mi irrigidisco subito.

Le sue labbra si arricciano in un sorriso presuntuoso. Il bastardo sa quale effetto ha su di me. "A lungo, mi auguro" dice.

Chissà perché, non mi stupisce. Non mi avrebbe portata fin qui, se avesse solo voluto scoparmi un paio di volte. Sono terrorizzata, ma non sono sorpresa.

Raccolgo il coraggio e passo alla prossima domanda logica. "Perché mi hai rapita?"

Il sorriso abbandona il suo volto. Non risponde, semplicemente mi guarda con uno sguardo blu imperscrutabile.

Comincio a tremare. "Hai intenzione di uccidermi?"

"No, Nora, non voglio ucciderti."

La sua negazione mi rassicura, anche se potrebbe benissimo mentire.

"Hai intenzione di vendermi?" riesco a malapena a far uscire le parole. "Come prostituta o qualcosa del genere?"

"No" dice a bassa voce. "Mai. Sei mia e solo mia."

Mi sento un po' più calma, ma c'è ancora una cosa che devo sapere. "Hai intenzione di farmi del male?"

Per un attimo, non risponde. Per un istante qualcosa di oscuro lampeggia nei suoi occhi. "Probabilmente" dice lentamente.

E poi si china in avanti e mi bacia, con le sue calde labbra morbide e delicate sulle mie.

Per un attimo, resto lì bloccata, senza rispondere. Gli credo. So che dice la verità quando afferma che mi farà del male. C'è qualcosa in lui che mi fa paura, che mi ha spaventata fin dall'inizio.

Non è come i ragazzi che ho frequentato. Lui è capace di qualunque cosa.

E sono completamente alla sua mercé.

Rifletto ancora una volta sulla possibilità di affrontarlo. Questa sarebbe la cosa normale da fare nella mia situazione. La cosa coraggiosa da fare.

Eppure non lo faccio.

Sento l'oscurità dentro di lui. C'è qualcosa di sbagliato in lui. La sua bellezza esteriore nasconde qualcosa di mostruoso dentro.

Non voglio scatenare quell'oscurità. Non so cosa accadrà se lo faccio.

Così, resto immobile mentre mi abbraccia e gli permetto di baciarmi. E quando mi tira di nuovo su e mi porta sul letto, non cerco in alcun modo di opporgli resistenza.

Anzi, chiudo gli occhi e mi abbandono alle sensazioni.

* * *

È di nuovo gentile con me. Dovrei essere terrorizzata da lui—e lo sono—ma il mio corpo sembra godere della duplice sensazione di paura e di eccitazione. Non so cosa signifhi questo.

Rimango lì con gli occhi chiusi mentre mi toglie i vestiti, strato dopo strato. Per prima cosa mi sbottona la parte anteriore del vestito, come se stesse scartando un regalo. Le sue mani sono forti e sicure; non c'è alcun accenno di imbarazzo o esitazione nei suoi movimenti. Chiaramente ha fatto un sacco di pratica con l'abbigliamento femminile.

Una volta sbottonato il vestito, si ferma un secondo. Sento il suo sguardo su di me e mi chiedo cosa veda. So di avere un bel corpo; è magro e tonico, pur non essendo formoso come vorrei.

Fa scorrere le dita lungo il mio stomaco, facendomi tremare. "Davvero bella" dice a bassa voce. "Una pelle stupenda. Dovresti vestire sempre di bianco. Ti dona."

Non rispondo, stringo solo gli occhi. Non voglio che mi guardi, non voglio che goda alla vista del mio corpo con gli indumenti intimi che ha scelto per me. Vorrei che mi scopasse e la facesse finita, invece di recitare questa contorta parodia di corteggiamento.

Ma non ha intenzione di rendermi la vita facile.

La sua bocca segue lo stesso percorso delle sue dita. È calda e umida sulla mia pancia e poi scende più giù, fino al punto in cui le mie gambe sono istintivamente legate. Non sembra piacergli e le sue mani sono ruvide mentre mi separano le cosce, mentre le sue dita scavano nella mia carne tenera.

Mi lamento all'accenno di violenza e cerco di rilassare le gambe per evitare di farlo arrabbiare ulteriormente.

Allenta la presa, addolcendo il tocco. "La mia ragazza dolce e stupenda" sussurra, mentre sento il suo respiro caldo sulle mie pieghe sensibili. "Sai che ti piacerà."

E poi le sue labbra sono su di me e la sua lingua turbina intorno al mio clitoride, mentre la sua bocca succhia e mordicchia. Strofina i capelli sulla parte interna delle mie cosce, facendomi il solletico, e mi tiene le gambe spalancate con le mani. Mi contorco e grido, mentre il piacere è così intenso che dimentico tutto, tranne il calore incredibile e la tensione dentro di me.

Mi porta quasi al limite, ma non mi permette di andare oltre. Ogni volta che sento il mio orgasmo che si avvicina, si ferma o cambia il ritmo, facendomi impazzire dalla frustrazione. Mi ritrovo a implorare, a supplicare, con il corpo inarcato irragionevolmente verso di lui. Quando finalmente mi permette di raggiungere il culmine, è un sollievo tale che tutto il mio corpo ha degli spasmi, facendomi rabbrividire e contorcere dall'intensità dell'orgasmo.

Per qualche ragione, mi metto a piangere quando è finito. Le lacrime cadono dagli angoli esterni degli occhi e mi rigano le guance, bagnandomi i capelli e poi il cuscino. Sembra piacergli perché striscia sul mio corpo e mi bacia le scie bagnate sul viso, per poi leccarle.

Mi accarezza il corpo con le sue mani grandi, strofinandomi la pelle, toccandomi tutta. Sarebbe rassicurante se non fosse per la durezza del suo cazzo che stimola il mio ingresso.

Non sono completamente guarita dentro, così mi fa male di nuovo quando inizia a spingere. Anche se sono bagnata grazie all'orgasmo, non può scivolare facilmente dentro di me, non senza strapparmi. Anzi, deve procedere lentamente, entrando gradualmente fin quando non riesco ad adattarmi all'intrusione.

Mi mordo il labbro inferiore, cercando di affrontare il bruciore, la sensazione di pienezza. Sarò mai in grado di accettarlo facilmente? Riuscirò mai a provare piacere senza dolore tra le sue braccia?

"Apri gli occhi" ordina con un aspro sussurro.

Gli obbedisco, anche se riesco a malapena a vedere tra il velo di lacrime.

Mi fissa mentre comincia a muoversi lentamente dentro di me e c'è qualcosa di trionfante nel suo sguardo. Il calore del suo corpo mi inebria, mentre il suo peso mi spinge sul letto. È dentro di me, sopra di me, intorno a me. Non riesco nemmeno a rifugiarmi nella privacy della mia mente.

E in quel momento, mi sento posseduta da lui, come se stesse prendendo più del mio corpo. Come se stesse rivendicando qualcosa di profondo dentro di me, facendo emergere un lato di me di cui non ero a conoscenza.

Perché tra le sue braccia provo qualcosa che non ho mai provato prima.

Una sensazione del tutto primitiva e completamente irrazionale di appartenenza.

* * *

Mi prende altre due volte durante la notte. Al mattino sono così dolorante che mi sento bruciare dentro—eppure ho avuto così tanti orgasmi che ho perso il conto.

Mi lascia a un certo punto del mattino. Sono così stanca che non mi rendo nemmeno conto che se ne è andato. Dormo profondamente e senza sogni e quando mi sveglio è già passato mezzogiorno.

Mi alzo, mi lavo i denti e mi faccio una doccia. Sulle cosce, vedo dei pezzi di sperma secco. Non ha usato il preservativo nemmeno questa notte.

Mi interrogo di nuovo sulle malattie sessualmente trasmissibili. A Julian importa qualcosa di questo? Probabilmente non è preoccupato dalla possibilità di contrarre qualcosa da me, data la mia mancanza di esperienza, ma io sono molto preoccupata di contrarre qualcosa da lui. Sollevando il braccio sinistro, scruto il minuscolo segno in cui era stato inserito il mio sistema di controllo delle nascite. Ringrazio Dio per la paranoia di mia madre sulla gravidanza. Se non l'avessi avuto . . . Mi vengono i brividi al solo pensiero.

Subito dopo essere uscita dal bagno, Beth entra nella mia stanza con un altro vassoio di cibo e altri vestiti. Questa volta, si tratta di un cibo più tradizionale per la colazione: una frittata di verdure e formaggio, una fetta di pane tostato e della frutta tropicale fresca.

Mi sorride di nuovo, a quanto pare decisa a ignorare l'incidente della forchetta. "Buongiorno" dice allegramente.

Alzo le sopracciglia. "E buongiorno a te" dico con la voce carica di sarcasmo.

Al mio evidente tentativo di punzecchiarla, il sorriso di Beth si allarga ulteriormente. "Oh, non essere così scontrosa. Julian ha detto che potrai lasciare la stanza oggi. Non è bello?"

In realtà *è* bello. Mi darebbe la possibilità di esplorare un po' la mia prigione, per vedere se questo posto è davvero un'isola. Forse ci sono altre persone qui oltre a Beth—persone che potrebbero essere più in sintonia con la mia situazione.

In alternativa, forse troverò un telefono o un computer. Se solo potessi inviare un messaggio o un'e-mail ai miei genitori, potrebbero passarlo alla polizia e potrei essere salvata.

Al pensiero della mia famiglia, sento un peso sul petto e mi bruciano gli occhi. Devono essere davvero preoccupati per me, chiedendosi cosa mi è successo, se sono ancora viva. Sono figlia unica e mia madre ha sempre detto che sarebbe morta se mi fosse successo qualcosa. Spero che non dicesse sul serio.

Lo detesto.

E detesto questa donna, che mi sta sorridendo in questo momento.

"Certo, Beth" dico, desiderando di graffiarle il viso fino a trasformare quel sorriso in una smorfia. "È sempre bello lasciare una piccola gabbia per una più grande."

Alza gli occhi e si siede su una sedia. "Così drammatica. Mangia il tuo pasto e poi ti farò fare un giro."

Rifletto sulla possibilità di non mangiare solo per farle un dispetto, ma ho fame. Così mangio, ripulendo tutto il cibo sul vassoio.

"Dov'è Julian?" chiedo tra un boccone e l'altro. Sono curiosa di sapere come passa le giornate. Finora, l'ho visto solo la sera.

"Sta lavorando" mi spiega Beth. "Ha un sacco di interessi economici che richiedono la sua attenzione."

"Che genere di interessi economici?"

Si stringe nelle spalle. "Tutti i generi."

"È un criminale?" chiedo senza mezzi termini.

Lei ride. "Perché pensi questo?"

"Uhm, forse perché mi ha rapita?"

Ride di nuovo, scuotendo la testa, come se avessi detto qualcosa di divertente.

Vorrei colpirla, ma mi trattengo. Devo scoprire di più sul luogo in cui mi trovo prima di provare qualcosa di simile. Non voglio finire rinchiusa in camera se posso evitarlo. Le mie possibilità di fuga sono maggiori se ho più libertà.

Così, mi alzo e le rivolgo uno sguardo freddo. "Sono pronta."

"Allora mettiti un costume da bagno" dice, indicando i vestiti che aveva portato, "e possiamo andare."

* * *

Prima di uscire, Beth mi mostra il resto della casa. È spaziosa e arredata con gusto. L'arredamento è moderno, con solo un accenno di influenza tropicale e delicate raffigurazioni asiatiche. Le tonalità di luce predominano, anche se qua e là vedo un inatteso salto di colore, sotto forma di un vaso rosso o della scultura di un brillante drago blu. Ci sono quattro camere da letto, tre al piano di sopra e una al piano inferiore. La cucina al primo piano è particolarmente sorprendente, con i migliori elettrodomestici e i ripiani in splendente granito.

C'è anche una stanza che a detta di Beth è l'ufficio di Julian. È al primo piano e apparentemente è interdetta a chiunque tranne lui. È lì che si suppone si prenda cura dei suoi affari. La porta è chiusa quando la superiamo.

Dopo aver finito il tour della casa, Beth trascorre le due ore successive a mostrarmi l'isola. Ed è davvero un'isola—non mi ha mentito su questo.

È lunga circa tre chilometri e larga due. Secondo Beth, siamo da qualche parte nell'Oceano Pacifico, con il lembo di terra popolato più vicino a più di quattrocento chilometri di distanza. Lo sottolinea un paio di volte, come se avesse paura che io potessi pensare di fuggire nuotando.

Non lo farei mai. Non sono una nuotatrice molto forte, né una suicida.

Cercherei di rubare una barca, piuttosto.

Saliamo sul punto più alto dell'isola. È una piccola montagna, o una grande collina, a seconda della definizione personale di queste cose. La vista da lì è straordinaria—tutta acqua azzurra brillante, fin dove arriva lo sguardo. Da un lato dell'isola, l'acqua ha una diversa tonalità di blu, più turchese, e Beth mi dice che si tratta di una baia poco profonda, perfetta per lo snorkeling.

La casa di Julian è l'unica sull'isola. È situata su un lato della montagna, un po' lontana dalla spiaggia e leggermente in alto. È il luogo più riparato, spiega Beth; la casa è protetta sia dai forti venti che dall'oceano. A quanto pare, è sopravvissuta a molti tifoni riportando un danno minimo.

Annuisco, come se mi importasse. Non ho alcuna intenzione di stare qui durante il prossimo tifone. Il desiderio di fuggire brucia dentro di me. Non ho visto né telefoni, né computer quando Beth mi ha mostrato la casa, ma questo non significa che non ce ne siano. Se Julian riesce a lavorare dall'isola, allora dev'esserci sicuramente la connessione Internet. E se sono abbastanza stupidi da permettermi di vagare liberamente su quest'isola, troverò un modo per raggiungere il mondo esterno.

Terminiamo il giro sulla spiaggia vicino alla casa.

"Ti va di nuotare?" mi chiede Beth, togliendosi i pantaloncini e la maglietta. Sotto, indossa un bikini blu. Il suo corpo è magro e tonico. È talmente in gran forma che mi chiedo quanti anni abbia. Potrebbe essere un'adolescente, ma sembra più vecchia a giudicare dal viso.

"Quanti anni hai?" le chiedo direttamente. Non sarei mai così priva di tatto in circostanze normali, ma non mi importa se offendo questa donna. Che importanza hanno le convenzioni sociali quando sei tenuta prigioniera da una coppia di pazzi?

Lei sorride, per niente sconvolta dalla mia domanda maleducata. "Ho trentasette anni" dice.

"E Julian?"

"Ventinove."

"Siete amanti?" Non so cosa mi spinga a chiederle questo. Se è in qualche modo gelosa della mia posizione di giocattolo sessuale di Julian, sicuramente non lo dà a vedere.

Beth ride. "No, non siamo amanti."

"Perché no?" Non posso credere di essere così schietta. Mi hanno insegnato a essere sempre gentile ed educata, ma c'è qualcosa di liberatorio nel fatto di non preoccuparsi di ciò che pensa la gente. Sono sempre stata compiacente con le persone, ma non voglio in alcun modo far contenta questa donna.

Smette di ridere e mi rivolge uno sguardo serio. "Perché non sono quella che Julian vuole o di cui ha bisogno."

"E sarebbe?"

"Un giorno lo scoprirai" dice misteriosamente, poi entra in acqua.

La fisso, mentre la curiosità mi divora, ma lei sembra aver finito di parlare. Anzi, si tuffa e comincia a nuotare con un sicuro stile atletico.

Fa caldo fuori e il sole splende su di me. La sabbia è bianca e sembra soffice e l'acqua è frizzante e mi tenta con la sua freschezza. Vorrei odiare questo posto, disprezzare tutto ciò che riguarda la mia prigionia, ma devo ammettere che l'isola è bellissima.

Non c'è bisogno che io nuoti se non ne ho voglia. Non sembra che Beth voglia costringermi. E sembra sbagliato divertirmi sulla spiaggia mentre la mia famiglia è senza dubbio preoccupata per me, a disperarsi per la mia scomparsa.

Ma il richiamo dell'acqua è forte. Ho sempre amato l'oceano, anche se sono stata ai tropici solo un paio di volte nella mia vita. Quest'isola è la mia idea di paradiso, nonostante il fatto che appartenga a una serpe.

Rifletto un momento, poi mi tolgo il vestito e i sandali. Potrei negarmi questo piccolo piacere, ma sono troppo pragmatica. Non mi faccio illusioni sul mio stato qui. In qualsiasi momento, Julian e Beth potrebbero rinchiudermi, farmi morire di fame, picchiarmi. Solo perché sono stata trattata abbastanza bene finora non significa che continuerà ad essere così. Nella mia situazione precaria, ogni momento di gioia è prezioso, perché non so cosa mi riserverà il futuro, se proverò di nuovo qualcosa di simile alla felicità.

Così mi unisco alla mia nemica nell'oceano, lasciando che l'acqua spazzi via la mia paura e raffreddi l'impotente rabbia che mi brucia alla bocca dello stomaco.

Nuotiamo, poi ci riposiamo sulla sabbia calda e poi nuotiamo di nuovo. Non faccio altre domande e Beth sembra contenta del silenzio.

Restiamo sulla spiaggia per altre due ore e poi finalmente torniamo a casa.

CAPITOLO SETTE

Questa volta, Julian dovrebbe raggiungermi per cena. Beth apparecchia un tavolo per noi al piano di sotto e prepara un pasto a base di pesce locale, riso, fagioli e banane. È la sua ricetta caraibica, mi dice con orgoglio.

"Cenerai con noi?" le chiedo, osservandola mentre porta i piatti al tavolo.

Mi faccio la doccia e indosso gli abiti che Beth mi aveva fornito. È un altro reggiseno bianco di pizzo con un paio di mutandine e un vestito giallo con dei fiori bianchi sopra. Ai piedi, indosso dei sandali bianchi col tacco. L'abito è carino e femminile, molto diverso dai jeans e i top scuri che normalmente indosso. Mi fa sembrare una bella bambolina.

Non riesco ancora a credere che mi facciano camminare liberamente intorno alla casa. Ci sono dei coltelli in cucina. Potrei rubarne uno e usarlo su Beth in qualsiasi momento. Sono tentata, anche se il mio stomaco si contorce al pensiero del sangue e della violenza.

Forse lo farò presto, dopo aver saputo un po' di più su questo posto.

Sto scoprendo qualcosa di interessante su di me. A quanto pare non credo nei gesti grandiosi, ma inutili. Una fredda voce razionale dentro di me mi dice che ho bisogno di un piano, di un modo per lasciare l'isola prima di provare qualsiasi altra cosa. Attaccare Beth adesso sarebbe stupido. Potrei finire rinchiusa o peggio.

No, questo è molto meglio. Lasciamogli credere che sono innocua. Ho una maggiore possibilità di fuggire in questo modo.

Nell'ultima ora, sono rimasta seduta in cucina, ad osservare Beth che preparava il cibo. È molto brava, molto efficiente. Trascorrere il tempo con lei mi distrae dal pensiero di Julian e della notte che verrà.

"No" dice, rispondendo alla mia domanda. "Resterò nella mia stanza. Julian vuole trascorrere un po' di tempo da solo con te."

"Perché? Pensa che stiamo insieme o qualcosa del genere?"

Lei sorride. "Julian non sta con nessuno."

"Non sto scherzando." Il mio tono è più che sarcastico. "Perché stare insieme quando si può rapire e violentare?"

"Non essere ridicola" afferma Beth bruscamente. "Credi davvero che abbia bisogno di costringere le donne? Nemmeno tu puoi essere così ingenua."

La fisso. "Vuoi dirmi che non ha il vizio di rapire le donne e portarle qui?"

Beth scuote la testa. "Tu sei l'unica persona oltre a me che sia mai stata qui. L'isola è il santuario privato di Julian. Nessuno sa della sua esistenza."

Un brivido mi attraversa la schiena a quelle parole. "Allora perché sono così fortunata?" chiedo lentamente, con il cuore che mi batte forte. "Cosa mi rende degna di questo grande onore?"

Sorride. "Un giorno lo scoprirai. Julian te lo dirà quando vorrà che tu lo sappia."

Ne ho abbastanza di tutte le stronzate del genere 'un giorno lo scoprirai', ma so che è troppo fedele al mio rapitore per dirmi qualcosa. Così cerco di scoprire qualcos'altro. "Cosa intendevi quando hai detto che gli devi la vita?"

Il suo sorriso svanisce e la sua espressione si indurisce, mentre il suo viso forma delle dure linee amare. "Non sono affari tuoi, ragazzina."

E per i dieci minuti successivi, dopo aver finito di apparecchiare la tavola, non mi rivolge la parola.

* * *

Quando è tutto pronto, mi lascia sola nella sala da pranzo ad aspettare Julian. Sono nervosa ed emozionata allo stesso tempo. Per la prima volta, avrò la possibilità di interagire con il mio rapitore fuori dalla camera da letto.

Devo ammettere che provo una sorta di attrazione perversa nei suoi confronti. Mi terrorizza, ma sono incredibilmente curiosa. Chi è? Che cosa vuole da me? Perché ha scelto me come vittima?

Un minuto dopo, entra nella stanza. Sono seduta al tavolo, a guardare fuori dalla finestra. Ancora prima di vederlo, sento la sua presenza. L'atmosfera si fa elettrica, pesante per l'aspettativa.

Giro la testa, guardandolo avvicinarsi. Questa volta, indossa una polo grigia apparentemente leggera e un paio di pantaloni color kaki. Potremmo andare a cena in un club di campagna.

Il cuore mi batte forte nel petto e sento il sangue che mi scorre nelle vene. Improvvisamente sono molto più consapevole del mio corpo. I miei seni sono più sensibili, i miei capezzoli si induriscono sotto i confini di pizzo del mio reggiseno. Il soffice tessuto del vestito mi sfiora le gambe nude, ricordandomi il modo in cui mi ha toccata lì. Il modo in cui mi ha toccata ovunque.

Una calda sensazione di bagnato si forma tra le mie cosce a quel ricordo.

Si avvicina a me e si china, dandomi un bacio sulla bocca. "Ciao, Nora" dice quando si raddrizza, con le sue bellissime labbra incurvate in un sorriso oscuro e sensuale. È così mozzafiato che per un momento non riesco a pensare, perché la mia mente è annebbiata dalla sua vicinanza.

Il suo sorriso si allarga e si avvicina per sedersi dall'altra parte del tavolo. "Com'è andata la tua giornata, gattina mia?" chiede, allungandosi per prendere un pezzo di pesce e metterlo nel piatto. I suoi movimenti sono sicuri e stranamente aggraziati.

È difficile credere che il male indossi una maschera così bella.

Raccolgo il mio ingegno. "Perché mi chiami così?"

"Così come? Gattina mia?"

Annuisco.

"Perché mi ricordi una gattina" dice, con i suoi occhi azzurri che scintillano per qualche strana emozione. "Piccola, soffice e molto palpabile. Mi fai venire voglia di accarezzarti solo per vedere se mi fai le fusa tra le braccia."

Le mie guance arrossiscono. Mi sento tutta calda e spero che il colore della mia pelle nasconda la mia reazione. "Non sono un animale—"

"Certo che non lo sei. Non mi piace la bestialità."

"Allora che cosa ti piace?" sbotto, rabbrividendo dentro di me. Non voglio farlo arrabbiare. Non è Beth. Lui mi spaventa.

Fortunatamente, sembra divertito dalla mia audacia. "Al momento" dice a bassa voce "mi piaci tu."

Distolgo lo sguardo e raggiungo il riso, con la mano un po' tremante.

"Ecco, lascia che ti aiuti." Mi prende il piatto, mentre le sue dita accarezzano lentamente le mie. Prima che io possa dire qualcosa, il mio piatto è riempito da una sana porzione di tutto ciò che è sul tavolo.

Rimette il piatto davanti a me e lo fisso nello sgomento. Sono troppo nervosa per mangiare davanti a lui. Il mio stomaco è tutto annodato.

Quando alzo lo sguardo, noto che lui non ha problemi simili. Mangia con gusto, chiaramente apprezzando la cucina di Beth.

"Che succede?" chiede tra un boccone e l'altro. "Non hai fame?"

Scuoto la testa, anche se ero affamata prima del suo arrivo.

Aggrotta la fronte, posando la forchetta. "Perché no? Beth ha detto che hai passato la giornata in spiaggia e hai nuotato un po'. Non dovresti avere fame dopo tutto quell'esercizio?"

Mi stringo nelle spalle. "Sto bene." Non ho intenzione di dirgli che è lui la causa della mia mancanza di appetito.

Stringe gli occhi. "Stai giocando con me? Mangia, Nora. Sei già magra. Non voglio che tu perda peso."

Deglutisco nervosamente e comincio a prendere del cibo. C'è qualcosa in lui che mi fa pensare che sarebbe poco saggio opporsi a lui su questo argomento.

Su qualsiasi argomento, in realtà.

L'istinto mi urla che quest'uomo è pericoloso. Non è stato veramente crudele con me, ma c'è la crudeltà in lui. Lo sento.

"Che brava ragazza" dice con approvazione dopo che ho assaggiato qualche boccone.

Continuo a mangiare, anche se non assaporo davvero il cibo e devo sforzarmi per far passare il boccone oltre la restrizione nella gola. Tengo gli occhi fissi sul piatto. Mi risulta più semplice mangiare se non vedo i suoi penetranti occhi blu.

"Beth mi ha detto che hai trascorso una bella giornata al mare" commenta dopo che sono riuscita a mangiare circa la metà della mia porzione.

Annuisco e alzo lo sguardo, accorgendomi che mi sta fissando.

"Che ne pensi dell'isola?" chiede, come se fosse sinceramente interessato al mio parere. Mi studia con uno sguardo pensieroso sul volto.

"È bella" gli dico sinceramente. Poi, fermandomi un attimo, aggiungo: "Ma non voglio stare qui."

"Certo." Sembra quasi comprensivo. "Ma ti ci abituerai. Questa è la tua nuova casa, Nora. Prima lo accetterai, meglio è."

Il mio stomaco si contorce e ho la sensazione che il cibo che ho appena mangiato mi torni su. Deglutisco convulsamente, cercando di controllare la sensazione di malessere dentro di me. "E la mia famiglia?" le parole mi escono deboli e amare. "Come faranno ad accettarlo?"

Qualche emozione lampeggia brevemente sul suo viso. "E se non pensassero che tu sia morta?" chiede con calma, continuando a fissarmi. "Ti farebbe sentire meglio, gattina mia?"

"Naturalmente!" stento a credere a quello che sento. "Puoi farlo? Puoi fargli sapere che sono viva? Forse posso chiamarli e—"

Si allunga per coprirmi la mano con la sua, interrompendo il mio speranzoso divagare. "No." Il suo tono non lascia spazio a discussioni. "Li contatterò io."

Mando giù la mia delusione. "Cos'hai intenzione di dirgli?"

"Che sei viva e vegeta." Il suo grande pollice massaggia delicatamente l'interno del mio palmo e il suo tocco mi distrae, trasformando le mie ossa in poltiglia.

"Ma—"quasi mi lamento quando spinge su un punto particolarmente sensibile "—ma non ti crederebbero—"

"Mi crederanno." Ritira la mano, facendomi sentire una strana mancanza. "Puoi fidarti di me."

Fidarmi di lui? *Sì, certo.* "Perché mi fai questo?" chiedo, frustrata. "È perché ti ho parlato nel locale?"

Scuote la testa. "No, Nora. È perché sei tu. Sei tutto quello che ho sempre cercato. Tutto quello che ho sempre voluto."

"Lo sai che è una follia, vero?" sono così arrabbiata che dimentico di avere paura per un momento. "Non mi conosci nemmeno!"

"È vero" dice a bassa voce. "Ma non ho bisogno di conoscerti. Ho solo bisogno di capire cosa provo."

"Stai dicendo che sei innamorato di me?" Per qualche ragione, quell'idea mi spaventa più di quando pensavo che avesse solo delle preferenze sessuali bizzarre.

Ride, gettando la testa all'indietro. Lo fisso, irrazionalmente offesa. Non voglio che sia innamorato di me, ma perché deve trovare l'idea così divertente?

"Certo che no" dice dopo aver finalmente smesso di ridere. Sorride ancora, però.

"Allora di che stai parlando?" gli chiedo in preda alla frustrazione.

Il suo sorriso lentamente svanisce. "Non importa, Nora" dice sottovoce. "Tutto quello che devi sapere è che sei speciale per me."

"Allora perché non mi hai semplicemente chiesto un appuntamento?" fatico a capire l'incomprensibile. "Perché hai dovuto rapirmi?"

"Perché sei andata a un appuntamento con quel ragazzo." C'è una rabbia improvvisa nella voce di Julian e un terrore glaciale si diffonde nelle mie vene. "L'hai baciato quando eri già mia."

Ingoio. "Ma non sapevo nemmeno che mi volessi." Mi trema un po' la voce. "Ti ho visto solo al locale—"

"E al tuo diploma."

"E al mio diploma" concordo, mentre il cuore mi martella nel petto. "Ma credevo che fossi lì per qualcun altro. Un fratello o una sorella . . ."

Fa un respiro profondo e vedo che è molto più calmo adesso. "Non importa ora, Nora. Ti volevo qui, con me, non là fuori. È molto più sicuro per te—e per quel ragazzo."

"Più sicuro per Jake?"

Julian annuisce. "Se fossi uscita un'altra volta con lui, l'avrei ucciso. È meglio per tutti che sei qui, lontana da lui e dagli altri che potrebbero desiderarti."

È del tutto serio sul fatto di uccidere Jake. Non è una minaccia vana. Lo vedo sul suo volto.

Ho le labbra secche, così le lecco. I suoi occhi seguono la mia lingua e vedo il suo respiro cambiare. Il mio semplice gesto chiaramente lo ha eccitato.

Improvvisamente, mi passa per la testa un'idea folle e disperata. Ovviamente mi desidera. È addirittura disposto a fare certe cose per farmi felice, come far sapere alla mia famiglia che sono viva. E se sfruttassi questo a mio vantaggio? Sono inesperta, ma non sono del tutto ingenua. So come flirtare con i ragazzi. Potrei farlo? Potrei in qualche modo convincere Julian a lasciarmi andare?

Devo stare attenta. Non posso fare un improvviso dietro-front. Non posso comportarmi come se lo disprezzassi un minuto prima e lo amassi quello successivo. Devo fargli credere che può portarmi via dall'isola e che rimarrei volentieri con lui per tutto il tempo che vuole. Che non guarderei mai più Jake o un altro uomo.

Mi prenderò il mio tempo e convincerò Julian della mia dedizione.

CAPITOLO OTTO

Per il resto della cena, continuo a comportarmi in modo spaventato e intimorito. Non è proprio una recita, perché mi sento davvero così. Sono in presenza di un uomo che parla con disinvoltura di uccidere persone innocenti. Come dovrei sentirmi?

Tuttavia, cerco anche di essere seducente. Sono piccole cose, come il modo in cui mi sistemo i capelli mentre lo guardo. Il mio modo di mordere un pezzo della papaia che Beth aveva tagliato per il nostro dessert e di leccarmi il succo sulle labbra.

So di avere dei begli occhi, così lo guardo timidamente, attraverso le palpebre socchiuse. Ho fatto pratica con quello sguardo davanti allo specchio e so che le mie ciglia sembrano incredibilmente lunghe quando inclino la testa nella giusta posizione.

Non esagero perché non lo troverebbe credibile. Faccio solo piccole cose che potrebbe trovare intriganti e seducenti.

Cerco anche di evitare altri argomenti provocatori. Piuttosto, gli chiedo dell'isola e di come sia riuscito ad averla.

"Ho scoperto quest'isola cinque anni fa" spiega Julian, curvando le labbra in un sorriso affascinante. "Il mio aereo Cessna aveva un problema meccanico e avevo bisogno di un posto dove atterrare. Per fortuna, c'è una zona erbosa e piana proprio sul lato opposto, vicino alla spiaggia. Sono riuscito a far atterrare l'aereo senza distruggerlo completamente e a fare le riparazioni necessarie. Ci ho messo un paio di giorni, quindi ho avuto la possibilità di esplorare l'isola. Quando ero pronto per volare via, ho capito che questo posto era esattamente quello che volevo. Così l'ho acquistato."

Sgrano gli occhi e sembro sorpresa. "Davvero? Non è costoso?"

Alza le spalle. "Posso permettermelo."

"Vieni da una famiglia ricca?" sono sinceramente curiosa. Il mio rapitore è un enorme mistero per me. Ho molte più possibilità di manipolarlo se lo capisco, almeno un po'.

La sua espressione si raffredda leggermente. "Qualcosa del genere. Mio padre aveva un'attività di successo, che ho rilevato dopo la sua morte. Ho cambiato la sua direzione e l'ho ampliata."

"Che genere di attività?"

Julian torce leggermente la bocca. "Import-export."

"Di cosa?"

"Elettronica e altre cose" dice, e mi rendo conto che non ha intenzione di rivelarmi altro, per ora. Ho il forte sospetto che "altre cose" sia un eufemismo per qualcosa di illegale. Non ne so molto di affari, ma ho qualche dubbio che la vendita di televisori e lettori MP3 porti a una simile ricchezza.

Sposto la conversazione su un argomento più innocuo. "Anche il resto della tua famiglia utilizza l'isola?"

Il suo sguardo diventa fisso e duro. "No. Sono tutti morti."

"Oh, mi dispiace..." Non so davvero cosa dire. Cosa si può dire per migliorare una cosa del genere? Sì, mi ha rapita, ma resta un essere umano. Non riesco nemmeno a immaginare la sofferenza che si prova per una perdita simile.

"Va tutto bene." Il suo tono è impassibile, ma percepisco il dolore celato. "È successo molto tempo fa."

Annuisco con empatia. Mi sento sinceramente male per lui e non cerco di nascondere il barlume di lacrime negli occhi. Sono troppo debole—dice Leah ogni volta che piango durante un film deprimente—e non posso fare a meno di sentirmi triste per la sofferenza di Julian.

Questo torna a mio favore, perché la sua espressione si addolcisce un po'. "Non provare pietà per me, gattina mia" dice a bassa voce. "L'ho superato. Perché non mi parli di te, piuttosto?"

Sbatto le palpebre lentamente, sapendo che quel gesto attira l'attenzione sui miei occhi. "Cosa vuoi sapere?" Non ha scoperto niente su di me nel suo tentativo di spiarmi?

Sorride. Lo fa sembrare così bello che sento una strana sensazione nel petto. *Smettila, Nora. Sei tu quella che lo sta seducendo, non il contrario.*

"Cosa ti piace leggere?" chiede. "Che genere di film ti piace guardare?"

E per i trenta minuti successivi, scopre tutto sulla mia preferenza per i romanzi rosa e i thriller polizieschi, il mio odio per le commedie romantiche e il mio amore per i film epici con un sacco di effetti speciali. Poi mi chiede del mio cibo preferito e della musica e mi ascolta attentamente mentre parlo della mia preferenza per i gruppi degli anni ottanta e della pizza alta.

Stranamente, è quasi lusinghiero il modo in cui è così concentrato su di me, attento a ogni mia parola. Il modo in cui i suoi occhi azzurri sono incollati al mio viso. È come se volesse capirmi davvero, come se mi volesse veramente bene. Perfino con Jake, non avevo la sensazione di essere qualcosa di più di una bella ragazza con cui stare insieme.

Con Julian, mi sento come se fossi la cosa più importante al mondo per lui. Sento di valere davvero molto per lui.

* * *

Dopo cena, mi porta al piano di sopra in camera sua. Il mio cuore comincia a battere forte dalla paura e dall'attesa.

Come le altre due notti, so che non mi opporrò. Anzi, stanotte voglio andare anche oltre, come parte del mio piano di fuga-da-seduzione.

Fingerò di fare l'amore con lui di mia spontanea volontà.

Quando entriamo nella stanza, decido di affrontare un argomento scottante. "Julian..." chiedo, mantenendo la voce volutamente dolce e incerta. "Che ne dici della protezione? Se rimanessi incinta o qualcosa del genere?"

Si ferma e si gira verso di me. Vedo un sorrisetto sulle sue labbra. "Non succederà, gattina mia. Hai quell'impianto, non è vero?"

Sgrano gli occhi in stato di shock. "Come fai a saperlo?" L'impianto è una piccola asta di plastica sotto la mia pelle, completamente invisibile tranne che per un piccolo segno nel punto in cui era stato inserito.

"Ho consultato la tua storia medica prima di portarti qui. Volevo assicurarmi che non avessi nessuna condizione medica pericolosa, come il diabete."

Lo fisso. Dovrei essere furiosa per questa invasione della mia privacy, invece mi sento sollevata. A quanto pare il mio rapitore è molto attento e, soprattutto, cerca di non mettermi incinta.

"E non devi preoccuparti di eventuali malattie" aggiunge, comprendendo la mia preoccupazione celata. "Ho fatto dei controlli ultimamente e ho sempre usato il preservativo in passato."

Non so se dovrei credergli. "Perché non lo usi con me, allora? È perché ero vergine?"

Annuisce e vedo un barlume possessivo nei suoi occhi. Solleva la mano e mi accarezza la guancia, facendomi battere il cuore ancora più veloce. "Sì, esatto. Sei tutta mia. Sono l'unico che sia mai stato dentro la tua bella figa."

Mi si ferma il respiro e sento sgorgare un calore liquido tra le cosce.

Non riesco a credere alla forza della mia reazione fisica a lui. È normale che mi senta così eccitata da qualcuno di cui ho paura e che disprezzo? È per questo che Julian è rimasto così attratto da me al club? Perché si è accorto di questo? Perché in qualche modo sapeva della mia debolezza?

Naturalmente, dato il mio piano, non è necessariamente una cosa negativa che mi ecciti così tanto. Sarebbe molto peggio se mi disgustasse, se non riuscissi a sopportare la sua presenza.

No, questa è la cosa migliore. Posso essere la piccola prigioniera perfetta, obbediente e reattiva, che lentamente si innamora del suo rapitore.

Così, invece di restare rigida e spaventata, mi abbandono al desiderio e mi appoggio un po' nella sua mano, come se volessi rispondere involontariamente al suo tocco.

Qualcosa di simile al trionfo lampeggia brevemente nei suoi occhi e poi abbassa la testa, appoggiando le labbra sulle mie. Avvolge le sue forti braccia intorno a me, stringendomi sul suo corpo potente. È completamente eccitato; sento la punta dura della sua erezione sulla mia morbida pancia. Mi accarezza la bocca con le labbra, la lingua. Ha il sapore dolce della papaya che abbiamo appena mangiato.

Il fuoco mi pulsa nelle vene e chiudo gli occhi, perdendomi nel travolgente piacere del suo bacio. Le mie mani strisciano sul suo petto, toccandolo timidamente. Sento il calore del suo corpo, il profumo della sua pelle mascolina che profuma di muschio, stranamente attraente. I muscoli dei suoi pettorali si flettono sotto le mie dita e sento il suo cuore battere più velocemente.

Mi poggia sul letto e cadiamo sopra di esso. In qualche modo, le mie mani affondano tra i suoi folti capelli di seta e ricambio il bacio appassionatamente e disperatamente. Non sto pensando al mio grande piano di seduzione, non sto pensando affatto.

Mi morde il labbro inferiore, succhiandolo nella sua bocca. Mi stringe con la mano il seno destro, lo massaggia, stringe il capezzolo tra la doppia barriera del reggiseno e del vestito. La sua rudezza è perversamente eccitante, anche se dovrei esserne spaventata.

Gemo e mi capovolge sul mio stomaco. Mi spinge verso il basso con una mano, schiacciandomi sul materasso, mentre con l'altra mi solleva la gonna, esponendo la mia biancheria intima.

E poi si ferma per un secondo, guardandomi il culo, accarezzandolo lievemente col suo grande palmo. "Un sederino bello sodo" sussurra. "Davvero carino vestito di bianco."

Le sue dita raggiungono le mie gambe, sentendo l'umidità lì sotto. Non posso fare a meno di dimenarmi a quel leggero tocco. Sono così eccitata che sto per venire.

Mi tira giù le mutande, lasciandole appese sulle mie ginocchia. Mi accarezza di nuovo le natiche con la mano, rilassandomi, eccitandomi. Tremo dall'attesa.

All'improvviso sento uno schiaffo forte e una pacca pungente sul sedere. Grido, spaventata, più per l'attacco inaspettato che per un dolore reale.

Si ferma, strofina la zona dolcemente e poi lo rifà, schiaffeggiando la mia natica destra con il palmo della mano aperto. Venti schiaffi in rapida successione, ognuno più forte dell'altro. Fa male; non si tratta di una sculacciata leggera e giocosa.

Vuole farmi provare il dolore.

Dimenticando la mia promessa di stare al gioco, comincio ad oppormi, spaventata. Mi tiene giù facilmente, per poi rivolgere l'attenzione all'altra natica, schiaffeggiandola venti volte con la stessa forza.

Quando si ferma, singhiozzo nel materasso, pregandolo di fermarsi. Ho la sensazione che il mio fondoschiena sia in fiamme, palpitante dall'agonia.

L'irrazionale sensazione di tradimento è ancora peggio del dolore. Con mio grande orrore, mi rendo conto che avevo cominciato a fidarmi del mio rapitore, sentendo di conoscerlo un po'.

Mi aveva già provocato dolore, ma non pensavo che l'avesse fatto di proposito. Pensavo che fosse solo perché era la prima volta che facevo sesso. Speravo che il mio corpo si abituasse e che avrei provato solo piacere in futuro.

Ovviamente sono stata una sciocca.

Tremo e non riesco a smettere di piangere. Continua a tenermi giù e ho il terrore di cosa mi farà dopo.

Quello che fa dopo è sconvolgente come quello che aveva fatto prima.

Mi gira e mi solleva tra le sue braccia. Poi si siede, tenendomi sulle sue ginocchia e cullandomi avanti e indietro. Delicatamente, dolcemente, come se fossi una bambina che lui cerca di consolare.

E nonostante tutto, affondo il viso nella sua spalla e singhiozzo, sentendo un disperato bisogno di quell'illusione di tenerezza, desiderando il conforto dalla persona che mi ha fatto del male.

* * *

Dopo essermi calmata un po', si alza e mi mette in piedi. Le mie gambe sono deboli e traballanti, facendomi barcollare un po' mentre mi spoglia con cura.

Aspetto che dica qualcosa. Forse che mi chieda scusa o che mi spieghi perché mi ha fatto male. Mi stava punendo? Se è così, voglio sapere cos'ho fatto, in modo da poter evitare di rifarlo in futuro.

Ma non parla, mi toglie semplicemente i vestiti. Quando sono nuda, comincia a spogliarsi.

Lo guardo con uno strano mix di angoscia e curiosità. Il suo corpo è ancora un mistero per me perché ho tenuto gli occhi chiusi nelle ultime due notti. Non ho nemmeno visto il suo sesso ancora, anche se l'ho sentito dentro di me.

Così ora lo guardo.

È stupendo. Completamente mascolino. Spalle larghe, vita stretta, fianchi magri. Ha dei muscoli forti ovunque, ma non come i culturisti che fanno uso di steroidi. In realtà, sembra un guerriero. Chissà perché posso facilmente immaginarlo mentre agita una spada, abbattendo i suoi nemici. Noto una lunga cicatrice sulla sua coscia e un'altra sulla spalla. Acuiscono ancora di più l'impressione del guerriero.

La sua pelle è tutta abbronzata, con la giusta quantità di peli sul petto. Ci sono più peli scuri intorno al suo ombelico e nella zona inguinale. Il colore della sua pelle mi fa pensare che vada in giro nudo o che sia naturalmente più scuro, come me. Forse anche lui ha qualche antenato latino.

È anche completamente eccitato. Vedo il suo cazzo sporgere verso di me. È lungo e spesso, simile a quelli che ho visto nel porno. Non c'è da stupirsi che io sia tutta dolorante. È già sorprendente che riesca a entrare dentro di me.

Quando siamo entrambi nudi, mi guida verso il letto. "Ti voglio carponi" dice con calma, dandomi una leggera spinta.

Il cuore mi salta in gola in preda al panico e resisto per un secondo, girandomi per guardarlo. "Hai—" deglutisco a fatica. "Hai intenzione di farmi di nuovo male?"

"Non ho ancora deciso" sussurra, sollevando la mano per afferrarmi il seno. Il suo pollice mi strofina il capezzolo, facendolo indurire. "Credo che sia abbastanza per ora."

Abbastanza per ora? Vorrei urlare.

"Sei un sadico?" La domanda mi sfugge prima di poter riflettere e mi blocco in attesa della sua risposta.

Mi sorride. È il suo bel sorriso da Lucifero. "Sì, gattina mia" dice a bassa voce. "A volte lo sono. Ora comportati come una brava ragazza e fa' come ho chiesto. Potrebbe non piacerti quello che succederà altrimenti . . ."

Ancora prima che finisca di parlare, corro ad obbedire, mettendomi sulle mani e sulle ginocchia sopra al letto. Nonostante il calore nella stanza, ho i brividi e tremo dalla testa ai piedi.

Violente immagini raccapriccianti mi annebbiano la mente, facendomi sentire male. Non ne so molto di S&M. *Cinquanta Sfumature* e pochi altri libri del genere rappresentano tutta la mia esperienza sull'argomento, ma nessuno di questi romanzi descriveva qualcosa di simile alla mia situazione. Non avrei mai immaginato di essere tenuta prigioniera da un autoproclamato sadico, nemmeno nelle mie fantasie più oscure e segrete.

Cosa mi farà? Mi frusterà? Mi torturerà? Mi incatenerà in una prigione? C'è una prigione su quest'isola? Immagino una camera in pietra piena di arnesi per la tortura, come in un film sull'Inquisizione spagnola e mi viene da vomitare. Sono certa che il BDSM normale non sia affatto così, ma non c'è niente di normale riguardo alla mia situazione con Julian. Può letteralmente farmi tutto quello che vuole.

Si alza sul letto dietro di me e mi accarezza la schiena. Il suo tocco è lento, delicato. Sarebbe rilassante, tranne che per il fatto che sono sottomessa, in attesa di un colpo in qualsiasi momento.

Probabilmente se ne rende conto perché si china su di me e mi sussurra in un orecchio: "Rilassati, Nora. Non farò altro stasera."

Quasi crollo sul letto dal sollievo. Le lacrime mi rigano di nuovo il volto. Questa volta, sono lacrime di sollievo e gratitudine. Gli sono pateticamente grata che non mi farà di nuovo del male. Almeno, non stanotte.

E poi sono inorridita. Inorridita e disgustata, perché quando comincia a baciarmi il collo, il mio corpo comincia a rispondergli, come se non fosse accaduto nulla. Come se non avesse mai provato un momento di dolore tra le sue mani.

Al mio stupido corpo non importa che lui sia un bastardo depravato. Che mi farà del male più e più volte. No, il mio corpo vuole il piacere e non gli importa d'altro.

La bocca calda di Julian si sposta dal mio collo alle spalle, poi sulla schiena. Il mio respiro è debole e irregolare. Nonostante la sua rassicurazione, ho ancora paura di lui, e la paura in qualche modo mi rende più bagnata.

Le sue labbra si spostano sulle mie natiche, baciando la zona che aveva schiaffeggiato qualche minuto prima. La sua mano spinge sulla mia schiena e mi inarco leggermente sotto il suo tocco, comprendendo il suo tacito comando. Le sue dita si insinuano tra le mie gambe e un lungo dito trova la sua strada nel mio canale scivoloso, entrando in profondità.

Piega il dito dentro di me e ansimo mentre spinge su qualche punto sensibile in profondità. Mi rende tesa e tremante, ma questa volta non per la paura.

Mentre spinge quel dito curvo dentro e fuori, sento la pressione crescere dentro di me. Il cuore mi batte all'impazzata e improvvisamente sento caldo, come se bruciassi dall'interno. E poi un potente orgasmo mi attraversa il corpo, partendo dal mio intimo e diffondendosi verso l'esterno. È così forte che la mia vista si appanna per un attimo e per poco non crollo sul letto.

Prima che le mie pulsazioni si fermino, si mette in ginocchio dietro di me e comincia a spingere.

Sono bagnata e il suo ingresso è relativamente facile, anche se sembra ancora enorme dentro di me. I miei tessuti interni sono delicati e dolenti dopo il duro uso di ieri notte e non posso fare a meno di lasciarmi andare a un lieve sussulto di dolore per l'invasione. Quando è tutto dentro, il suo inguine spinge sul mio fondo infuocato, acuendo la sensazione di disagio.

Afferrandomi i fianchi, comincia a muoversi dentro e fuori, lentamente e ritmicamente. Nonostante il dolore iniziale, il mio corpo sembra godere della sensazione di pienezza, di essere stirato e reagisce lubrificando ancora di più. Mentre il suo ritmo aumenta, il mio respiro accelera e dei gemiti incontrollati sfuggono alla mia gola ogni volta che spinge in profondità dentro di me.

Improvvisamente, senza preavviso, i miei muscoli si contraggono mentre i miei sensi raggiungono la massima eccitazione. Raggiungo l'orgasmo e il piacere è incredibilmente intenso. Dietro di me, sento il suo gemito mentre il mio orgasmo provoca il suo—e sento il getto caldo del suo seme dentro di me.

E poi crolliamo entrambi sul letto, con il suo corpo pesante e intriso di sudore sopra al mio.

CAPITOLO NOVE

Mi sveglio lentamente, per gradi. Per prima cosa, sento la sensazione di solletico dei capelli sul mio viso. Poi il calore del sole sul mio braccio scoperto. Per un attimo, la mia mente fluttua in quel dolce limbo confortevole tra il sonno e la veglia, tra sogno e realtà.

Tengo gli occhi chiusi, non volendo svegliarmi completamente, perché questo è davvero bello.

Poi mi rendo conto di sentire un odore di frittelle proveniente dalla cucina.

Le mie labbra si arricciano in un sorriso. È il fine settimana e mia mamma ha deciso di viziarci di nuovo. Prepara le frittelle per le occasioni speciali e, talvolta, senza un motivo in particolare.

I capelli mi fanno di nuovo il solletico e a malincuore sposto il braccio per toglierli dal viso.

Sono più sveglia ora e la sensazione di calore dentro di me svanisce, sostituita da una forte paura.

No, fa' che sia solo un sogno. No, fa' che sia solo un brutto sogno.

Apro gli occhi.

Non è un sogno. Sento ancora l'odore di frittelle, ma è impossibile che sia stata mia madre a cucinarle.

Sto su un'isola nel bel mezzo dell'Oceano Pacifico, tenuta prigioniera da un uomo che trae piacere dal farmi male.

Mi allungo con attenzione, facendo il punto del mio corpo. All'infuori di un lieve doloretto nel sedere, mi sembra di stare piuttosto bene. Mi ha presa solo una volta ieri notte e gliene sono grata.

Alzandomi, cammino nuda verso lo specchio e mi guardo la schiena. Vedo dei pallidi lividi sulle mie natiche, ma niente di grave. Questo è uno dei vantaggi della mia pelle color oro, i lividi non mi vengono facilmente. Entro domani, dovrebbe tornare tutto normale.

Tutto sommato, sono sopravvissuta a un'altra notte nel letto del mio rapitore.

Mentre mi lavo i denti, ripenso a ieri notte. La cena, il mio stupido piano di sedurlo, la mia sensazione di tradire le sue azioni . . .

Non posso credere di aver cominciato a fidarmi di lui. Gli uomini normali non rapiscono le ragazze nel parco. Non le drogano, né le portano su un'isola privata. Gli uomini a cui piace il sesso normale e consensuale non tengono le donne prigioniere.

No, Julian non è normale. È un sadico maniaco del comando e non potrò mai dimenticarlo. Il fatto che non mi abbia ancora fatto davvero male non significa nulla. È solo una questione di tempo e prima o poi mi farà qualcosa di veramente terribile.

Devo fuggire prima che ciò accada e non posso perdere tempo a sedurre Julian. È troppo pericoloso e imprevedibile.

Devo trovare un modo per fuggire da quest'isola.

* * *

Dopo essermi fatta una doccia veloce ed aver lavato i denti, scendo giù per colazione. Beth dev'essere già stata nella mia stanza perché c'è un'altra pila di vestiti puliti. Un costume da bagno, un paio di infradito e un altro prendisole.

Beth è in cucina, così come le frittelle di cui avevo sentito l'odore prima.

Al mio ingresso, mi sorride; la tensione di ieri è apparentemente scomparsa. "Buongiorno" dice allegramente. "Come ti senti?"

Le rivolgo uno sguardo incredulo. Sa cosa mi ha fatto Julian? "Oh, sto benissimo" dico con sarcasmo.

"Bene." Sembra trascurare il mio tono. "Julian temeva che fossi un po' dolorante questa mattina, così mi ha lasciato una crema speciale da darti per ogni evenienza."

Lei sa.

"Come fai a vivere con te stessa?" chiedo, sinceramente curiosa. Come può una donna stare a guardare un'altra donna che subisce abusi in questo modo? Come può lavorare per quest'uomo crudele?

Invece di rispondere, Beth mette una grande frittella soffice su un piatto e me la porta. C'è anche una fetta di mango sul tavolo, accanto a una bottiglia di sciroppo d'acero.

"Mangia, Nora" dice, non senza cattiveria.

Le rivolgo uno sguardo amaro e mi concentro sulla frittella. È deliziosa. Credo che abbia aggiunto le banane alla pastella perché sento la dolcezza. Non ho nemmeno bisogno dello sciroppo d'acero, anche se aggiungo un paio di fette di mango per migliorarne il sapore.

Beth sorride di nuovo e torna a svolgere varie faccende in cucina.

Dopo la colazione, esco di casa ed esploro l'isola per conto mio. Beth non mi ferma. Trovo ancora scioccante che mi lascino vagare in questo modo. Devono essere assolutamente certi che non ci sia alcun modo per fuggire dall'isola.

Beh, voglio trovare un modo.

Cammino senza sosta per ore sotto il sole caldo, fin quando le infradito che indosso non mi causano una vescica. Rimango vicino alla spiaggia, sperando di trovare una barca legata da qualche parte, forse in una grotta o in una laguna.

Ma non trovo nulla.

Come sono arrivata qui? In aereo o in elicottero? Julian ha detto ieri di aver inizialmente scoperto questo luogo durante un volo in aereo. Forse è così che mi ha portata qui, con un aereo privato?

Non sarebbe un buon segno. Anche se trovassi l'aereo da qualche parte, come farei a farlo volare? Credo che sia almeno un po' complicato.

Ripensandoci, con il giusto impegno, potrei riuscire a capirci qualcosa. Non sono stupida e non ci vuole un genio per capire come pilotare un aereo.

Ma non trovo l'aereo. C'è una zona erbosa e piana sull'altro lato dell'isola con una struttura in fondo, ma non c'è niente all'interno. È completamente vuota.

Stanca, assetata e con la vescica che mi dà sempre più fastidio a ogni passo che faccio, torno a casa.

* * *

"Julian è andato via un paio d'ore fa" mi dice Beth appena entro.

Sorpresa, la guardo. "Che vuol dire che è andato via?"

"Ha dovuto occuparsi di alcuni affari urgenti. Se tutto va bene, dovrebbe tornare tra una settimana."

Annuisco, cercando di mantenere un'espressione neutra, e vado al piano di sopra in camera mia.

Se n'è andato! Il mio aguzzino se n'è andato!

Ci siamo solo io e Beth su quest'isola. Nessun altro.

La mia mente cerca delle possibilità. Potrei rubare uno dei coltelli dalla cucina e minacciare Beth finché non mi mostra una via di fuga dall'isola. Probabilmente c'è Internet qui e potrei riuscire a entrare in contatto con il mondo esterno.

Sono così emozionata che potrei urlare.

Pensano davvero che io sia così innocua? Il mio comportamento mite finora gli ha fatto credere che continuerò a essere una prigioniera gentile e obbediente?

Beh, si sbagliano di grosso.

Julian è la persona di cui ho paura, non Beth. Con loro due su quest'isola, attaccare Beth sarebbe stato inutile e pericoloso.

Ora, però, è un obiettivo raggiungibile.

* * *

Un'ora dopo, mi insinuo furtivamente in cucina. Come mi aspettavo, Beth non c'è. È troppo presto per preparare la cena e troppo tardi per il pranzo.

Ho i piedi nudi per ridurre al minimo qualsiasi rumore. Guardandomi intorno con cautela, apro uno dei cassetti e tiro fuori un grosso coltello da macellaio. Testandolo con il dito, concludo che è affilato.

Un'arma. Perfetta.

Il prendisole che indosso ha una cinta sottile alla vita e la uso per legare il coltello di dietro. È una custodia molto grezza, ma tiene il coltello fermo. Spero di non tagliarmi il sedere con la lama nuda, ma anche se lo facessi è un rischio che vale la pena correre.

Il mio acquisto successivo è un grande vaso di ceramica. È così pesante che riesco a malapena a sollevarlo sopra la mia testa con due braccia. Non riesco a immaginare che un cranio umano possa resistere a qualcosa di simile.

Con queste due cose, vado a cercare Beth.

La trovo nella veranda, rannicchiata con un libro su un lungo divano esterno che sembra comodo, a godersi l'aria fresca e la splendida vista sull'oceano. Non guarda quando ficco la testa fuori dalla porta aperta e la ritiro subito dentro, cercando di capire cosa fare dopo.

Il mio piano è semplice. Devo prendere Beth alla sprovvista e sbatterle il vaso in testa. Forse legarla con qualcosa. Poi potrei usare il coltello per minacciarla, per far sì che mi lasci contattare il mondo esterno. In questo modo, per quando Julian sarà tornato, forse sarò stata già salvata e starò sporgendo denuncia.

Tutto quello che mi serve ora è un buon posto per l'agguato.

Guardandomi intorno, vedo una piccola nicchia vicino all'ingresso della cucina. Se si arriva dalla veranda, come penso che farà Beth, allora non si vede proprio nulla nella nicchia. Non è il posto migliore per nascondersi, ma è pur sempre meglio che attaccarla apertamente. Ci vado e mi spingo contro la parete, con il vaso sul pavimento accanto a me, dove posso facilmente afferrarlo.

Facendo un respiro profondo, cerco di fermare il lieve tremore delle mie mani. Non sono una persona violenta, eppure eccomi qui, pronta a spaccare questo vaso sulla testa di Beth. Non voglio pensarci, ma non riesco a smettere di immaginare il suo cranio che si apre in due, il sangue sparso dappertutto, come in un film dell'orrore. L'immagine mi fa venire il voltastomaco. Mi ripeto che non sarà così, che molto probabilmente finirà con un brutto livido o una lieve commozione cerebrale.

L'attesa sembra interminabile. Continua all'infinito, ogni secondo sembra durare un'ora. Mi batte il cuore all'impazzata e sudo, anche se la temperatura in casa è molto più fresca rispetto a quella esterna.

Finalmente, dopo quelle che sembrano diverse ore, sento i passi di Beth. Afferrando il vaso, lo sollevo con cura sopra la mia testa e trattengo il fiato, mentre Beth varca la porta della veranda.

Mentre cammina verso di me, stringo il vaso ermeticamente e lo abbatto sulla sua testa.

E, non so perché, la manco. All'ultimo momento, Beth deve avermi sentita muovere perché il vaso la colpisce sulla spalla.

Grida dal dolore, toccandosi la spalla. "Fottuta troia!"

Ansimo e cerco di sollevare di nuovo il vaso, ma è troppo tardi. Lo afferro, ma cade giù, frantumandosi in una dozzina di pezzi tra di noi.

Sobbalzo, mentre la mia mano destra cerca freneticamente il coltello. *Cazzo, cazzo, cazzo.* Riesco ad afferrare il manico e a tirarlo fuori, ma prima di riuscire a fare qualsiasi cosa, Beth mi afferra il braccio, muovendosi più veloce di un serpente. La sua presa è come un nastro d'acciaio intorno al mio polso destro.

Ha il viso arrossato e le brillano gli occhi mentre mi torce il braccio dolorosamente. "Lascia il coltello, Nora" ordina aspramente, con la voce carica di rabbia.

In preda al panico, cerco di colpirla in faccia con l'altra mano, ma mi afferra anche l'altro braccio. Chiaramente sa come combattere e ovviamente è anche più forte di me.

Il mio braccio destro urla dal dolore, ma cerco di darle un calcio. Non posso perdere questa battaglia. È la mia unica possibilità di fuga.

I miei piedi entrano in contatto con le sue gambe, ma non indosso scarpe e provoco più danni alle mie dita dei piedi che ai suoi stinchi.

"Lascia il coltello, Nora, o ti spezzerò il braccio" sibila, e capisco che sta dicendo la verità. Sento che la mia spalla sta per slogarsi e mi si appanna la vista mentre ondate di dolore si irradiano lungo il braccio.

Resisto per un altro secondo e poi le mie dita lasciano andare il coltello. Cade a terra con un forte tonfo.

Beth mi lascia subito andare e si china per raccoglierlo.

Indietreggio, respirando a fatica, mentre lacrime di dolore e di frustrazione mi bruciano gli occhi. Non ho idea di cosa mi farà ora e non voglio scoprirlo.

Così, corro.

* * *

Sono veloce a correre e in buona forma. Sento Beth che mi insegue, gridando il mio nome, ma dubito che stia tenendo il passo.

Scappo dalla casa e mi dirigo verso la spiaggia. Rocce, rami e ghiaia mi rigano i piedi, ma li sento appena.

Non so dove sto andando, ma non posso permettere che Beth mi catturi. Non posso essere rinchiusa in camera o peggio.

"Nora!"

Cazzo, anche lei è veloce a correre. Accelero il passo, ignorando il dolore ai piedi.

"Nora, non essere stupida! Non c'è nessun posto dove andare!"

So che è vero, ma non posso continuare a essere una vittima passiva. Non posso essere docile in quella casa, mangiare il cibo di Beth e aspettare che Julian torni.

Non posso permettergli di farmi ancora del male per poi farlo desiderare al mio corpo.

I muscoli delle mie gambe gridano e i miei polmoni hanno bisogno d'aria. Mi allontano dalla sensazione di disagio e fingo di essere in una gara in cui il traguardo è a solo un centinaio di metri di distanza.

Mi sembra di scappare per sempre. Quando mi guardo dietro, vedo che Beth è sempre più lontana.

Rallento un po' il passo. Non posso sostenere quella velocità ancora a lungo. Senza pensarci troppo, mi dirigo verso il lato roccioso dell'isola, dove posso arrampicarmi su per le rocce e scomparire nell'area molto boscosa lì sopra.

Mi ci vogliono altri dieci minuti per arrivarci. Quando la raggiungo, non riesco più a vedere Beth dietro di me.

Rallento e salgo sulle rocce. Ora che sono fuori dal pericolo imminente, sento i tagli e i lividi sui piedi nudi.

È una salita lenta e tortuosa. Le gambe mi tremano per lo sforzo inusuale e sento un crollo post-adrenalina. Tuttavia, riesco ad arrampicarmi sulla collina rocciosa e ad addentrarmi nel bosco.

Una vegetazione tropicale, lussureggiante e folta mi circonda, nascondendomi alla vista. Mi addentro nella boscaglia, alla ricerca di un buon posto in cui crollare dalla stanchezza. Non sarà facile trovarmi qui. Da quello che ricordo dalla mia precedente esplorazione, questa foresta copre gran parte di questo lato dell'isola.

Dovrei essere al sicuro qui, per ora.

Quando l'oscurità comincia a calare, mi riparo sotto un grande albero, dove il sottobosco è particolarmente impenetrabile. Ripulisco un pezzo di terra per me, assicurandomi di non essere in prossimità di formicai o di qualsiasi altra cosa che potrebbe mordere. Poi mi sdraio, ignorando il dolore lancinante ai miei piedi lacerati.

Non per la prima volta nella mia vita, sono grata a mio padre per avermi portata in campeggio quando ero piccola. Grazie alla sua guida, mi sento a mio agio in mezzo alla natura in tutto il suo splendore. Insetti, serpenti, lucertole—nessuno di questi mi dà fastidio. So che dovrei fare attenzione con certe specie, ma non le temo nel complesso.

Ho molta più paura delle serpi che mi hanno portata su quest'isola.

Ora che sono lontana da Beth, posso riflettere in modo un po' più lucido.

Quel suo fisico atletico e tonico chiaramente non è il frutto dello yoga e degli allenamenti in palestra. È forte, probabilmente forte come alcuni uomini, e sicuramente molto più forte di me.

Sembra anche che abbia ricevuto una formazione specifica. Arti marziali, forse? Naturalmente ho commesso un errore cercando di farla prigioniera. Avrei dovuto conficcarle quel coltello nella schiena quando non mi guardava.

Non è troppo tardi, però. Posso ancora sgattaiolare di nuovo in casa e sorprenderla lì. Ho bisogno dell'accesso a Internet e ne ho bisogno ora, prima che torni Julian.

Non so cosa mi farà per aver attaccato Beth e sicuramente non voglio scoprirlo.

CAPITOLO DIECI

Una strana sensazione mi sveglia la mattina successiva. È quasi come—

"Oh, cazzo!"

Sobbalzo, cercando di scrollarmi di dosso il ragno dalle lunghe zampe che cammina piacevolmente sul mio braccio.

Il ragno vola via e io mi strofino freneticamente il viso, i capelli e il corpo, cercando di sbarazzarmi di tutti gli altri potenziali insetti.

Va bene, non ho esattamente paura dei ragni, ma non mi piace proprio averli addosso.

Sicuramente questo non è il modo più piacevole di svegliarsi.

La mia frequenza cardiaca torna gradualmente alla normalità e faccio il punto della situazione. Ho sete e il corpo mi duole per aver dormito sul terreno duro. Mi sento anche sporca e mi fanno male i piedi. Sollevando una gamba, controllo la pianta del piede. Sono abbastanza certa che ci sia del sangue secco lì.

Il mio stomaco brontola dalla fame. Non ho cenato ieri sera e sto assolutamente morendo di fame.

La cosa positiva è che Beth non mi ha ancora trovata.

Non so ancora cosa farò dopo. Forse tornerò a casa e cercherò di tendere di nuovo un'imboscata a Beth?

Rifletto su questa possibilità e concludo che probabilmente è la miglior cosa da fare a questo punto. Prima o poi, Beth o Julian mi troveranno. L'isola non è così grande e non riuscirei a nascondermi a lungo da loro. E non posso rischiare di rimandare, nel caso in cui Julian tornasse prima del previsto. Due contro una è una probabilità terribile.

Ho sempre più fame ogni minuto che passa e tendo ad avere il mal di testa se non mangio regolarmente. Forse potrei trovare un po' di acqua fresca da bere, ma per quanto riguarda il cibo ho qualche dubbio. Non so dove Beth trovi il mango. Se cercassi di nascondermi per un altro paio di giorni, potrei essere troppo debole per attaccare qualcuno, specialmente una donna che potrebbe essere una principessa guerriera.

Inoltre, forse non si aspetta il mio ritorno e potrei sfruttare davvero l'elemento sorpresa.

Così, faccio un respiro profondo e inizio a camminare, o meglio a zoppicare, verso casa. So che tutto questo potrebbe finire male per me, ma non ho altra scelta. O combatto adesso o resterò una vittima per sempre.

Mi ci vogliono circa due ore per tornare. Devo fermarmi e fare delle pause quando non sopporto più il dolore ai piedi.

È abbastanza ironico che sono scappata perché ho paura del dolore e ho finito per farmi così male nella fuga. A Julian probabilmente farebbe piacere vedermi in questo stato. *Quel bastardo pervertito.*

Infine, raggiungo la casa e mi accovaccio dietro a dei grandi cespugli vicino alla porta d'ingresso. Non so se sia chiusa a chiave o meno, ma non credo di poter entrare tranquillamente dall'ingresso principale. Per quanto ne sappia, Beth dovrebbe essere proprio lì nel soggiorno.

No, devo trovare una strategia migliore.

Dopo qualche minuto, mi faccio strada con attenzione verso il retro della casa, in direzione della grande veranda protetta dove ieri avevo attaccato Beth.

Con mio grande sollievo, non c'è nessuno.

Facendo attenzione a non fare rumore, apro la porta d'ingresso e scivolo dentro. Nascondo un grande sasso in mano. Avrei preferito avere un coltello o una pistola, ma dovrò accontentarmi di un sasso per ora.

Camminando all'indietro verso una delle finestre, do un'occhiata all'interno e sono felice di trovare il soggiorno vuoto.

Raddrizzandomi, cammino fino alla porta a vetri, la apro delicatamente ed entro.

La casa è completamente silenziosa. Non c'è nessuno a cucinare o ad apparecchiare la tavola.

L'orologio digitale del soggiorno segna le 7:12. Spero che Beth stia ancora dormendo.

Continuando a stringere il sasso, sgattaiolo furtivamente in cucina e trovo un altro coltello. Tenendo entrambi gli oggetti, mi dirigo con attenzione al piano di sopra.

La camera da letto di Beth è la prima a sinistra. Lo so perché me l'ha mostrata durante il giro della casa.

Trattenendo il fiato, apro attentamente la porta ... e mi blocco.

Seduto sul letto c'è la persona che temo di più.

Julian.

È tornato presto.

* * *

"Ciao, Nora."

La sua voce è ingannevolmente dolce, il suo viso perfetto inespressivo. Eppure sento la rabbia che ribolle sotto.

Per un attimo, lo guardo, paralizzata dal terrore. Non riesco a sentire nulla, tranne il ruggito dei battiti del mio cuore nelle orecchie. E poi comincio a indietreggiare, tenendo sempre gli occhi puntati sul suo volto. Tengo le mani sollevate davanti a me per difendermi, stringendo il sasso e il coltello.

In quel momento, una presa d'acciaio mi afferra le braccia da dietro, stringendomi dolorosamente i polsi. Grido, lottando, ma Beth è troppo forte. Il coltello si gira all'indietro nella mia mano, raggiungendo quasi la mia spalla.

In un lampo, Julian è su di me, e sia il coltello che il sasso mi vengono strappati dalle mani. Beth mi lascia andare e Julian mi afferra, stringendomi forte mentre urlo e mi contorco istericamente tra le sue braccia.

Più oppongo resistenza, più le sue braccia mi stringono forte, fin quando inizio ad afflosciarmi, quasi svenendo dalla mancanza di aria.

Poi mi tira su e mi conduce fuori dalla stanza di Beth.

Con mia grande sorpresa, mi porta al piano di sotto e si ferma davanti alla porta che conduce al suo ufficio. Un piccolo pannello si apre sul lato e vedo una luce rossa che si muove sul volto di Julian, come un laser della cassa di un supermercato.

Poi la porta si apre.

Reprimo un sussulto di stupore. La porta del suo ufficio si apre tramite la scansione della retina, qualcosa che ho visto solo nei film di spionaggio.

Mentre mi porta dentro, cerco di oppormi ancora una volta, ma è inutile. Le sue braccia sono completamente immobili, mentre mi tengono saldamente nella sua morsa.

Sono di nuovo impotente nel suo abbraccio.

Lacrime di amara frustrazione mi rigano il volto. Detesto essere così debole, così facilmente manipolabile. Non è nemmeno affannato per la lotta.

Non so bene cosa mi aspetti. Forse mi picchierà o mi prenderà con la forza.

Ma mi poggia semplicemente sui piedi quando siamo nel suo ufficio.

Non appena mi lascia andare, faccio qualche passo indietro, sentendo la necessità di creare almeno una certa distanza tra noi.

Mi sorride e c'è qualcosa di inquietante nella bellezza di quel sorriso. "Rilassati, gattina mia. Non ti farò del male. Non ora, almeno."

E mentre lo guardo, si avvicina a una grande scrivania e apre il cassetto, tirando fuori un telecomando. Poi lo punta contro un muro dietro di me.

Mi giro con circospezione e fisso due grandi TV a schermo piatto. Sembrano molto tecnologiche, niente affatto simili a quelle che sono abituata a vedere a casa.

Lo schermo a sinistra si accende. L'immagine è strana perché è davvero inaspettata.

Sembra una normale camera da letto della casa di qualcuno. Il letto è sfatto, le lenzuola sono ammucchiate con noncuranza sul materasso. Poster di diversi calciatori sono allineati lungo le pareti e c'è un portatile sulla scrivania.

"La riconosci?" chiede Julian.

Scuoto la testa.

"Bene" dice. "Sono contento."

"Di chi è questa camera?" chiedo, iniziando ad avere una sensazione di nausea nello stomaco.

"Non riesci a indovinare?"

Lo fisso, sentendo sempre più freddo. "Quella di Jake?"

"Sì, Nora. Quella di Jake."

Comincio a tremare. "Perché è sul tuo schermo?"

"Ricordi quando ti ho detto che Jake è al sicuro purché ti comporti bene?"

Smetto di respirare per un secondo. "Sì . . ." Il mio sussurro è appena udibile.

Sinceramente, avevo dimenticato la sua minaccia iniziale diretta a Jake, troppo presa dall'esperienza della mia prigionia. Non credo di aver preso sul serio la minaccia all'inizio, certamente non dopo aver saputo che eravamo su un'isola a migliaia di chilometri di distanza dalla mia città natale. Da qualche parte negli angoli remoti della mia mente, mi ero convinta che Julian non avrebbe potuto fare del male a Jake. Non da lontano, almeno.

"Bene" dice Julian. "Allora capirai perché sto facendo questo. Non voglio tenerti rinchiusa, senza la possibilità di andare da qualche parte o di fare qualcosa. L'isola è la tua nuova casa e voglio che tu sia felice qui—"

Felice qui? Sono sempre più convinta che sia pazzo.

"—ma non posso permetterti di cercare di ferire Beth in uno dei tuoi inutili tentativi di fuga. Devi capire che le tue azioni hanno delle conseguenze—"

La sensazione di nausea dentro di me si diffonde in tutto il corpo. "Scusa! Non lo farò più! Non lo farò più, te lo giuro!" Le mie parole sono affrettate e confuse. Non so se riuscirò a evitare quello che sta per accadere, ma devo provarci. "Non farò più del male a Beth e non cercherò più di fuggire. Ti prego, Julian, ho imparato la lezione ..."

Julian mi guarda quasi con tristezza. "No, Nora. Non l'hai imparata. Sono dovuto tornare oggi, interrompendo il mio viaggio di affari a causa di quello che hai fatto. Beth non è qui per essere il tuo carceriere. Non è questo il suo ruolo. È qui per prendersi cura di te, per assicurarsi che tu sia a tuo agio e contenta. Non posso permetterti di ripagare la sua gentilezza cercando di ucciderla—"

"Non stavo cercando di ucciderla! Volevo solo ..." Mi fermo, non volendo rivelargli il mio piano.

"Pensavi si poterla prendere in ostaggio?" Julian sembra divertito ora. "Per fare cosa? Costringerla a farti lasciare l'isola? Aiutarti a raggiungere il mondo esterno?"

Lo guardo, senza negare, né confermare.

"Beh, Nora, lascia che ti spieghi una cosa. Anche se il tuo assalto fosse riuscito, cosa che non sarebbe mai potuta succedere perché Beth è più che in grado di contrastare una ragazzina, non avrebbe potuto aiutarti.

Quando vado via, l'aereo viene via con me. Non ci sono barche o altri mezzi per lasciare l'isola."

Le sue parole confermano quello di cui già sospettavo dopo le mie esplorazioni. Ma spero ancora che—

"E sono l'unico che ha accesso al mio ufficio. Non ci sono computer o apparecchiature di comunicazione in casa. Tutto quello che Beth può fare è mandarmi un messaggio diretto su una linea speciale che abbiamo impostato. Quindi vedi, gattina mia, sarebbe stata abbastanza inutile come ostaggio."

Posso dire addio a quella speranza. Ogni frase sembra un chiodo conficcato più a fondo nella mia bara. Se non sta mentendo, allora la mia situazione è molto, molto peggiore di quanto temessi.

A meno che Julian non decida di lasciarmi andare, rimarrò sulla sua isola per sempre.

Vorrei urlare, piangere e buttare le cose in aria, ma non posso permettermi di cedere ai nervi in questo momento. Così, annuisco e fingo di essere calma e razionale. "Capisco. Scusa, Julian. Non sapevo niente di tutto questo. Non proverò più a fuggire e non farò del male a Beth. Ti prego, credimi . . ."

"Vorrei poterlo fare, Nora." Sembra quasi rammaricato. "Ma non posso. Non mi conosci ancora, quindi non sai se puoi credermi. Devo mostrarti che sono un uomo di parola. Prima accetterai l'inevitabile, prima sarai felice."

E con questo, raggiunge la tasca e tira fuori qualcosa che somiglia a un cellulare. Preme un pulsante, aspetta un paio di secondi, poi dice seccato: "Puoi procedere."

Rivolge l'attenzione allo schermo.

Faccio la stessa cosa, con una vuota sensazione di terrore nello stomaco.

Lo schermo mostra ancora una stanza vuota, ma qualche secondo dopo la porta si apre ed entra Jake.

Sembra terrorizzato. Ha un occhio gonfio e il naso è storto, come se fosse rotto. È seguito da una grande figura mascherata armata di pistola.

Un sussulto di terrore mi sfugge dalle labbra. "Ti prego, no..." non mi rendo nemmeno conto che mi sto muovendo, ma le mie mani finiscono in qualche modo sul braccio di Julian, strattonandolo in preda alla disperazione.

"Guarda, Nora." Non c'è emozione sul volto di Julian, mentre mi tira tra le sue braccia, stringendomi per farmi guardare lo schermo. "Voglio che impari una volta per tutte che le azioni hanno delle conseguenze."

Sullo schermo, lo scagnozzo mascherato improvvisamente raggiunge Jake—

"No!"

—e lo colpisce duramente sul volto con l'impugnatura della pistola. Jake cade all'indietro e il sangue gli cola dall'angolo della bocca.

"Per favore, no!" Singhiozzo e mi dimeno nella presa di ferro di Julian, con gli occhi incollati sulla scena violenta che si sta svolgendo a migliaia di chilometri di distanza.

L'aggressore di Jake è implacabile e lo colpisce ripetutamente. Urlo, sentendo ogni colpo dentro il mio cuore. Ogni colpo brutale sul corpo di Jake uccide qualcosa dentro di me, un po' della fiducia in un futuro più luminoso che mi aveva sostenuto finora.

Quando Jake cade in ginocchio, l'uomo lo prende a calci nelle costole e sento il gemito di dolore di Jake.

"Ti prego, Julian" sussurro sconfitta, crollando tra le sue braccia. "Ti prego, smettila…" So che sto implorando la pietà da un uomo che non ne ha. Sta uccidendo Jake davanti ai miei occhi e non c'è assolutamente niente che io possa fare per lui.

Il mio carceriere fa continuare il pestaggio per un altro minuto prima di liberarmi e di tirare fuori il cellulare. Lo fisso, tremando dalla testa ai piedi. Non ho nemmeno il coraggio di sperare.

Julian digita rapidamente un messaggio. Sullo schermo, vedo l'aggressore di Jake fermarsi e raggiungere la tasca.

Poi si ferma completamente e lascia la stanza di Jake.

Jake rimane sdraiato sul pavimento, coperto di sangue. Rimango incollata allo schermo, sentendo il bisogno di sapere se è vivo. Un minuto dopo, lo sento gemere e lo vedo alzarsi.

Arranca verso il telefono di casa, muovendosi più come un vecchio che come un giovane atletico.

E poi lo sento chiamare il 911.

Sprofondo sul pavimento, nascondendo il viso tra le mani.

Julian ha vinto.

So che la mia vita non sarà più la stessa.

CAPITOLO UNDICI

Quando mi sveglio la mattina dopo, Julian è andato di nuovo via.

Non mi ricordo cos'è successo ieri dopo essere crollata nell'ufficio di Julian. Il resto della giornata è sfocato nella mia memoria. È come se il mio cervello si fosse spento, incapace di elaborare le violenze a cui avevo assistito. Credo di ricordare vagamente che Julian mi ha tirata su dal pavimento e mi ha portata nella doccia. Deve avermi lavata e fasciato i piedi, perché questa mattina sono avvolti da una garza e fanno molto meno male quando cammino.

Non so se abbia fatto sesso con me ieri notte. Se lo ha fatto, dev'essere stato particolarmente delicato, perché non sento alcun dolore questa mattina. Ricordo di aver dormito con lui nel mio letto, con il suo grande corpo curvo intorno al mio.

In un certo senso, quello che è successo semplifica le cose. Quando non c'è speranza, quando non c'è scelta, tutto diventa molto chiaro. Il nocciolo della questione è che Julian ha il coltello dalla parte del manico. Sarò sua fin quando lo vorrà. Non c'è scampo per me, non c'è via d'uscita.

E dopo aver accettato questo fatto, la mia vita diventa più facile. Senza rendermene conto, trascorro nove giorni sull'isola.

Me lo ha detto Beth a colazione questa mattina.

Mi sono abituata alla sua presenza. Non ho scelta. Senza Julian, lei è la mia unica fonte di interazione umana. Mi prepara il cibo, mi porta i vestiti e mi mantiene pulita. È quasi come la mia tata, solo che è giovane e a volte stronza. Non credo che mi abbia perdonata del tutto per aver cercato di colpirla in testa. Ho ferito il suo orgoglio o qualcosa del genere.

Cerco di non infastidirla troppo. Sto fuori casa durante il giorno, passando la maggior parte del tempo in spiaggia o ad esplorare i boschi. Torno a casa per mangiare e per prendere un nuovo libro da leggere. Mi ha detto Beth che Julian mi porterà altri libri, quando avrò finito con i cento che sono attualmente in camera mia.

Dovrei essere depressa. Lo so. Dovrei essere amareggiata e furiosa tutto il tempo, detestando Julian e l'isola. E a volte è così. Ma ci vuole davvero tanta energia per comportarsi costantemente da vittima. Quando mi sdraio sotto il sole cocente, immersa in un libro, non odio niente. Mi lascio semplicemente trasportare dalla fantasia di qualche autore.

Cerco di non pensare a Jake. Il senso di colpa è quasi insopportabile. Razionalmente, so che è stato Julian a farlo, ma non posso fare a meno di sentirmi responsabile. Se non fossi mai uscita con Jake, tutto questo non sarebbe mai accaduto. Se non lo avessi avvicinato durante quella festa, non sarebbe stato pestato selvaggiamente.

Non so ancora cosa sia Julian o come faccia ad avere un raggio d'azione del genere. Per me, oggi rappresenta più che mai un mistero.

Forse è coinvolto nella Mafia. Questo spiegherebbe i criminali che lavorano per lui. Certo, potrebbe essere semplicemente un ricco eccentrico con tendenze sociopatiche. Non ne ho la più pallida idea.

La notte a volte piango prima di addormentarmi. Mi mancano la mia famiglia, i miei amici. Mi manca uscire e ballare in un club. Mi manca il contatto umano. Non sono una solitaria per natura. A casa, ero sempre in contatto con la gente—Facebook, Twitter, uscivo con gli amici per andare al centro commerciale. Mi piace leggere, ma non è abbastanza per me. Ho bisogno di altro.

La situazione è così grave che cerco di parlarne con Beth.

"Mi annoio" le dico a cena. Di nuovo pesce. Ho scoperto che Beth lo pesca da sola vicino alla baia, dall'altra parte dell'isola. Questa volta, è condito con della salsa di mango. Per fortuna mi piace il pesce, perché ne mangio molto qui.

"Ti annoi?" Sembra divertita. "Perché? Non hai abbastanza libri da leggere?"

Alzo gli occhi. "Sì, ne ho ancora settanta o giù di lì. Ma non c'è nient'altro da fare . . ."

"Vuoi aiutarmi a pescare domani?" chiede, rivolgendomi uno sguardo beffardo. Sa di non essere la persona che preferisco e si aspetta che declini subito la sua proposta. Tuttavia, non si rende conto di quanto io abbia bisogno dell'interazione umana.

"Va bene" dico, ovviamente sorprendendola. Non sono mai stata a pesca e non credo che sia un'attività particolarmente divertente, soprattutto se Beth sarà sarcastica per tutto il tempo. Comunque, farei qualsiasi cosa per spezzare la routine, a questo punto.

"Va bene" dice. "Il momento migliore per catturare questi stronzi è intorno all'alba. Pensi di farcela?"

"Certo" rispondo. Di solito detesto svegliarmi presto, ma dormo così tanto qui che sono certa non mi faccia male. Probabilmente dormo quasi dieci ore a notte e mi concedo anche un pisolino occasionale al sole pomeridiano. È abbastanza ridicolo, davvero. Il mio corpo sembra credere di essere in vacanza in qualche rilassante rifugio. Apparentemente ci sono dei vantaggi dovuti al fatto di non avere Internet o altre distrazioni; non credo di essermi mai sentita così riposata in tutta la mia vita.

"Allora, faresti meglio ad andare a letto presto, perché verrò a svegliarti presto" mi avverte.

Annuisco, finendo la cena. Poi mi dirigo al piano di sopra in camera mia e piango prima di addormentarmi.

* * *

"Quando torna Julian?" chiedo, osservando Beth mentre sistema con cura l'esca sull'amo. Ciò che sta facendo mi sembra disgustoso e sono contenta che non mi abbia chiesto di aiutarla.

"Non lo so" dice Beth. "Tornerà quando avrà finito di occuparsi degli affari."

"Che genere di affari?" gliel'ho già chiesto, ma spero che un giorno di questi Beth mi risponda.

Sospira. "Nora, non essere indiscreta."

"Perché non posso saperlo?" le rivolgo uno sguardo frustrato. "Dovrò stare qui per un bel po' di tempo. Voglio solo sapere chi è, ecco tutto. Non credi che sia normale essere curiosi nella mia situazione?"

Sospira di nuovo gettando l'esca in mare con un movimento abile ed esperto. "Certo che lo è. Ma Julian ti dirà tutto quando vorrà che tu lo sappia."

Faccio un respiro profondo. Ovviamente non otterrò niente con questo modo di chiedere. "Gli sei davvero fedele, eh?"

"Sì" dice Beth semplicemente, sedendosi accanto a me. "Lo sono."

Perché le ha salvato la vita. Sono curiosa di sapere anche questo, ma so che è permalosa sull'argomento. Così, le chiedo: "Da quando lo conosci?"

"Circa dieci anni" risponde.

"Da quando aveva diciannove anni?"

"Sì, esatto."

"Come vi siete conosciuti?"

Serra la mascella. "Non sono affari tuoi."

Uh-uh. Mi rendo conto che mi sto avvicinando di nuovo all'argomento difficile. Decido di procedere lo stesso. "È stato quando ti ha salvato la vita? È così che vi siete conosciuti?"

Stringe gli occhi. "Nora, cosa ti ho detto sul fatto di essere indiscreta?"

"Va bene, perfetto . . ." La sua non-risposta è una risposta sufficiente per me. Passo a un altro argomento di interesse. "Allora, perché Julian mi ha portata qui? Su quest'isola, voglio dire. Nemmeno lui ci vive."

"Tornerà presto." Mi rivolge uno sguardo ironico. "Perché, ti manca?"

"No, certo che no!" le rivolgo uno sguardo offeso.

Alza le sopracciglia. "Davvero? Nemmeno un po'?"

"Perché dovrebbe mancarmi quel mostro?" sussurro, mentre una rabbia incontrollabile improvvisamente mi ribolle nella bocca dello stomaco. "Dopo quello che ha fatto a me? A Jake?"

Ride sommessamente. "Credo che la signora protesti troppo . . ."

Salto in piedi, non potendo più sopportare la sua voce beffarda. In questo momento, la odio così tanto che l'avrei pugnalata volentieri con un coltello, se ne avessi avuto uno a portata di mano. Non sono mai stata un tipo iroso, ma qualcosa in Beth tira fuori il peggio di me.

Per fortuna, riacquisto il controllo prima di esplodere e di fare la figura dell'idiota. Facendo un respiro profondo, fingo di aver voglia di alzarmi. Camminando verso l'acqua, verifico la temperatura con la punta del piede e poi torno verso Beth, sedendomi di nuovo.

"L'acqua è davvero calda su questo lato dell'isola" dico con calma, come se dentro non bruciassi ancora dalla rabbia.

"Sì, ai pesci piace questo posto" risponde con lo stesso tono piatto. "Ne pesco sempre di grossi in questa zona."

Annuisco e guardo fuori verso l'acqua. Il rumore delle onde è rilassante e mi aiuta a controllare tutto quello che sento dentro. Non capisco appieno perché io abbia reagito così bruscamente alla sua provocazione. Sicuramente avrei dovuto rivolgerle uno sguardo carico di disprezzo e respingere con freddezza la sua ridicola domanda. Invece ho abboccato alla sua provocazione.

Potrebbe esserci qualche traccia di verità nelle sue parole? È per questo che mi hanno irritato così tanto? Mi manca davvero Julian?

L'idea è così nauseante che mi viene voglia di vomitare.

Cerco di riflettere razionalmente per un po', facendo ordine tra il confuso groviglio di emozioni che provo.

Va bene, sì, una piccola parte di me prova risentimento per il fatto che mi ha lasciata qui su quest'isola, con solo Beth come compagnia. Per essere qualcuno che presumibilmente mi voleva così tanto da rapirmi, Julian sicuramente non è molto attento.

Non che io voglia le sue attenzioni. Voglio che rimanga il più lontano possibile da me. Ma allo stesso tempo, sono stranamente offesa per la sua lontananza. È come se non mi desiderasse abbastanza da voler restare qui.

Non appena analizzo tutto logicamente, mi accorgo dell'assurdità delle mie emozioni contrastanti. Tutto questo è così stupido che dovrei prendermi a pugni.

Non diventerò una di quelle ragazze che si innamorano del proprio rapitore. Mi rifiuto di esserlo. So che stare su quest'isola mi danneggia il cervello e sono decisa a non permetterlo.

Forse non posso fuggire da Julian, ma posso impedire che diventi un'ossessione.

* * *

Due giorni dopo, Julian ritorna.

Lo scopro quando mi sveglia dal pisolino sulla spiaggia.

In un primo momento, mi sembra di sognare. Nel mio sogno, sono al caldo e al sicuro nel mio letto. Mani delicate iniziano ad accarezzarmi il corpo, rilassandomi, coccolandomi. Mi inarco verso di loro, adorando quel tocco sulla mia pelle, godendo del piacere che mi danno.

E poi sento delle labbra calde sul viso, il collo, la spalla. Gemo dolcemente e le mani si fanno più esigenti, spostando le spalline della parte superiore del mio bikini, tirando via la parte inferiore del bikini dalle mie gambe ...

La consapevolezza di ciò che sta accadendo attraversa il mio cervello semicosciente e mi sveglio con un improvviso sussulto, mentre l'adrenalina mi scorre nelle vene.

Julian è accovacciato su di me, mi guarda con quel suo tipico sorriso angelico e minaccioso. Sono già nuda, sdraiata sul grande telo da mare che Beth mi ha dato questa mattina. Anche lui è nudo—e completamente eccitato.

Lo fisso, mentre il cuore mi batte all'impazzata con un misto di eccitazione e terrore. "Sei tornato" dico, affermando l'ovvio.

"Già" mormora, chinandosi e baciandomi di nuovo il collo. Prima di riuscire a raccogliere i miei confusi pensieri, è già sdraiato su di me, a separarmi le cosce con il ginocchio mentre la sua erezione stimola la mia morbida apertura.

Stringo gli occhi mentre comincia a spingere dentro di me. Sono bagnata, ma mi sento ancora sgradevolmente rigida mentre scivola fino in fondo. Si ferma per un secondo, facendomi sistemare, e poi comincia a muoversi, prima lentamente e poi con ritmo crescente.

I suoi colpi mi schiacciano sul telo e sento la sabbia spostarsi sotto la mia schiena. Mi aggrappo alle sue solide spalle, sentendo l'esigenza di aggrapparmi a qualcosa mentre la familiare tensione inizia a radunarsi nella parte inferiore della mia pancia. La punta del suo cazzo sfiora quel punto sensibile da qualche parte dentro di me e io ansimo, inarcandomi per prenderlo più in profondità, sentendo ancora di più il bisogno di quella sensazione intensa, desiderando che mi spinga oltre il limite.

"Ti sono mancato?" mi sussurra nell'orecchio, rallentando quanto basta per impedirmi di raggiungere l'apice.

Sono abbastanza coerente da scuotere la testa.

"Bugiarda" sussurra, e le sue spinte si fanno più forti, più punitive. Mi guida spietatamente sempre più in alto, finché urlo, con le mie unghie che affondano nella sua schiena dalla frustrazione, mentre l'orgasmo sfuggente aleggia incontrollabile.

E poi finalmente lo raggiungo, il mio corpo si libra mentre un potente orgasmo mi attraversa, lasciandomi debole ed esausta nella sua scia.

Con una rapidità che mi spaventa, lo tira fuori e mi capovolge sullo stomaco.

Grido, spaventata, ma lui semplicemente spinge di nuovo dentro di me e riprende a scoparmi da dietro, con il corpo grande e pesante sopra di me. Mi circonda; il mio viso è schiacciato sul telo e faccio fatica a respirare. Tutto quello che sento è lui: il movimento avanti e indietro del suo grosso cazzo dentro il mio corpo, il calore che si sprigiona dalla sua pelle. In questa posizione, va in profondità, ancora più in profondità del solito, e non riesco a fermare i rantoli di dolore che mi sfuggono dalla gola mentre la punta del suo cazzo mi colpisce la cervice a ogni spinta dei suoi fianchi. Ma il disagio non sembra impedire che la pressione cresca di nuovo dentro di me e raggiungo di nuovo il culmine, con i muscoli interni che si stringono impotenti intorno alla sua asta.

Geme duramente e poi sento venire anche lui, mentre il suo cazzo pulsa, spinge dentro di me e i suoi fianchi sfregano le mie natiche. Questo potenzia il mio orgasmo, tira fuori il mio piacere. È come se fossimo legati l'uno all'altra, perché le mie contrazioni non si fermano fino a quando le sue non cessano del tutto.

Poi, si rotola sulla schiena, lasciandomi andare, e io mi lascio sfuggire un respiro tremante. Con le membra deboli e pesanti, mi alzo a quattro zampe e trovo il mio bikini, poi lo infilo, mentre mi guarda, con un sorriso pigro sulle sue belle labbra. Non sembra avere fretta di vestirsi, ma io non sopporto di stare nuda davanti a lui. Mi fa sentire troppo vulnerabile.

L'ironia di questo non mi sfugge. Certo che sono vulnerabile. Sono vulnerabile come può esserlo una donna in completa balia di un pazzo spietato. Un paio di piccole pezze di cotone non riusciranno a proteggermi da lui.

Nulla ci riuscirà, se vorrà davvero farmi del male.

Decido di non pensarci. Così, chiedo: "Dove sei stato?"

Il sorriso di Julian si allarga. "Ti sono mancato dopo tutto."

Gli rivolgo uno sguardo ironico, cercando di ignorare il fatto che è nudo e sdraiato a solo un paio di palmi da me. "Sì, mi sei mancato."

Ride, nemmeno un po' spiazzato dal mio atteggiamento sarcastico. "Sapevo che ti sarei mancato" dice. Poi si alza e si infila un paio di calzoncini da bagno, che stavano sulla sabbia accanto a noi. Girandosi verso di me, mi porge la mano. "Una nuotata?"

Lo fisso. Dice sul serio? Si aspetta che vada a fare il bagno con lui come se fossimo amici o qualcosa del genere?

"No, grazie" dico, facendo un passo indietro.

Aggrotta un po' le sopracciglia. "Perché no, Nora? Non sai nuotare?"

"Certo che so nuotare" dico indignata. "Solo che non voglio fare il bagno con te."

Alza le sopracciglia. "Perché no?"

"Uhm . . . forse perché ti odio?" Non so perché io sia così coraggiosa oggi, ma a quanto pare il tempo passato lontana da lui mi ha reso meno paurosa. O forse è perché sembra essere d'umore allegro e scherzoso, e forse per questo mi fa un po' meno paura.

Sorride di nuovo. "Tu non hai idea di cosa sia l'odio, gattina mia. Magari non ti piaceranno le mie azioni, ma non mi odi. È impossibile. Non è nella tua natura."

"Che ne sai della mia natura?" Chissà perché, trovo le sue parole offensive. Come osa dire che non posso odiare il mio rapitore? Chi si crede di essere, dicendomi cosa posso e non posso provare?

Mi guarda, con le labbra ancora ricurve in quel sorriso. "So che hai ricevuto quella che chiamano un'educazione normale, Nora" dice a bassa voce. "So che sei cresciuta in una famiglia amorevole, che hai avuto buoni amici, fidanzati decenti. Come puoi sapere cosa sia il vero odio?"

Lo fisso. "E tu lo sai? Sai cos'è il vero odio?"

La sua espressione si indurisce. "Purtroppo sì" dice, e sento la verità nella sua voce.

Una sensazione di nausea mi inonda lo stomaco. "Sono la persona che odi?" sussurro. "È questo il motivo per cui mi stai facendo questo?"

Con mio grande sollievo, sembra sorpreso. "Odiarti? No, certo che non ti odio, gattina mia."

"Allora perché?" chiedo un'altra volta, decisa ad ottenere delle risposte. "Perché mi hai rapita e portata qui?"

Mi guarda, con gli occhi incredibilmente azzurri sulla sua pelle abbronzata. "Perché ti volevo, Nora. Te l'ho già detto. E perché non sono una brava persona. Ma l'avevi già capito, non è vero?"

Ingoio e guardo giù verso la sabbia. Non prova neanche un minimo di vergogna per le sue azioni. Julian sa che quello che sta facendo è sbagliato e semplicemente non gli importa.

"Sei uno psicopatico?" Non so cosa mi spinga a chiedere questo. Non voglio farlo arrabbiare, ma voglio capire. Trattenendo il fiato, alzo lo sguardo verso di lui.

Per fortuna, non sembra offeso dalla domanda. Anzi, sembra pensieroso quando si siede sul telo accanto a me. "Forse" dice dopo qualche secondo. "Un medico ha detto che potrei essere un sociopatico borderline. Non tutto corrisponde, quindi non c'è una diagnosi definitiva."

"Sei andato da un medico?" Non so perché sono così scioccata. Forse perché non mi sembra il tipo che chieda aiuto a uno strizzacervelli.

Mi sorride. "Sì, per un po'."

"Perché?"

Alza le spalle. "Perché ho pensato che potesse aiutarmi."

"Aiutarti a essere meno psicopatico?"

"No, Nora." Mi rivolge uno sguardo ironico. "Se fossi un vero psicopatico, non potrei farci niente."

"Allora cosa?" So che mi sto intromettendo in alcune questioni molto personali, ma sento che mi deve delle risposte. Inoltre, se non si può essere intimi con un uomo che ti ha appena scopata sulla spiaggia, allora quando puoi esserlo?

"Sei una gattina curiosa, non è vero?" dice a bassa voce, mettendomi la mano sulla coscia. "Sei sicura di volerlo sapere veramente, gattina mia?"

Annuisco, cercando di ignorare il fatto che le sue dita sono a soli pochi centimetri di distanza dalla linea del mio bikini. Il suo tocco eccitante e inquietante crea scompiglio nel mio equilibrio.

"Sono andato da un terapeuta dopo aver ucciso gli uomini che avevano assassinato la mia famiglia" dice piano, guardandomi. "Ho pensato che potesse aiutarmi ad accettarlo."

Lo fisso senza capire. "Accettare il fatto che li avevi uccisi?"

"No" risponde. "Il fatto che volevo uccidere ancora."

Mi si rivolta lo stomaco e mi si accappona la pelle nel punto in cui Julian mi sta toccando. Ha appena ammesso qualcosa di così orribile che non so nemmeno come reagire.

Come un richiamo lontano, sento la mia voce che chiede: "Allora, ti ha aiutato ad accettarlo?" sembro calma, come se stessimo discutendo semplicemente del tempo.

Ride. "No, gattina mia, no. I medici sono inutili."

"Hai ucciso altre persone?" Il torpore che mi avvolge inizia a dissolversi e sento che sto cominciando a tremare.

"Sì" dice, con un sorriso cupo sulle labbra. "Non sei felice di avermelo chiesto?"

Il mio sangue si trasforma in ghiaccio. So che dovrei smettere di parlare ora, ma non ci riesco. "Mi ucciderai?"

"No, Nora." Sembra esasperato per un attimo. "Te l'ho già detto."

Mi lecco le labbra secche. "Già. Mi farai solo del male ogni volta che ne avrai voglia."

Non lo nega. Anzi, si alza di nuovo e mi guarda. "Vado a fare una nuotata. Puoi unirti a me se vuoi."

"No, grazie" dico debolmente. "Non mi va di nuotare in questo momento."

"Come vuoi" dice, e poi se ne va, camminando a grandi passi verso l'acqua.

Ancora in stato di shock, guardo la sua figura alta con le spalle larghe, man mano che si fa strada nell'oceano, con i suoi capelli scuri che brillano al sole.

Il diavolo effettivamente indossa una bella maschera.

CAPITOLO DODICI

Dopo le rivelazioni di Julian sulla spiaggia, non mi sento di fargli altre domande per un po'. Sapevo già di essere prigioniera di un mostro e quello che ho scoperto oggi rafforza questa convinzione. Non so perché sia stato così aperto con me e questo mi spaventa.

A cena, per lo più taccio, rispondendo solo alle domande poste direttamente a me. Beth mangia con noi oggi e loro due sostengono una vivace conversazione, principalmente sull'isola e su come io e lei abbiamo passato il nostro tempo.

"E così, ti annoi?" mi chiede Julian dopo che Beth gli racconta della mia mancanza di interesse nella lettura per tutto il giorno.

Alzo le spalle in una scrollata, non volendo farne un grosso problema. Dopo quello che ho scoperto prima, sceglierei la noia alla compagnia di Julian in qualsiasi momento.

Lui sorride. "Va bene, dovrò porvi rimedio. Ti porterò una TV e un po' di film la prossima volta che torno da un viaggio."

"Grazie" dico automaticamente, fissando il mio piatto. Mi sento così triste che ho voglia di piangere, ma sono troppo orgogliosa per farlo davanti a loro.

"Che c'è?" chiede Beth notando il mio insolito comportamento. "Ti senti bene?"

"Non proprio" dico, agganciandomi con piacere al pretesto che mi ha fornito. "Credo di aver preso troppo sole."

Beth sospira. "Ti ho detto di non dormire sulla spiaggia a mezzogiorno. Ci sono trentacinque gradi."

È vero; mi aveva avvertita di questo. Però la mia tristezza oggi non ha nulla a che vedere con il caldo, ma è dovuta all'uomo seduto al tavolo davanti a me. So che quando la cena sarà finita, mi porterà al piano di sopra e mi scoperà di nuovo. Forse mi farà del male.

E io reagirò a lui, come sempre.

Quell'ultima parte è la peggiore. Ha pestato Jake davanti ai miei occhi. Ha ammesso di essere un killer sociopatico. Dovrei essere disgustata. Dovrei guardarlo con nient'altro che non sia paura e disprezzo. Il fatto che io provi anche solo un briciolo di desiderio per lui è nauseante.

È decisamente malato.

Così, mi siedo, prendendo il cibo, con lo stomaco pieno di piombo. Mi alzerei e andrei in camera mia, ma temo che accelererebbe solo l'inevitabile.

Finalmente, il pasto è finito. Julian mi prende la mano e mi conduce al piano di sopra. Mi sento come se stessi andando alla mia esecuzione, anche se questo forse è troppo drammatico. Ha detto che non mi ucciderà.

Quando siamo nella stanza, si siede sul letto e mi tira tra le sue gambe. Vorrei resistere, opporre almeno un po' di resistenza, ma la mia testa e il mio corpo non sembrano essere in sintonia ultimamente. Anzi, resto in silenzio, tremando dalla testa ai piedi, mentre mi guarda. I suoi occhi scrutano i lineamenti del mio viso, indugiando sulla bocca, per poi passare al seno, dove i miei capezzoli sono visibili sotto il tessuto sottile del mio prendisole. Sono induriti, come se fossi eccitata, ma credo che sia perché sento freddo. Beth deve aver acceso l'aria condizionata per la notte.

"Molto carina" dice alla fine, prendendomi la mano e accarezzandomi il bordo della mascella con le dita. "Una pelle dorata davvero soffice."

Chiudo gli occhi, non volendo guardare il mostro davanti a me. *Volevo uccidere ancora... Volevo uccidere ancora...* Ripeto le sue parole più e più volte nella mia mente, come una canzone bloccata su replay. Non so come fermare tutto questo, come tornare indietro nel tempo e cancellare i ricordi di questo pomeriggio dalla mia mente. Perché ho insistito per sapere queste cose di lui? Perché ho sondato e indagato per avere questo tipo di risposte? Ora non riesco a pensare ad altro che l'uomo che mi tocca sia uno spietato killer.

Mi si avvicina e sento il suo fiato caldo sul collo. "Ti dispiace avermi fatto tutte quelle domande oggi?" mi sussurra in un orecchio. "Ti dispiace, Nora?"

Mi ritraggo, strabuzzando gli occhi. Mi legge anche nella mente?

Alla mia reazione, si tira indietro e sorride. C'è qualcosa in quel sorriso che mi fa sentire dieci volte più freddo. Non ho idea di cosa succederà con lui questa notte, ma qualunque cosa sia, mi spaventa più che mai.

"Hai paura di me, non è vero, gattina mia?" chiede a bassa voce, tenendomi ancora prigioniera tra le sue gambe. "Ti sento tremare come una foglia."

Vorrei negarlo, essere coraggiosa, ma non ci riesco. *Ho* paura e *sto* tremando. "Ti prego" sussurro, senza sapere nemmeno perché lo sto implorando. Non mi ha ancora fatto niente.

Mi dà una lieve spinta, liberandomi dalla sua presa. Faccio qualche passo indietro, felice di stabilire una certa distanza tra noi.

Si alza dal letto ed esce dalla stanza.

Lo fisso, incredula che mi abbia appena lasciata sola. Potrebbe essere che non ha voglia di fare sesso ora? Mi ha già avuta sulla spiaggia oggi.

E proprio quando sto per tirare un sospiro di sollievo, Julian torna, con un borsone da ginnastica nero tra le mani.

Il mio viso sbianca. Dei pensieri orribili mi attraversano la mente. Cosa c'è lì dentro—coltelli, pistole, qualche strumento di tortura?

Quando tira fuori una benda e un piccolo dildo, gli sono quasi grata. *Giocattoli erotici.* Ha solo dei giocattoli erotici in quel borsone. Preferirei il sesso alla tortura in qualunque momento.

Naturalmente, con Julian le due cose non sono necessariamente separate, come ho scoperto questa notte.

"Spogliati, Nora" mi dice, avvicinandosi per sedersi di nuovo sul letto. Poggia la benda e il dildo sul materasso. "Togliti i vestiti, lentamente."

Mi blocco. Vuole che mi spogli mentre mi guarda? Per un attimo, rifletto sulla possibilità di oppormi, ma poi comincio a spogliarmi con le dita impacciate. Mi ha già vista nuda oggi. Perché dovrei essere timida adesso? Inoltre, già sento quella strana reazione a lui. Gli brillano gli occhi dall'eccitazione e questo va oltre la semplice lussuria.

È un'eccitazione che mi fa gelare il sangue.

Mi osserva mentre mi lascio cadere il vestito e do un calcio alle mie infradito. I miei movimenti sono di legno, rigidi, per la paura. Dubito che un uomo normale troverebbe eccitante questo spogliarello, ma vedo che Julian è eccitato. Sotto al vestito, indosso solo un paio di mutandine di pizzo color crema. L'aria fredda mi gela la pelle, facendomi indurire i capezzoli ancora di più.

"Ora la biancheria intima" dice.

Deglutisco e spingo le mutandine lungo le gambe. Poi faccio un passo fuori da loro.

"Che brava ragazza" dice con approvazione. "Adesso vieni qui."

Questa volta non riesco a obbedirgli. Il mio istinto di autoconservazione mi urla di fuggire, ma non c'è modo di farlo. Julian mi catturerebbe se cercassi di fuggire dalla porta in questo momento—e comunque non riuscirei a fuggire dall'isola.

Così, rimango lì, nuda e tremante, intrappolata.

Julian si alza, invece. Contrariamente alle mie aspettative, non sembra arrabbiato. Anzi, sembra quasi... contento. "Vedo che ho fatto bene a cominciare ad addestrarti questa notte" dice, mentre mi si avvicina. "Sono stato troppo morbido con te per via della tua inesperienza. Non volevo distruggerti, danneggiarti irreparabilmente—"

Il mio tremore si intensifica mentre gira intorno a me come uno squalo.

"—ma devo iniziare a plasmarti in quello che voglio che tu sia, Nora. Sei già vicina alla perfezione, ma ci sono questi sbandamenti occasionali..." fa scorrere le dita lungo il mio corpo, ignorando il modo in cui sussulto al suo tocco.

"Ti prego" sussurro "ti prego, Julian, mi dispiace." Non so per cosa io sia dispiaciuta, ma dirò qualsiasi cosa in questo momento per evitare questa prova, qualunque essa sia.

Mi sorride. "Non si tratta di una punizione, gattina mia. Ho solo delle esigenze, tutto qui, e voglio che le soddisfi."

"Quali esigenze?" Le mie parole sono appena udibili. Non voglio saperlo, non voglio proprio, ma non riesco a trattenermi dal chiedere.

"Vedrai" dice, avvolgendo le dita intorno al mio braccio e portandomi verso il letto. Quando arriviamo lì, prende la benda e la lega intorno ai miei occhi. Le mie mani cercano di toccare automaticamente il mio viso, ma le tira giù, facendole penzolare lungo i miei fianchi.

Sento dei fruscii, come se stesse cercando qualcosa in quel borsone. Il terrore mi attraversa ancora una volta e faccio un movimento convulso per liberarmi gli occhi, ma mi afferra i polsi. Sento che li lega dietro di me.

A questo punto comincio a piangere. Non emetto il minimo rumore, ma sento la benda bagnarsi per le lacrime che mi escono dagli occhi. Sapevo di essere impotente prima, anche senza essere bendata e legata, ma il senso di vulnerabilità è mille volte peggiore adesso. So che ci sono donne a cui piace questo, che fanno questo tipo di giochi con il proprio partner, ma Julian non è il mio partner. Ho letto così tanti libri che conosco le regole e so che non le sta seguendo. Non c'è niente di sicuro, sano o consensuale in quello che sta succedendo qui.

Eppure, quando Julian raggiunge le mie gambe e mi accarezza lì sotto, inorridisco nel realizzare che sono bagnata.

Questo lo aggrada. Non dice nulla, ma sento la soddisfazione irradiarsi da lui mentre comincia a giocare con il mio clitoride, spingendo di tanto in tanto la punta di un dito dentro di me per controllare la mia reazione fisica alla sua stimolazione. I suoi movimenti sono sicuri, nemmeno un po' titubanti. Sa esattamente cosa fare per esaltare la mia eccitazione, come toccarmi per farmi venire.

Detesto questo, la sua esperienza nel farmi provare piacere. A quante donne l'ha fatto? Sicuramente ci vuole molta pratica per essere così bravi a far raggiungere l'orgasmo a una donna, nonostante la sua paura e la sua riluttanza.

Nulla di tutto questo interessa al mio corpo, naturalmente. A ogni colpo delle sue abili dita, la tensione dentro di me aumenta e si intensifica, mentre la pressione insidiosa inizia ad accumularsi nel mio basso ventre. Gemo, con i fianchi che spingono involontariamente verso di lui, mentre continua a giocare con il mio sesso. Non mi tocca da nessun'altra parte, solo lì, ma sembra essere abbastanza da farmi impazzire.

"Oh, sì" sussurra, chinandosi per baciarmi il collo. "Vieni per me, gattina mia."

Come se obbedissero al suo ordine, i miei muscoli interni si contraggono . . . e poi l'orgasmo mi attraversa con la forza di un treno merci. Dimentico di avere paura; dimentico tutto in quel momento, tranne il piacere che esplode nelle mie terminazioni nervose.

Prima di riuscire a riprendermi, mi spinge sul letto, a faccia in giù. Lo sento muoversi, fare qualcosa e poi mi solleva e mi mette su un cumulo di cuscini, sollevandomi i fianchi. Ora sono sdraiata sullo stomaco con il culo che sporge e le mani legate dietro la schiena, ancora più esposta e vulnerabile di prima. Giro la testa di lato, in modo da non soffocare nel materasso.

Le lacrime, che si erano quasi fermate, ricominciano a scendere. Ho il terribile sospetto di sapere cosa mi farà ora.

Quando sento qualcosa di fresco e bagnato tra le natiche, il mio sospetto trova la conferma. Sta cospargendo il lubrificante su di me, preparandomi per quello che avverrà.

"Ti prego, non farlo." Le parole mi escono senza controllo. So che implorarlo è inutile. So che non ha pietà, che lo eccita vedermi in questo stato, ma non posso evitare di farlo. Non posso accettare l'ulteriore violenza. Non posso proprio. "Ti prego."

"Zitta, tesoro" mormora, accarezzandomi la curva delle natiche con il suo grande palmo. "Ti insegnerò a godere anche di questo."

Sento altri rumori e poi sento qualcosa che spinge dentro di me, nell'altra apertura. Mi irrigidisco, stringendo i muscoli con tutte le mie forze, ma la pressione è troppa per resistere e l'oggetto comincia a penetrarmi.

"Fermati" mi lamento, appena inizia il bruciore e Julian mi ascolta questa volta, fermandosi per un secondo.

"Rilassati, gattina mia" dice dolcemente, accarezzandomi la gamba con una mano. "Andrà molto meglio se ti rilassi."

"Tiralo fuori" lo imploro. "Ti prego, tiralo fuori."

"Nora" dice, con un tono improvvisamente duro. "Ti ho detto di rilassarti. È solo un giocattolino. Non ti farà male se ti rilassi."

"Farmi male non è quello che vuoi?" chiedo amaramente. "Non è quello che ti eccita?"

"Vuoi che ti faccia male?" La sua voce è dolce, quasi ipnotica. "Mi ecciterebbe, hai ragione... È questo che vuoi, gattina mia? Che ti faccia male?"

No. Non voglio affatto questo. Scuoto la testa in modo quasi impercettibile e faccio del mio meglio per rilassarmi. Non credo di riuscirci. È semplicemente impropria, la sensazione di qualcosa che spinge là dentro dall'esterno.

Tuttavia, Julian sembra soddisfatto dei miei sforzi. "Bene" canticchia. "Che brava ragazza, ci siamo..." Applica una pressione costante e l'oggetto va più in profondità dentro di me, superando la resistenza del mio sfintere, centimetro dopo centimetro. Quando arriva in fondo, si ferma, facendomi abituare alla sensazione.

Il bruciore è ancora lì, così come la sensazione quasi nauseante di pienezza. Faccio piccoli respiri cercando di non muovermi. Dopo circa un minuto, il dolore comincia a scemare e resta solo la fastidiosa sensazione di un oggetto estraneo dentro il mio corpo.

Julian lascia il giocattolo all'interno e inizia ad accarezzarmi in un modo stranamente delicato. Inizia dai piedi, sfregandoli, individuando tutti i dolori muscolari e massaggiandoli. Poi si sposta sui polpacci e sulle cosce, che quasi vibrano per la tensione. Le sue mani sono abili e sicure sul mio corpo; ciò che sta facendo è meglio di qualsiasi massaggio che io abbia mai ricevuto. Nonostante tutto, mi sciolgo al suo tocco, mentre i miei muscoli si trasformano in poltiglia sotto le sue dita. Quando arriva al mio collo e alle spalle, mi sento rilassata com'ero quando mi sono svegliata su quest'isola. Se non fossi bendata, legata e sodomizzata, penserei di essere in un centro termale.

Quando mi toglie il giocattolo una ventina di minuti dopo, scivola via senza difficoltà, senza il minimo accenno di disagio. Lo spinge di nuovo dentro e, questa volta, il dolore è minimo. Se non altro, sembra... interessante... soprattutto quando le sue dita trovano il mio clitoride e iniziano di nuovo a stimolarlo.

Non resisto al piacere che mi suscitano quelle dita. Perché dovrei? Preferirei il piacere al dolore in ogni caso. Julian mi farà ciò che vuole e io potrei almeno goderne un po'.

Così, distacco la mente dall'immoralità di tutto questo e mi concedo semplicemente di provare piacere. Non riesco a vedere nulla con la benda e non riesco a oppormi molto con le mani legate dietro la schiena. Sono completamente indifesa e c'è qualcosa di particolarmente liberatorio in questo. Non c'è motivo di preoccuparsi, non ha senso pensare. Sto semplicemente alla deriva nel buio, inebriata dalle endorfine post-massaggio.

Mi scopa con il giocattolo, spingendolo dentro e fuori, mentre nello stesso tempo spinge con le dita sul mio clitoride. I suoi movimenti sono ritmici, coordinati e io gemo non appena il mio sesso comincia a palpitare, mentre la pressione dentro di me cresce a ogni spinta. D'un tratto, la tensione si alza e un'improvvisa, intensa esplosione di piacere parte dal mio intimo e si irradia dappertutto. I miei muscoli stringono il giocattolo e l'insolita sensazione intensifica proprio il mio orgasmo. Non riuscendo a controllarmi, grido, strofinandomi contro le dita di Julian. Vorrei che l'estasi durasse per sempre.

Ben presto, però, finisce e mi sento debole e tremante. Julian non ha finito con me, naturalmente, neanche per sogno. Proprio quando sto iniziando a riprendermi, ritira il giocattolo e spinge nella mia apertura posteriore un oggetto diverso, più grande. Mi rendo conto che si tratta del suo cazzo, irrigidendomi ancora una volta appena comincia a spingere.

"Nora..." C'è una nota di avvertimento nella sua voce e so cosa vuole da me, ma non so se posso farlo. Non so se sono in grado di rilassarmi abbastanza da farlo entrare. È troppo; è troppo spesso, troppo lungo. Non capisco come qualcosa di così grande possa entrarmi dentro senza lacerarmi.

Ma è implacabile e sento i muscoli cedere lentamente, incapaci di resistere alla pressione che sta applicando. La punta del suo cazzo spinge oltre l'anello stretto del mio sfintere e io grido per la sensazione di bruciore e di stiramento. "Shh" dice con tono rassicurante, accarezzandomi la schiena mentre va lentamente in profondità. "Shh . . . Va tutto bene . . ."

Quando è tutto dentro, sono un bagno tremante di sudore. C'è il dolore, sì, ma c'è anche la novità di avere qualcosa di così grande che mi invade il corpo in questo modo strano e innaturale. So che la gente lo fa, e che presumibilmente lo trova anche piacevole, ma non potrei mai immaginare di farlo volontariamente.

Si ferma, facendomi adattare alle sensazioni, e singhiozzo sommessamente nel materasso, desiderando solo che tutto questo finisca. È paziente, però, mentre le sue mani forti mi accarezzano, mi rilassano, fin quando le mie lacrime si asciugano e non ho più la sensazione di svenire.

Quando il mio disagio comincia a svanire, se ne accorge e inizia a muoversi dentro di me, lentamente, con attenzione. Sento il suo respiro pesante e so che si sta controllando molto, che probabilmente vuole scoparmi ancora più duramente, ma sta cercando di non 'danneggiarmi irreparabilmente.' Tuttavia, i suoi movimenti fanno torcere e agitare il mio intestino, facendomi gridare ad ogni colpo.

E proprio quando penso di non poterne più, fa scivolare una mano sotto i miei fianchi trovando il mio clitoride gonfio. Le sue dita sono delicate, il suo tocco leggero come quello di una farfalla e comincio a sentire un calore familiare nel ventre, mentre il mio corpo risponde a lui, nonostante la violenza. Quello che sta facendo non elimina il dolore, ma mi distrae da esso, permettendomi di concentrarmi sul piacere. Non sapevo che il piacere e il dolore potessero coesistere in questo modo, ma c'è qualcosa di stranamente stimolante in questo mix, qualcosa di oscuro e proibito che fa vibrare una parte di me di cui non conoscevo l'esistenza.

Accelera il ritmo e in qualche modo questo lo rende migliore. Forse alcune terminazioni nervose sono desensibilizzate ormai o forse mi sto semplicemente abituando ad averlo dentro di me, ma il dolore diminuisce, quasi scompare. Tutto ciò che resta è una serie di altre sensazioni strane e sconosciute che sono in un certo senso intriganti. Questo, e il piacere derivante dalle sue abili dita che giocano con il mio sesso, che mi eccitano fin quando non inizio a gridare per un motivo diverso, fin quando non imploro Julian di farlo, di spingermi di nuovo oltre il limite.

E lo fa. Il mio corpo si contrae ed esplode, rabbrividendo per la forza del mio orgasmo. Lui geme mentre i miei muscoli si contraggono sulla sua asta e sento il calore liquido del suo seme bagnarmi le viscere, la sua ruvidità che irrita la mia carne viva.

"Che brava ragazza" mi sussurra in un orecchio, ammorbidendo il cazzo dentro di me. Mi bacia il lobo e il tenero gesto è in tale contrasto con quello che ha appena fatto che mi sento disorientata. È un normale comportamento da rapitore? Quando si ritrae, mi sento vuota e fredda, quasi come se mi mancasse il calore del suo corpo che mi spinge giù.

Non mi lascia sola a lungo, però. Mi slega le mani e le strofina leggermente, poi mi toglie la benda. Sbatto le palpebre, facendo abituare i miei occhi alla tenue luce della stanza e, agitando le braccia, mi sistemo sui gomiti.

"Vieni" dice sottovoce, avvolgendo le dita intorno al mio braccio. "Andiamo a fare la doccia."

Mi afferra per i piedi e mi porta in bagno. Mi tremano le gambe e sono felice che mi stia stringendo. Non so se avrei potuto camminare fin lì da sola.

Apre la doccia, aspetta che l'acqua si scaldi per qualche secondo e mi conduce nel grande box. Poi lava a fondo ogni parte del mio corpo, eliminando ogni traccia di olio lubrificante e sperma. Mi mette anche lo shampoo e il balsamo sui capelli, massaggiandomi la testa con le dita e rilassandomi ancora. Quando ha finito, mi sento pulita e accudita.

"Ora tocca a te" dice, sollevandomi il palmo della mano e versandoci un po' di bagnoschiuma.

"Vuoi che ti lavi?" chiedo incredula e lui annuisce, mentre un sorrisetto gli curva le labbra. Con l'acqua che scorre lungo il suo corpo muscoloso, è ancora più bello del solito, come una sorta di dio del mare.

Un mostro del mare, mi correggo. Un bellissimo mostro del mare.

Continua a guardarmi aspettando, in attesa di vedere se farò come ha chiesto e faccio spallucce tra me e me. Perché non dovrei lavarlo? Non mi farà male se non altro. E poi, per quanto lo detesti, non posso negare di essere curiosa di conoscere il suo corpo, che toccarlo è qualcosa che trovo eccitante.

Così, mi strofino le mani e gli accarezzo il petto, spargendo il sapone su tutta la sua pelle abbronzata. Alza le braccia e gli lavo i fianchi e le ascelle, poi la schiena.

La sua pelle è per lo più liscia, ruvida solo in qualche punto per via dei suoi peli scuri e mascolini. Sento i suoi potenti muscoli che si gonfiano sotto le mie dita e mi ritrovo a godere di questa esperienza. In questo momento, posso quasi fingere che voglio stare qui, che questa splendida creatura sia il mio amante e non il mio rapitore.

Lo lavo con cura come mi ha lavata lui, facendo scivolare le mani insaponate sulle sue gambe, sui suoi piedi. Quando arrivo al suo sesso, il suo cazzo comincia a indurirsi di nuovo e mi blocco, rendendomi conto che le mie premure lo hanno involontariamente eccitato.

Interpreta correttamente la mia reazione come paura. "Rilassati, gattina mia" sussurra, con voce divertita. "Sono solo un essere umano, lo sai. Splendida come sei, mi serve più di qualche minuto per riprendermi completamente."

Deglutisco e mi giro dall'altra parte, sciacquandomi le mani sotto il getto d'acqua. Che diavolo sto facendo? Non mi ha costretta a toccarlo. L'ho fatto di mia iniziativa. Me lo aveva chiesto, ma sono abbastanza sicura che avrei potuto rifiutare e lui non avrebbe insistito. L'oscuro sottofondo che ho percepito prima in lui, adesso non c'è. Anzi, Julian sembra essere di buon umore, quasi allegro.

Voglio uscire subito dalla doccia, così faccio un movimento per scivolare davanti a lui. Mi ferma, bloccandomi la strada con il braccio.

"Aspetta" dice a bassa voce, alzandomi il mento con le dita. Poi inclina la testa e mi bacia, con le sue labbra delicate e gentili sulle mie. Una risposta ormai familiare mi scalda il corpo, facendomi venir voglia di strofinarmi a lui come una gatta in calore. Non dura a lungo, però. Dopo circa un minuto, alza la testa e mi sorride, con i suoi occhi azzurri che brillano dalla soddisfazione. "Ora puoi andare."

Assolutamente confusa, esco dalla doccia, mi asciugo e scappo in camera mia il più velocemente possibile.

CAPITOLO TREDICI

Quella notte scopro gli incubi di Julian.

Dopo la doccia, si unisce a me nel letto, con il suo corpo muscoloso curvo intorno alla mia schiena e un braccio pesante appoggiato sul mio torace. Mi irrigidisco in un primo momento, non sapendo cosa aspettarmi, ma tutto quello che fa è dormire tenendomi accanto a sé. Sento il ritmo del suo respiro, mentre guardo nel buio e poi pian piano mi addormento anch'io.

Mi sveglio sentendo uno strano rumore. Sussulto da un sonno profondo e spalanco gli occhi, con il cuore che mi batte all'impazzata.

Che cos'è stato? Per un attimo non oso respirare, ma poi mi rendo conto che i rumori provengono dall'altra parte del letto, dall'uomo che dorme accanto a me.

Mi siedo sul letto e lo scruto. A quanto pare si è allontanato da me durante la notte, tirando tutte le coperte su di sé. Sono completamente nuda e scoperta e sento un po' freddo con l'aria condizionata che funziona a pieno ritmo.

I versi che gli escono dalla gola sono attutiti, ma sono così rozzi che mi fanno venire la pelle d'oca. Mi ricordano un animale in agonia. Respira a fatica, quasi come se gli mancasse il fiato.

"Julian?" dico incerta. Non so proprio come comportarmi in questa situazione. Dovrei svegliarlo? Chiaramente sta facendo un brutto sogno. Ricordo che mi ha parlato della sua famiglia, del fatto che sono stati tutti uccisi e non posso fare a meno di provare pietà per questo splendido uomo contorto.

Grida, con la voce bassa e roca, e si gira di schiena, colpendo il cuscino con un braccio a pochi centimetri di distanza da me.

"Uhm, Julian?" mi allungo con cautela e gli tocco la mano.

Borbotta e gira la testa, ancora profondamente addormentato. Se non fossimo su quest'isola, questo sarebbe il momento perfetto per cercare di fuggire. Visto come stanno le cose, però, è inutile farlo, così guardo Julian con circospezione, chiedendomi se si sveglierà da solo o se dovrei provare a svegliarlo con più decisione.

Per qualche istante sembra che si stia calmando; il suo respiro rallenta. Poi all'improvviso grida di nuovo.

È un nome questa volta.

"Maria" dice con voce rauca. "Maria . . ."

Per uno shoccante secondo sento una calda ondata di gelosia attraversarmi. *Maria . . .* Sta sognando un'altra donna.

Poi riaffiora il mio lato razionale. Maria potrebbe essere facilmente la madre o la sorella e, anche se non lo fosse, perché dovrebbe importarmi se la sta sognando? Non è il mio ragazzo.

Così, deglutisco e mi avvicino di nuovo a lui, reprimendo l'attacco di gelosia. "Julian?"

Non appena le mie dita gli toccano il braccio, mi afferra, facendo dei movimenti così rapidi e sorprendenti che mi sfugge un lieve sussulto, appena mi tira a sé. Le sue braccia intorno a me sono inesorabili, il suo abbraccio è quasi soffocante e lo sento tremare mentre mi stringe a sé, con il mio viso schiacciato contro la sua spalla. La sua pelle è fredda e madida di sudore e sento il cuore galoppargli nel petto.

"Maria" borbotta tra i miei capelli, scavando con le dita nella mia schiena con una forza tale che sono certa ci saranno dei lividi domani. Eppure in qualche modo non mi interessa perché so che non lo sta facendo apposta. È nel bel mezzo del suo incubo, sta cercando conforto e io sono l'unica che può offrirglielo in questo momento.

Dopo un po', sento il suo respiro rallentare. Le sue braccia si rilassano un po', senza più stringermi con tanta disperazione e i suoi battiti frenetici cominciano a rallentare. "Maria" sussurra di nuovo, ma c'è meno dolore nella sua voce ora, come se stesse rivivendo momenti più felici passati con lei, qualunque essi siano.

Gli permetto di stringermi, evitando di muovermi per paura di svegliarlo dal suo sonno ormai sereno. Non è il solo a ricevere conforto. Nonostante tutto quello che mi ha fatto, non posso negare che una parte di me desideri questo da lui, la sensazione di vicinanza, di sicurezza. È l'unica cosa di cui io debba temere; logicamente, lo so. Non importa, però, perché in questo momento sento che sta tenendo l'oscurità a bada, tenendomi al sicuro da qualunque altro mostro possa essere in agguato là fuori.

Proprio come io lo sto tenendo al sicuro dai suoi incubi.

* * *

Quando mi sveglio la mattina dopo, Julian se n'è di nuovo andato.

"Dov'è?" chiedo a Beth a colazione, guardandola tagliare un mango per me. Di tanto in tanto sento ancora un po' di disagio quando mi muovo, un ricordo delle tendenze più esotiche del mio rapitore.

"Un'emergenza di lavoro" dice, agitando le mani con un'aggraziata efficienza che non posso fare a meno di ammirare. "Dovrebbe tornare tra un paio di giorni."

"Che tipo di emergenza di lavoro?"

Beth si stringe nelle spalle. "Non lo so. Puoi chiederlo a lui quando torna."

La guardo, cercando di capire cosa motivi lei . . . e Julian. "Hai detto che sono stata la prima ragazza che ha portato qui, su quest'isola" dico, mantenendo un tono informale. "Allora, cosa faceva con le altre?"

"Non c'è stata nessun'altra." Finisce con il mango e poggia il piatto davanti a me, prima di sedersi a consumare la sua colazione.

"Allora perché mi sta facendo questo? So che ha dei gusti particolari, ma sicuramente ci sono donne a cui piacciono queste cose—"

Beth mi sorride, mostrandomi i suoi denti bianchi. "Certamente. Ma lui vuole te."

"Perché? Che ho di tanto speciale?"

"Devi chiederlo a Julian."

Ancora una volta, non risponde. La sua evasività mi fa venir voglia di urlare. Infilzo un pezzo di mango con la forchetta e lo mastico lentamente, riflettendo.

"È a causa di Maria?" Non sono bene che cosa mi spinga a chiederle questo, tranne il fatto che non riesco a togliermi quel nome dalla testa.

A quanto pare è la domanda giusta, però, perché Beth si ferma di colpo. "Julian ti ha parlato di Maria?" Sembra scioccata.

"L'ha nominata." Non è una vera e propria bugia. Il suo nome è saltato fuori, anche se Julian non lo sa. "Perché ti sorprende?"

Alza di nuovo le spalle, non sembrando più così scioccata. "Credo che non mi sorprenda, ora che ci penso. Se vuole dirlo a qualcuno, quella persona probabilmente sei tu."

Io? Perché? Muoio dalla curiosità, ma cerco di sembrare impassibile, come se niente di tutto questo fosse una novità per me. "Certo" dico con calma, mangiando il mio mango.

"Allora devi capire, Nora" dice, guardandomi. "Devi capire almeno un po'. La tua somiglianza con lei è inquietante. Ho visto la foto e avrebbe potuto essere la tua sorellina."

"Così simile?" Faccio fatica a non far emergere lo shock dalla mia voce. Il cuore mi batte forte nel petto. Questo è molto più di quanto potessi sperare e Beth mi ha appena consegnato quest'informazione su un piatto d'argento.

Aggrotta le sopracciglia. "Non te l'ha detto?"

"No" rispondo. "Non mi ha detto molto. Solo qualcosa." Solo il suo nome, pronunciato in preda a un incubo.

Beth sgrana gli occhi rendendosi conto che forse mi ha rivelato più di quanto avrebbe dovuto. Per un attimo sembra dispiaciuta, ma poi la sua espressione si addolcisce. "Beh" dice. "Ora lo sai. Dovrò dirlo a Julian, naturalmente."

Deglutisco, e il pezzo di mango mi scivola giù per la gola come una roccia. Non voglio che dica niente a Julian. Non so cosa mi farà quando scoprirà che so di

Maria, che l'ho visto nel suo momento di maggior vulnerabilità.

La mia stupida curiosità.

"Perché?" chiedo, cercando di non sembrare ansiosa. "Julian se la prenderà con te, non con me."

"Non ne sarei troppo sicura, Nora" dice Beth, rivolgendomi un sorriso un po' malizioso. "E poi, non ho segreti con Julian. È molto bravo a tirarli fuori dalle persone."

E alzandosi, inizia a lavare i piatti.

* * *

Trascorro i due giorni successivi alternandomi tra la curiosità su Maria e la preoccupazione per il ritorno di Julian.

Chi è lei? Una persona che mi somiglia molto, a quanto pare. Talmente simile che potrebbe essere mia sorella minore, ha detto Beth. Quanti anni ha questa ragazza? Chi è lei per Julian? Le domande mi consumano, interferendo con il mio sonno. Mi ha presa per via della mia somiglianza con lei, è ovvio. Ma perché? Che cosa le è successo? Perché è nei suoi incubi?

Voglio sapere, voglio capire, ma ho paura della reazione di Julian quando tornerà e scoprirà che ho curiosato. Potrei provare a spiegargli che ho scoperto tutto per caso, che non volevo invadere la sua privacy,

162

ma ho il forte sospetto che il mio rapitore non sia un tipo comprensivo.

Beth non mi dice altro di Maria. Anzi, non mi parla proprio. È uno di quei rari individui che sembrano felici di stare da soli. Se fossi in lei, impazzirei su quest'isola, senza fare altro che non sia cucinare, pulire e prendermi cura del giocattolo sessuale di Julian, ma lei sembra perfettamente a posto così.

Io, al contrario, non sto affatto bene. Penso costantemente alla mia vecchia vita e mi mancano la famiglia e gli amici. Probabilmente pensano che io sia morta ormai. Credo che mi abbiano cercato, ma dubito che la ricerca abbia prodotto qualche risultato.

Penso anche a Jake, chiedendomi se si sia ripreso dal pestaggio. Quello che i teppisti di Julian gli hanno fatto sembrava davvero brutale. Jake sa che è stata colpa mia? Che è stato attaccato a casa sua per colpa mia?

Facendo un respiro profondo, mi ripeto che non importa se lo sappia o meno. Qualunque cosa io e Jake avessimo potuto avere insieme è finita. Appartengo a Julian ora ed è inutile pensare a qualsiasi altro uomo.

In un certo senso, sono fortunata. Lo so. Sono certa che molte ragazze finiscono in situazioni ben peggiori della mia. Una volta ho visto un documentario sulla schiavitù sessuale e le immagini di quelle donne con gli occhi infossati mi avevano tormentata per giorni. Sembravano distrutte, completamente e assolutamente schiacciate da tutto ciò che era stato fatto loro e anche il fatto di essere state tratte in salvo non sembrava attenuare la sofferenza stampata sui loro volti.

La mia prigionia è diversa. È molto più piacevole, molto più comoda. Julian non sta cercando di distruggermi e gliene sono grata. Sono la sua schiava sessuale e lui è il mio unico padrone. Le cose potrebbero sicuramente andare molto peggio.

O almeno, questo è quello che mi ripeto mentre aspetto il suo ritorno, sperando disperatamente che la reazione di Julian alla mia curiosità non sarà così terribile come temo.

CAPITOLO QUATTORDICI

Julian torna nel bel mezzo della notte. Dovevo avere il sonno leggero, perché mi sono svegliata non appena ho sentito il mormorio di una conversazione al piano di sotto. I toni più profondi del mio rapitore sono intervallati da quelli più femminili di Beth e ho il forte sospetto di sapere di cosa stanno parlando.

Mi siedo sul letto, con il cuore che mi galoppa nel petto. Alzandomi, raccolgo in fretta i vestiti di ieri e corro in bagno a rinfrescarmi. Non so perché mi preoccupi di lavare i denti in questo momento, ma lo faccio. Voglio essere sveglia e preparata il più possibile per qualunque cosa Julian decida di farmi.

Poi mi siedo sul letto e aspetto.

Finalmente, la porta della mia camera si apre e Julian entra. Sembra incredibilmente stanco, con delle occhiaie scure sotto gli occhi e un accenno di barba sul viso normalmente ben rasato. Questi difetti dovrebbero sminuire la sua bellezza, ma un po' lo umanizzano, rendendolo in qualche modo più attraente.

"Sei sveglia." Sembra sorpreso.

"Ho sentito delle voci" spiego, guardandolo con diffidenza.

"E hai deciso di salutarmi. È molto gentile da parte tua, gattina mia."

So che mi sta prendendo in giro, quindi non dico niente e continuo a guardarlo. I palmi mi sudano, ma faccio del mio meglio per sembrare calma.

Si siede sul letto accanto a me e solleva la mano per toccarmi i capelli. "Una gattina davvero dolce" mormora, sollevando una folta ciocca con la quale scherzosamente mi solletica la guancia. "Una gattina davvero curiosa . . ."

Ingoio, mentre i miei respiri si fanno veloci e instabili. Cosa mi farà?

Si alza e inizia a spogliarsi mentre lo guardo, bloccata da un misto di paura e trepidazione. I suoi vestiti cadono, mostrando il corpo intensamente mascolino e sento un'ondata di desiderio che mi attraversa, riscaldandomi l'intimo.

Lo voglio. Nonostante tutto, lo voglio, e questa è la cosa più malata di tutte. Probabilmente mi farà qualcosa di terribile, ma lo voglio più di quanto potrei mai volere qualcuno.

Sono in ballo, devo ballare. "Hai fatto questo a Maria?" chiedo con calma. "Tenevi anche lei come gattina?"

Mi guarda, con gli occhi azzurri e misteriosi come l'oceano. "Sei sicura di volerlo sapere, Nora?" La sua voce è dolce, ingannevolmente calma.

Lo fisso, sentendomi stranamente incosciente. "Ma sì, Julian, certo." Il mio tono è amaramente sarcastico e mi rendo conto che parte della mia audacia scaturisce dalla gelosia, che detesto l'idea che questa Maria sia speciale per Julian. Ma nemmeno questa presa di coscienza è sufficiente a fermarmi. "Chi è? Un'altra ragazza di cui hai abusato?"

La sua espressione si rabbuia e trattengo il fiato, in attesa di vedere cosa farà ora. In un certo senso, voglio provocarlo. Voglio che mi punisca, che mi faccia del male. Lo voglio perché ho bisogno che non sia altro che un mostro, perché ho bisogno di odiarlo per il bene della mia salute mentale.

Si avvicina e si siede sul letto accanto a me. Resisto alla voglia di tirarmi indietro quando mi raggiunge e avvolge le sue forti dita intorno al mio collo. Stringendomi la gola, si china in avanti e strofina la sua guancia sulla mia, avanti e indietro, come se godesse della morbidezza della mia pelle contro la ruvidezza della sua mascella ricoperta dalla barba. Le sue dita non stringono, ma la minaccia è implicita e tremo, mentre il mio respiro accelera dal terrore.

Ridacchia sommessamente e sento il suo alito sul mio orecchio. Nonostante il suo aspetto stanco, il suo respiro è fresco e dolce, come se avesse appena masticato una gomma americana. Chiudo gli occhi, cercando di convincermi che Julian non mi ucciderebbe davvero, che sta solo giocando con me in questo momento.

Mi bacia l'orecchio, mordicchiando leggermente il lobo. Il suo tocco in quella zona sensibile mi provoca dei piacevoli brividi lungo la schiena e il mio respiro cambia di nuovo, diventando più lento e più profondo man mano che mi eccito. Sento l'odore caldo, all'essenza di muschio della sua pelle, e i miei capezzoli si induriscono, reagendo alla sua vicinanza. Il dolore tra le mie cosce si acuisce e mi contorco un po', cercando di alleviare la pressione che cresce dentro di me.

"Mi vuoi, non è vero?" mi sussurra nell'orecchio, facendo scivolare la mano sotto la gonna del mio vestito e accarezzandomi delicatamente il sesso. So che sente l'umidità lì sotto e reprimo un gemito mentre un lungo dito spinge dentro di me, strofinando la mia parete interna liscia. "Non è vero, Nora?"

"Sì." Ansimo mentre mi tocca un punto particolarmente sensibile.

"Sì, cosa?" La sua voce è dura, esigente. Vuole la mia resa totale.

"Sì, ti voglio" confesso in un sussurro rotto. Non posso più negarlo. Voglio Julian. Voglio l'uomo che mi ha rapita, che mi ha fatto del male. Lo voglio e mi odio per questo.

A quel punto toglie il dito e mi libera la gola. Sorpresa, apro gli occhi e incrocio il suo sguardo. Solleva la mano sul mio viso, spingendomi il dito sulle labbra. È lo stesso dito che è appena stato dentro di me. "Succhia" ordina, e obbedientemente apro la bocca e succhio il dito. Assaggio me stessa, il mio desiderio e mi sento ancora più eccitata.

Quando è soddisfatto che il dito è pulito, lo toglie dalla mia bocca, afferrandomi il mento con la mano, costringendomi a incrociare il suo sguardo. Lo fisso, ipnotizzata dalle striature blu nelle sue iridi. Il mio corpo palpita dal bisogno, bramando disperatamente di essere posseduta. Voglio che mi prenda, che colmi il mio doloroso vuoto interiore.

Ma tutto ciò che fa è guardarmi, con un sorriso beffardo sulle sue bellissime labbra. "Pensi che ti punirò stasera, Nora?" mi chiede sottovoce. "È questo che ti aspetti che faccia?"

Sbatto le palpebre, sorpresa dalla domanda. Certo che mi aspetto che faccia questo. Ho fatto qualcosa che lo ha fatto arrabbiare e non è timido quando si tratta di farmi del male, se non mi comporto bene.

Quasi leggendo la risposta sul mio viso, il suo sorriso si allarga. "Beh, mi dispiace deluderti, gattina mia, ma sono troppo stanco per punirti come si deve stasera. Tutto quello che voglio in questo momento è la tua bocca." E con questo, chiude la mano a pugno tra i miei capelli e mi spinge giù, fino a farmi inginocchiare tra le sue gambe, con la sua erezione al livello dei miei occhi.

"Succhialo" mormora, guardandomi. "Proprio come hai fatto col mio dito."

I pompini non sono una novità per me; avendone fatti un bel po' al mio ex ragazzo, so cosa fare. Serro le labbra attorno alla spessa colonna della sua asta e avvolgo la lingua intorno alla punta. Ha un sapore un po' salato, sa un po' di muschio, e alzo gli occhi, guardando il suo viso mentre gli afferro le palle e le stringo leggermente. Geme, chiudendo gli occhi e stringendo la mano tra i miei capelli e continuo, muovendo la bocca su e giù sul suo cazzo, prendendone un po' di più ogni volta.

Chissà perché, non mi dispiace fargli provare piacere in questo modo. Anzi, lo trovo stranamente piacevole. Anche se è un'illusione, mi sento come se fosse alla *mia* mercé in questo momento, come se fossi quella che ha il potere ora. Adoro i gemiti impotenti che gli sfuggono dalla gola mentre uso le mani, le labbra e la lingua per portarlo sull'orlo dell'orgasmo prima di fermarmi. Mi piace l'espressione agonizzante sul suo viso quando prendo le sue palle e succhio su di loro, sentendole stringersi nella bocca. Mi piace il modo in cui trema quando raschio leggermente le unghie sotto le sue palle e quando finalmente esplode, mi piace il modo in cui mi afferra la testa, tenendomi ferma mentre viene, con il suo cazzo pulsante e palpitante nella mia bocca.

Quando mi lascia andare, mi lecco le labbra succhiando i residui di sperma, mentre lo guardo per tutto il tempo.

Guarda giù verso di me, respirando ancora affannosamente. "Sei stata brava, Nora." La sua voce è bassa e roca. "Molto brava. Chi ti ha insegnato a farlo?"

Mi stringo nelle spalle. "Non ero una suora prima di conoscerti" dico senza pensare.

Stringe gli occhi e mi rendo conto che ho appena commesso un errore. Quest'uomo sembra godere del fatto che è stato il primo, gli piace l'idea che appartengo a lui e solo a lui. Qualsiasi riferimento a ex fidanzati è meglio tenerlo per me.

Con mio grande sollievo, non sembra incline a punirmi nemmeno per questa trasgressione. Anzi, mi tira su, portandomi di nuovo sul letto. Poi mi spoglia, spegne la luce e mette un braccio intorno a me, stringendomi forte mentre si addormenta.

* * *

Il mio castigo non arriva fino alla notte successiva. Julian trascorre di nuovo la giornata in ufficio e non lo vedo fino all'ora di cena.

Per qualche motivo, non sono così spaventata come prima. Il piccolo intermezzo della scorsa notte e l'aver dormito tra le braccia di Julian ha placato la mia ansia, facendomi credere che la punizione non sarà così dura come avevo temuto all'inizio. Non sembrava particolarmente arrabbiato che avessi saputo di Maria, cosa che è di un grande sollievo. Spero che rinunci a punirmi del tutto, soprattutto se farò del mio meglio per comportarmi bene oggi.

Tutti e tre ceniamo di nuovo e ascolto Julian e Beth discutere degli ultimi sviluppi in Medio Oriente. Mi sorprende quanto sembrino essere entrambi informati sull'argomento. Prima del mio rapimento, seguivo abbastanza l'attualità, ma non ho mai sentito la maggior parte dei nomi dei politici che stanno menzionando. Ma se Julian è davvero a capo di una società internazionale di import-export, allora ha senso per lui essere aggiornato sulla politica mondiale.

La curiosità ha la meglio su di me ancora una volta e chiedo se la società di Julian abbia molti affari in Medio Oriente.

Lui mi sorride mentre infilza un pezzo di gambero con la forchetta. "Sì, gattina mia, è così."

"Sei andato in viaggio lì?"

"No" dice, addentando i succosi gamberetti. "Sono stato a Hong Kong questa volta."

Prendo un appunto mentale di questo. Hong Kong dovrebbe essere abbastanza vicina all'isola per raggiungerla, svolgere i suoi affari e tornare, tutto nel giro di due giorni. Immagino una mappa dell'Oceano Pacifico nella mia testa. È un po' sfocata, in quanto la geografia non è il mio forte, ma credo che quest'isola non sia così lontana dalle Filippine.

Beth mi offre delle patate al curry per accompagnare il mio gamberetto e le accetto, ringraziandola con un sorriso. Ho notato che c'è una maggior varietà di cibo quando Julian torna dalla terraferma. Credo che porti delle scorte di cibo da dovunque vada.

Beth ricambia il sorriso e vedo che è di buon umore. In generale, sembra più felice quando Julian è qui, più spensierata. Sono certa che non sia divertente per lei occuparsi di me tutto il tempo. Si potrebbe quasi essere dispiaciuti per lei—laddove 'quasi' è la parola chiave.

"Non sono mai stata in Asia" dico a Julian. "Hong Kong è davvero come nei film?"

Julian mi sorride. "Abbastanza. È fantastica. Forse una delle mie città preferite. L'architettura è affascinante e il cibo . . ." Si lecca le labbra. "Il cibo è buono da morire." Si strofina la pancia e mi viene da ridere, affascinata mio malgrado.

Il resto della cena trascorre nello stesso piacevole modo. Julian mi racconta storie divertenti sui diversi luoghi in cui è stato in Asia e io lo ascolto affascinata, a volte senza fiato e ridendo di alcuni dei racconti più strani. Beth a volte interviene, ma per la maggior parte del tempo è come se fossimo solo io e Julian a divertirci a un appuntamento.

Come quella volta in cui abbiamo cenato da soli, mi ritrovo a cadere sotto il suo incantesimo. È più che affascinante; è semplicemente ipnotizzante. Il suo fascino va oltre l'aspetto, anche se non posso negare l'attrazione fisica tra di noi. Quando ride o mi rivolge uno dei suoi sorrisi sinceri, sento una luce calda, come se fosse il sole e mi stessi crogiolando sotto i suoi raggi. Mi piace tutto di lui—il modo in cui parla, il modo in cui gesticola per sottolineare un punto, il modo in cui i suoi occhi si arricciano ai lati quando mi sorride. È anche uno straordinario narratore e tre ore semplicemente volano, mentre mi intrattiene con i racconti delle sue avventure in Giappone, dove una volta ha vissuto un anno, da adolescente.

Vorrei che questa cena non finisse mai, così cerco di prolungarla il più possibile, approfittando di due, tre, quattro porzioni della frutta che Beth ha preparato come dessert. Sono certa che Julian sia consapevole della mia tattica dilatoria, ma non sembra importargliene.

Finiamo di cenare e Beth si alza per lavare i piatti. Julian mi sorride e, per la prima volta questa sera, sento un fremito di paura. Sento di nuovo l'oscuro sottofondo nel suo sorriso e mi rendo conto che è stato presente per tutto il tempo, che è sempre lì con Julian. L'uomo affascinante con cui ho appena trascorso tre ore è reale come il frutto della mia immaginazione.

Sempre sorridendo, mi porge la mano. È un gesto cortese, ma non posso trattenere il brivido che mi attraversa la schiena appena vedo un bagliore familiare nei suoi occhi azzurri. Sembra ancora una volta un angelo nero e la sua sublime bellezza è oscurata dalla debole ombra del male.

Deglutendo per sbarazzarmi dell'improvviso nodo in gola, metto la mia mano nella sua e gli permetto di portarmi al piano di sopra. È meglio così, più civile. Mi permette di fingere per qualche altro istante di mantenere l'illusione di avere una scelta.

Quando entriamo in camera mia, mi fa spogliare e sdraiare sul letto, a pancia in giù. Poi mi lega di nuovo, stringendo forte i polsi dietro la schiena. Mi copre gli occhi con una benda e mi mette dei cuscini sotto i fianchi. È la stessa identica posizione in cui mi ha preso l'ultima volta e non posso fare a meno di irrigidirmi ricordando l'agonia e l'estasi del suo possesso.

È questo che ha intenzione di fare? Fare di nuovo sesso anale con me? Se è così, non è così male. Sono sopravvissuta l'ultima volta e sono sicura di poter sopravvivere ancora.

Così, quando sento la freddezza del lubrificante tra le natiche, cerco di rilassarmi, di lasciargli fare ciò che vuole. Un giocattolo scivola dentro e l'invasione è sorprendente ma non particolarmente dolorosa. Posso sicuramente tollerarla. Come l'altra volta, lascia il giocattolo dentro di me, massaggiandomi, facendomi rilassare, eccitandomi con il suo tocco. Mi bacia il collo, mi stuzzica il punto sensibile vicino alla spalla e poi la sua bocca si sposta lungo la schiena, baciando ogni vertebra. Allo stesso tempo, fa scivolare il dito nella mia apertura vaginale, acuendo la tensione che sta crescendo nel basso ventre.

Quando raggiungo l'orgasmo, è così potente che scalcio sul materasso, tremando e contorcendomi. Quando mi riprendo dallo shock, Julian tira fuori il dito e sento l'aria fresca sulla schiena mentre si discosta un attimo da me.

La sferzata di fuoco sul mio sedere è tagliente e inaspettata. Trasalisco, grido, cercando di divincolarmi, ma non vado lontano, e il secondo colpo è ancora più doloroso del primo, quando si riposa sulle mie cosce. Mi rendo conto che mi sta frustando con qualcosa. Non so di cosa si tratti, ma sento il fruscio nell'aria mentre lo sbatte sul mio culo indifeso, più e più volte mentre singhiozzo e provo a rotolare via.

Stanco di inseguirmi sul letto, mi slega le mani per poi legarmele sopra la testa, fissando i polsi alla spalliera in legno.

"Julian, ti prego, mi dispiace!" lo supplico, sperando disperatamente di riuscire a fermarlo. "Ti prego, mi dispiace di essere stata indiscreta. Ti prego, non lo farò più, non—"

"Certo che lo rifarai, gattina mia" mi sussurra in un orecchio, con il respiro caldo sul mio collo. "Sei curiosa come una gattina. Ma a volte è meglio lasciar correre. Per il tuo bene, capisci?"

"Sì! Sì, ho capito. Ti prego, Julian—"

"Shh" mi tranquillizza, baciandomi di nuovo il collo. "Devi accettare la tua punizione come una brava ragazza." E con questo, si tira di nuovo indietro, lasciandomi la schiena e le natiche esposte a lui.

Cerco di sgattaiolare via, ma mi afferra le gambe, tenendomi le caviglie con una sola mano. È forte, molto più forte di quanto immaginassi, perché riesce a tenermi le gambe tremanti con un solo braccio, frustandomi con l'altro.

Sento il fruscio che fa il suo attrezzo e non riesco a sopprimere le urla che mi sfuggono dalla gola, ogni volta che sbatte sul mio culo. Il mio culo e le cosce sembrano andare a fuoco e la benda è fradicia di lacrime. Voglio che si fermi, lo prego di fermarsi, ma Julian è insensibile alle mie suppliche.

Sembra continuare all'infinito, fin quando ho la voce troppo roca per urlare e sono troppo esausta per oppormi. Non riesco nemmeno a raccogliere abbastanza energia da irrigidire i muscoli e in qualche modo questo sembra lenire il dolore. Mi rilasso, lascio che il mio corpo si abitui e il dolore diventa più sopportabile, mentre ogni frustata somiglia sempre meno a un morso e sempre più a un colpo.

Mentre continua a frustarmi, il mio mondo sembra restringersi finché non esiste più nulla al di fuori dell'attuale momento. Non penso più; riesco solo a sentire, semplicemente esisto. C'è qualcosa di surreale, ma di incredibilmente coinvolgente in questa esperienza. Ogni fruscio porta con sé una netta sensazione che mi spinge più in profondità in questo strano stato, facendomi sentire come se stessi fluttuando. Il dolore non è più insopportabile; anzi, è confortante in un modo perverso. Mi punisce, fornendomi ciò di cui ho bisogno in questo momento. Una sensazione di calore si diffonde in tutto il mio corpo e tutte le mie preoccupazioni, tutte le mie paure scompaiono. È una sensazione che non ho mai provato prima.

Quando Julian finalmente si ferma e mi slega, mi aggrappo a lui, tutta tremante. Senza la benda, né i vincoli, mi sento persa, sopraffatta. Come se sapesse cosa mi serve, mi tira a sé e mi culla dolcemente tra le braccia, lasciandomi piangere sulla sua spalla fin quando non mi sento più a pezzi.

Dopo un po', mi rendo conto della lunghezza della sua erezione dura che spinge nelle mie natiche indolenzite e palpitanti per le frustate. Il piccolo giocattolo che mi aveva messo nel culo è ancora lì, saldamente dentro di me, e mi rendo conto che la calda sensazione interna è diversa ora, di natura più sessuale.

Percependo il mio cambiamento d'umore, Julian mi solleva delicatamente davanti a sé, in modo che io lo guardi mentre gli cavalco le gambe. Ho le mani sulle sue spalle e sento i suoi potenti muscoli sotto la sua pelle. Con le cosce spalancate, la punta del suo cazzo preme sul mio sesso. La sua punta liscia scivola tra le mie pieghe strofinandosi sul mio clitoride, intensificando la mia eccitazione. Gemo, inarcando la testa, e lui entra lentamente, penetrandomi centimetro dopo centimetro. Con il giocattolo nel culo, sembra ancora più grande del solito, e ansimo mentre va più in profondità, riempiendomi col il suo spessore.

È una bella sensazione, una sensazione incredibile, e io gemo di nuovo, stringendo i muscoli interni intorno alla sua asta. Ansima, chiudendo gli occhi, e io faccio lo stesso, desiderando quella sensazione sempre di più.

Apre gli occhi e mi guarda, con il viso teso per la lussuria e gli occhi scintillanti. Mantengo il contatto col suo sguardo, affascinata dal feroce bisogno che ci vedo. È alla mia mercé in questo momento quanto io lo sono alla sua e il suo orgasmo rafforza il mio desiderio, riscaldandomi ulteriormente l'interno.

Alzando la mano, piega il palmo intorno alla mia guancia, asciugandomi le restanti lacrime con il pollice. Poi piega la testa e mi bacia, nel modo più tenero in cui io sia mai stata baciata. Mi compiaccio di quel bacio; il suo affetto è come una droga per me in questo momento, e ne ho bisogno con una disperazione che non capisco fino in fondo.

Chiudo gli occhi e le mie mani scivolano sulle sue spalle, facendosi strada tra i suoi capelli. Sono folti e soffici al tatto, come il raso. Avvicinandomi ancora di più a lui, strofino i seni nudi sul suo petto muscoloso, godendo per la sensazione della sua pelle ruvida ricoperta di peli sui miei capezzoli sensibili. Le sue labbra sono salde e calde sulle mie e il cazzo dentro di me è incredibilmente duro, allungandomi e riempiendomi fino all'orlo.

Continuando a baciarmi, comincia a dondolarsi avanti e indietro, facendo muovere leggermente la sua asta dentro di me, scatenando ondate di calore in tutto il mio corpo. Tuttavia, ogni movimento serve anche a ricordarmi il trattamento che mi ha riservato prima, e un gemito di dolore mi sfugge dalla gola mentre le mie natiche doloranti sfiorano le sue cosce dure. Ingoia un suono, mentre la sua bocca consuma la mia con una fame sfrenata.

Fa scivolare una mano tra i miei capelli, stringendoli forte mentre mi divora con il suo bacio, facendo dondolare i fianchi con maggior vigore, intensificando la pressione che cresce nel mio intimo. L'altra mano scende lungo il mio corpo e poi spinge sul giocattolo, spingendolo più in profondità nella mia apertura posteriore.

Volo in alto. Il mio orgasmo è così forte che non riesco nemmeno ad emettere un gemito. Per qualche magico secondo, sono completamente sommersa dal piacere, da un'estasi così intensa che sembra un'agonia. Tremo e ondeggio sopra Julian e i miei movimenti provocano il suo orgasmo.

Poi, mi stringe, accarezzandomi i capelli bagnati di sudore. Sento la sua asta ammorbidirsi dentro di me e poi si allunga tra le mie natiche e afferra il giocattolo, estraendolo con cautela.

Poi mi fa alzare e mi porta nella doccia.

CAPITOLO QUINDICI

Si prende di nuovo cura di me nella doccia, lavandomi, rilassandomi con il suo tocco. È particolarmente attento intorno alla zona sensibile delle mie cosce e dei glutei, facendo attenzione a non peggiorare la mia sensazione di disagio. Con mio grande sollievo, la pelle non sembra aver subito danni. Il mio culo è rosa con qualche chiazza rossastra e sono sicura che mi verranno dei lividi, ma non c'è alcuna traccia di sangue.

Quando sono pulita e asciutta, mi riporta a letto. È silenzioso come me. Non mi sono ancora ripresa del tutto da quello strano stato in cui mi trovavo prima. È come se la mia mente fosse parzialmente disconnessa dal corpo. L'unica cosa che tiene unite le due parti è Julian e il suo tocco stranamente delicato.

Ci sdraiamo insieme e Julian spegne le luci, avvolgendoci nelle tenebre. Mi sdraio sullo stomaco, perché qualsiasi altra posizione è troppo dolorosa. Mi tira a sé, in modo tale da appoggiarmi la testa sul suo petto, mentre il mio braccio è sul suo torace, e chiudo gli occhi, non desiderando altro che non sia l'oblio del sonno.

"Mio padre era uno dei più potenti signori della droga della Colombia." La voce di Julian è appena udibile e il suo respiro mi scompiglia i capelli sulla fronte. Mi ero appena addormentata, ma mi sveglio all'improvviso, con il cuore che mi martella nel petto.

"Cominciò ad istruirmi per diventare il suo successore quando avevo quattro anni. Presi la prima pistola in mano quando avevo sei anni." Julian si ferma, accarezzandomi delicatamente i capelli. "Uccisi il primo uomo quando avevo otto anni."

Sono così inorridita che resto lì, bloccata dallo shock.

"Maria era la figlia di uno degli uomini dell'organizzazione di mio padre" continua Julian, con la voce bassa e priva di emozioni. "La conobbi quando avevo tredici anni e lei ne aveva dodici. Era il mio opposto. Bella, dolce ... innocente. Vedi, a differenza di mio padre, i suoi genitori la tenevano al riparo dalla realtà della loro vita. Volevano che fosse una bambina, all'oscuro delle brutture del nostro mondo.

"Ma era intelligente, come te. E curiosa. Molto, molto curiosa ..." Si ferma un attimo, come se fosse perso in qualche ricordo. Poi scrolla le spalle e riprende la sua storia. "Un giorno seguì suo padre per vedere cosa stesse facendo. Si nascose nella parte posteriore della sua auto. La trovai lì perché il mio lavoro consisteva nel fare il palo, sorvegliare il punto d'incontro."

Riesco a malapena a respirare, non riuscendo a credere che Julian mi stia raccontando tutto questo. Perché ora? Perché stanotte?

"Avrei potuto dirlo a suo padre, metterla nei guai, ma mi pregò così teneramente, mi guardò con così tanta dolcezza, con i suoi occhioni castani, che non riuscii a farlo. La feci riportare a casa da una delle guardie di mio padre, invece.

"Dopodiché, venne a trovarmi di proposito. Disse che voleva conoscermi meglio. Essermi amica." C'è un accenno di incredulità nella voce di Julian a quel ricordo, come se nessuna persona sana di mente avesse potuto volere una cosa del genere.

Deglutisco e sento un dolore al cuore per il ragazzino che era stato un tempo. Aveva avuto almeno degli amici o suo padre gli aveva tolto anche quelli, proprio come aveva distrutto l'infanzia di Julian?

"Cercai di dirle che non era una buona idea, che non avrebbe dovuto frequentarmi, ma non mi ascoltò. Veniva a trovarmi quasi ogni settimana, finché dovetti arrendermi e iniziare a passare del tempo con lei. Andavamo a pescare insieme e mi insegnò a disegnare."

Si ferma un attimo, continuando ad accarezzarmi i capelli. "Era molto brava a disegnare."

"Cosa le è successo?" chiedo, vedendo che non parla da un minuto. La mia voce è stranamente rauca. La schiarisco e riprovo. "Cos'è successo a Maria?"

"Uno dei rivali di mio padre scoprì che ci vedevamo. Avevamo appena fatto irruzione nel suo magazzino ed era incazzato. Così, decise di dare una lezione a mio padre . . . tramite me."

Mi si drizzano i capelli e sento un brivido lungo la schiena, mentre mi viene la pelle d'oca. Posso già intravedere come andrà a finire questa storia e vorrei dire a Julian di fermarsi, di non continuare, ma non riesco a farmi uscire una sola parola dalla gola.

"Trovarono il suo corpo in un vicolo nei pressi di uno degli edifici di mio padre." La sua voce è ferma, ma sento l'agonia nascosta in profondità. "Era stata violentata, poi mutilata. Doveva essere un messaggio per me e mio padre. *Levatevi dalle palle,* significava."

Stringo le palpebre, cercando di trattenere le lacrime che mi bruciano gli occhi e vorrebbero uscire, ma è uno sforzo inutile. So che Julian probabilmente sente il bagnato sul petto. "Un messaggio? Per un ragazzo di tredici anni?"

"Ormai ne avevo già quattordici." Non riesco a vedere il sorriso amaro di Julian, ma lo percepisco. "E l'età non aveva importanza. Non per mio padre . . . e di certo non per il suo rivale."

"Mi dispiace." Non so cos'altro aggiungere. Vorrei piangere—per lui, per Maria, per quel ragazzino che aveva perso la sua amica in modo così brutale. E vorrei piangere per me stessa, perché ora capisco meglio il mio rapitore e mi rendo conto che la sua anima è molto più oscura di quanto potessi immaginare.

Julian si sposta sotto di me e prendo coscienza del fatto che la mia mano ora è sulla sua spalla e che le mie unghie stanno scavando nella sua pelle. Mi sforzo di staccare le dita e faccio un respiro profondo. Devo trattenermi per non scoppiare a piangere.

"Ho ucciso quegli uomini." Il suo tono è tranquillo ora, quasi colloquiale, anche se riesco a sentire la tensione nel suo corpo. "Quelli che la violentarono. Li rintracciai e li uccisi uno per uno. Erano sette. Dopo quell'episodio, mio padre mi mandò via, prima in America, poi in Asia e in Europa. Temeva che tutti quegli omicidi potessero danneggiare la sua attività. Tornai molti anni dopo, quando lui e mia madre furono uccisi da un altro rivale."

Mi concentro sul controllo del respiro, cercando di tenere la bile sotto la gola. "È per questo che non hai l'accento spagnolo?" La domanda mi esce senza controllo. Non so nemmeno cosa mi spinga a chiedere una cosa così banale in un momento come questo.

Ma a quanto pare è la cosa giusta da fare, perché Julian si rilassa un po' e i suoi muscoli perdono un po' della loro rigidità. "Sì. In parte è per questo, gattina mia. Inoltre, mia madre era americana e mi insegnò l'inglese quando ero molto piccolo."

"Era americana?"

"Sì. Era una modella da giovane, una bionda bellissima e alta. Si conobbero a New York, durante un viaggio d'affari di mio padre. Le fece perdere la testa e si sposarono prima che lui le parlasse della sua attività."

"Cosa fece quando lo scoprì?" So che forse mi sto concentrando sulle cose sbagliate, ma ho bisogno di distrarmi dalle immagini raccapriccianti che mi frullano per la testa—immagini di una ragazza morta che è una versione più giovane di me . . .

"Non poté fare nulla" risponde Julian. "Si erano già sposati e vivevano in Colombia."

Non aggiunge altro, ma non ha bisogno di farlo. È chiaro che sua madre era una prigioniera come lo sono io, solo che lei aveva scelto la sua prigionia, almeno inizialmente.

Per qualche minuto, restiamo sdraiati lì in silenzio, senza parlare. Non ho più sonno. Non so se riuscirò a dormire stanotte, però. Il dolore che prova il mio corpo non è nulla in confronto alla disperazione del mio cuore.

"Quindi, è di questo che ti occupi ora? Droga?" chiedo, rompendo finalmente il silenzio. Non si discosta molto dalla mia supposizione originale che facesse parte della Mafia o di qualche altra organizzazione criminale.

"No" dice, con mia grande sorpresa. "Quella parte della mia vita finì quando i miei genitori furono uccisi. Portai l'azienda di famiglia in una direzione diversa."

"In quale direzione?" Ricordo che mi aveva parlato di un'organizzazione di import-export, ma non riesco a immaginarmi Julian che si occupa di qualcosa di innocuo come la vendita di apparecchi elettronici. Non dopo quello che ho appena saputo sulla sua educazione.

Ridacchia, come se fosse divertito dalla mia insistenza. "Armi" dice. "Sono un trafficante d'armi, Nora."

Sbatto le palpebre, sorpresa. So qualcosa, o almeno credo di saperla, sugli spacciatori, grazie a qualche popolare show televisivo. I trafficanti d'armi, tuttavia, sono un mistero per me. Ho il forte sospetto che Julian non stia parlando di qualche pistola qua e là.

Ho un milione di domande sulla sua professione, ma c'è qualcosa che devo sapere prima, visto che Julian sembra essere in vena di parlare. "Perché mi hai rapita? È perché ti ricordo Maria?"

"Sì" dice con calma, con la voce che mi avvolge come una sciarpa di cachemire. "Quando ti ho vista in quel locale per la prima volta, mi sono subito accorto che le somigliavi tantissimo, era inquietante. Solo che tu eri più grande e ancora più bella. E ti volevo. Avevo *bisogno* di te. Per la prima volta dopo tanti anni, ho provato davvero qualcosa. Naturalmente, le emozioni che mi hai suscitato non avevano niente a che vedere con quelle che un tempo provavo per lei. Era la mia amica, ma tu . . ." Inspira profondamente e vedo il suo petto muoversi sotto la mia testa. "Avevo solo bisogno che tu fossi mia, Nora. Quando ti ho toccata quel giorno, quando ho sentito la morbidezza della tua pelle, ho desiderato così tanto prenderti, toglierti quei vestiti stretti che indossavi e scoparti fino a perdere i sensi, sul pavimento di quel locale. E volevo farti male . . . nel modo in cui a volte mi piace far male alle donne, nel modo in cui mi chiedono di far loro del male. Volevo sentirti urlare dal dolore e dal piacere."

La sua mano continua a giocare con i miei capelli e quel tocco carezzevole mi calma abbastanza da ascoltarlo. Nel buio, niente di tutto questo è reale. C'è solo Julian e la sua voce, che mi dice cose che una persona normale troverebbe spaventose, cose che in qualche modo mi fanno bagnare, invece.

"Ti ho portata qui, sulla mia isola, perché è il posto più sicuro per te. I miei soci d'affari sono sempre alla ricerca di segnali di debolezza e tu, gattina mia, sei una mia debolezza. Non ho mai provato una cosa simile per una donna. Non sono mai stato così—" si ferma un attimo, come se stesse cercando la parola giusta "—così fottutamente *ossessionato*. Il solo pensiero di un altro uomo che ti toccava, che ti baciava, mi faceva impazzire. Ho cercato di distaccarmi, di toglierti dalla mia testa, ma non sono riuscito a resistere alla tentazione di vederti un'altra volta alla tua laurea. E quando ti ho vista lì, ho capito che sentivi anche tu questa connessione tra noi e ho capito che sarebbe stato inevitabile ... che ti avrei rapita e che saresti stata mia per sempre."

Le sue parole mi travolgono come una calda ondata oceanica che porta con sé trepidazione e una sorta di malsana eccitazione. Una parte distorta di me si compiace del fatto che sono speciale per Julian, che è disperatamente attratto da me come io sono attratta da lui.

Per qualche strana ragione, mi sento in dovere di ricambiare la sua sincerità. "Avevo paura di te" gli dico tranquillamente. "Nel locale, e poi quando ti ho visto alla mia laurea, ho avuto paura."

"Solo paura?" Sembra divertito e leggermente incredulo.

"Ho provato paura e attrazione" confesso. Questa sembra essere la notte delle rivelazioni. Inoltre, conosce già la verità. Nonostante la mia paura, lo desidero. L'ho voluto fin dall'inizio e niente di quello che mi ha fatto finora cambia le cose.

"Bene." Mi fa scorrere una mano lungo la schiena. "Molto bene, gattina mia. Renderà le cose più facili per tutti e due."

Più facili? Rifletto su quell'affermazione. Più facili per lui, certo. Ma per me? Non ne sono così sicura.

"Hai mai contattato la mia famiglia?" chiedo, pensando alla sua promessa di molti giorni fa. "Sanno che sono viva?"

"Sì." La sua mano si ferma sulla curvatura della mia colonna vertebrale. "Lo sanno."

Mi chiedo cosa abbia detto loro e come abbiano reagito. Mi chiedo se questo li abbia fatti sentire meglio o peggio.

"Mi lascerai mai andare?" So già la risposta, ma ho bisogno di sentirglielo dire lo stesso.

"No, Nora" risponde, e sento il suo sorriso nelle tenebre. "Mai."

E avvicinandomi a sé, mi stringe finché ci addormentiamo entrambi.

CAPITOLO SEDICI

Nei mesi successivi, la mia vita sull'isola si trasforma in una sorta di routine. Quando c'è Julian, il mio mondo ruota intorno a lui. I suoi stati d'animo, i suoi bisogni e i suoi desideri regolano i miei giorni e le mie notti.

È un amante imprevedibile—dolce un giorno, crudele quello successivo. E a volte è un mix di entrambi, una combinazione che trovo particolarmente devastante. Capisco cosa voglia farmi, ma la comprensione non lo rende meno efficace. Mi allena ad associare il dolore al piacere, a godere di tutto quello che mi fa, a prescindere da quanto sia scioccante e perverso. E poi, c'è sempre quella tenerezza sconvolgente. Mi rigira, mi distrugge e poi rimette insieme i pezzi, il tutto nel giro di una notte.

E il suo allenamento funziona. Mi getto volentieri tra le sue braccia ora, desiderando quel piacere che provo spesso dopo una sessione particolarmente brutale. Julian mi dice che sono una schiava naturale con latenti tendenze masochiste. Non so se gli credo—so che sicuramente non *voglio* credergli—ma non posso negare che il suo particolare modo di fare l'amore abbia un certo richiamo su di me. Giocattoli, fruste, bastoni—li ha utilizzati tutti e ho sempre provato piacere in certe cose che stava facendo.

Certo, non è sempre sadico. A volte è quasi dolce, mi massaggia, mi bacia fino a farmi sciogliere e poi mi fa l'amore quando quasi impazzisco dal desiderio. In giorni come questi, non voglio lasciare l'isola. Tutto ciò che voglio è che Julian mi stringa, mi accarezzi . . . mi ami, in qualunque modo possibile.

Forse è questa la parte più inquietante di tutto, il fatto che io ora desideri l'amore del mio rapitore. Non so nemmeno se lui sia in grado di provare quell'emozione, ma non posso fare a meno di desiderarlo. Mi vuole, lo so, ma non è abbastanza. A un certo punto ho smesso di odiarlo e non so nemmeno come e quando sia successo. Provo ancora del risentimento per la mia prigionia, ma questi sentimenti ora sono distinti da quello che provo per Julian.

Invece di temere le sue visite, ora le attendo con entusiasmo. La sua attività lo tiene via più di quanto vorrei e comincio a capire cosa provano gli animali, in attesa che il loro proprietario torni a casa dal lavoro.

"Perché non puoi svolgere la tua attività da qui?" gli chiedo un giorno, dopo esserci svegliati insieme al mattino. Dorme sempre con me ora. Gli piace stringermi durante la notte; lo aiuta con i suoi incubi.

"Lavoro da qui per quanto sia possibile. Perché mi vuoi qui, gattina mia?" Il suo sguardo è beffardo quando gira la testa per guardarmi. Non gli piace quando faccio domande sulla sua attività. È una parte della sua vita che a quanto pare vuole tenere per sé. In generale, ho la sensazione che voglia tenere me e Beth al riparo da alcune delle parti più brutte del suo mondo. Beth è pienamente consapevole di quello che fa Julian, naturalmente, ma non so se lei sappia molto più di me sul traffico di armi.

"Sì" gli dico sinceramente. "Ti voglio qui." È inutile fingere il contrario; Julian sa esattamente cosa provo. È molto bravo a leggermi dentro e a manipolarmi. Non ho dubbi sul fatto che goda del mio crescente attaccamento a lui e probabilmente sta facendo del suo meglio per incentivarlo.

Sono abbastanza sicura che alla mia ammissione le sue labbra si siano curvate in un sorriso sensuale. "Va bene, tesoro" dice a bassa voce "cercherò di essere più presente." E avvicinandosi, mi tira a sé per un bacio che mi fa sciogliere nel suo abbraccio.

∗ ∗ ∗

Ogni giorno che passa, la mia vecchia vita sembra sempre più lontana, dissolvendosi in quel periodo nebuloso conosciuto come il passato. Quando Julian va via, leggo, nuoto, esploro l'isola e di tanto in tanto vado a pescare con Beth. Julian ci ha portato un grande schermo televisivo con lettore DVD e centinaia di film, così io e Beth abbiamo qualcosa da fare anche quando piove.

Ancora non siamo esattamente amiche, io e Beth, ma sicuramente ci stiamo affezionando l'una all'altra. In parte, credo che le piaccia il fatto che io non cerchi più di fuggire. Dopo il mio tentativo fallito di colpirla alla testa, e l'orribile incidente con Jake che ne è seguito, sono stata una prigioniera modello.

Naturalmente, sarebbe sciocco essere qualcos'altro. Anche durante le visite di Julian, quando il suo aereo è qui, è chiuso nell'hangar che ho trovato dall'altra parte dell'isola. Sono abbastanza sicura che Julian tenga le chiavi del capannone nel suo ufficio, a cui soltanto lui può accedere. E anche se in qualche modo mettessi le mani sulle chiavi, sinceramente dubito che ci sarebbe un manuale operativo nell'aereo che potesse insegnarmi a volare.

No, il mio rapitore sapeva esattamente cosa stava facendo quando mi ha portata su quest'isola. È la prigione più sicura che avessi mai potuto immaginare.

Mentre i giorni si trasformano in settimane e poi in mesi, cerco di trovare altre attività per riempire il tempo libero e per evitare di struggermi quando Julian non c'è."

La prima cosa che faccio è ricominciare a correre.

Comincio con brevi distanze, per assicurarmi di non sforzare il ginocchio e poi aumento lentamente la velocità e la distanza. Corro al mattino o di notte, quando fa più fresco, e non passa molto tempo prima che io torni ad essere in forma com'ero durante i miei giorni nella squadra di atletica. Riesco a correre cinque chilometri in meno di diciassette minuti, un risultato che mi rende incredibilmente felice.

Comincio anche a dipingere. Non perché mi ricordo che Julian aveva detto che Maria era brava a disegnare, ma perché lo trovo divertente e rilassante. Mi piacevano le lezioni d'arte a scuola, ma ero sempre troppo occupata con gli amici e altre attività per provare a dipingere. Ora, però, ho un sacco di tempo a disposizione, così comincio a imparare a disegnare e a dipingere come si deve. Julian mi porta un sacco di materiale da disegno e diversi video didattici e ben presto mi ritrovo ad essere tutta presa a dipingere nel tentativo di riprodurre la bellezza dell'isola sulle tele.

"Sai, sei molto brava" dice Beth pensierosa un giorno, venendomi a trovare in veranda mentre sto terminando un dipinto del tramonto sull'oceano. "Hai scelto i colori adatti, quell'arancio incandescente e sfumato con il rosa intenso."

Mi volto rivolgendole un gran sorriso. "Lo pensi davvero?"

"Sì" dice Beth, seria. "Stai andando bene, Nora."

Ho la sensazione che non si stia riferendo solo alla pittura. "Grazie" dico semplicemente. Devo aggiungerlo alla mia lista di successi, il fatto di essere produttiva durante la prigionia?

Sorride e per la prima volta sento che ci capiamo davvero. "Prego."

Camminando verso il divano esterno, si arrotola su di esso, tirando fuori il suo libro. La guardo per qualche secondo, per poi tornare a dipingere, cercando di replicare il luccichio multidimensionale dell'acqua e pensando all'enigma che è Beth.

Non mi ha ancora parlato molto del suo passato, ma ho la sensazione che per lei quest'isola sia una specie di rifugio, un santuario. Vede Julian come il suo salvatore e il mondo esterno come un luogo sgradevole e ostile. "Non ti manca andare al centro commerciale?" le ho chiesto una volta. "Cenare con gli amici? Andare a ballare? Tu non sei una prigioniera qui; potresti andartene in qualsiasi momento. Perché non chiedi a Julian di portarti con lui in uno dei suoi viaggi? Di fare qualcosa di divertente prima di tornare qui?"

Come risposta mi ha riso in faccia. "Ballare? Divertirsi? Permettere agli uomini di mettermi le mani su tutto il corpo—questo dovrebbe essere divertente?" La sua voce è diventata beffarda. "Dovrei anche comprare dei vestiti sexy, il make-up e farmi bella per loro? E che dire dell'inquinamento, delle sparatorie e delle rapine, dovrebbero mancarmi anche quelle?"

Ridendo di nuovo, ha scosso la testa. "No, grazie. Sono felicissima qui."

E questo è tutto quello che mi ha detto su questo argomento.

Non so cosa le sia successo per essere diventata così rabbiosa, ma ho il forte sospetto che Beth non abbia avuto una vita facile. Quando stavamo guardando *Pretty Woman*, continuava a fare commenti sprezzanti su quanto la vera prostituzione non avesse niente a che vedere con la favola che stavano mostrando. Non le ho chiesto nulla a quel proposito, ma da allora sono incuriosita. Forse era stata una prostituta in passato?

Posando il pennello, mi giro e guardo Beth. "Posso farti un ritratto?"

Alza gli occhi dal libro, sorpresa. "Vuoi dipingere me?"

"Sì." Sarebbe un bel cambiamento dopo tutti quei paesaggi su cui mi sono concentrata ultimamente e potrebbe anche permettermi di conoscerla meglio.

Mi fissa per qualche secondo, poi si stringe nelle spalle. "Va bene. Credo."

Sembra incerta su questo, così le rivolgo un sorriso incoraggiante. "Non devi fare nulla, resta seduta così, con il tuo libro. Sembra una bella posa."

Ed è vero. I raggi del sole al tramonto trasformano i suoi riccioli rossi in una fiamma ardente e con le gambe ripiegate sotto sembra giovane e vulnerabile. Molto più disponibile del solito.

Accantono il quadro su cui stavo lavorando e monto una tela bianca. Poi comincio a disegnare, cercando di catturare gli angoli simmetrici del suo volto, le linee magre e le curve del suo corpo. È un'attività coinvolgente e non mi fermo finché non diventa troppo buio.

"Hai finito per oggi?" chiede Beth e mi rendo conto che è seduta nella stessa posizione da un'ora.

"Oh, sì, certo" dico. "Grazie per essere una modella così brava."

"Nessun problema." Alzandosi, mi rivolge un sorriso sincero. "Pronta per la cena?"

* * *

I tre giorni seguenti, lavoro sul ritratto di Beth. Posa pazientemente per me come una modella e mi ritrovo ad essere così occupata che quasi non penso affatto a Julian. Solo di notte sento la sua mancanza, sento il freddo vuoto del mio letto matrimoniale, mentre sono sdraiata lì e desiderio il suo abbraccio. Ne sono diventata così dipendente che una settimana senza di lui sembra una punizione crudele, un castigo infinitamente peggiore di qualsiasi tortura sessuale a cui il mio rapitore mi abbia sottoposta finora.

"Julian ha detto quando tornerà?" chiedo a Beth, dando gli ultimi ritocchi al dipinto. "È già via da sette giorni."

Scuote la testa. "No, ma sarà qui appena possibile. Non può stare lontano da te, Nora, lo sai."

"Davvero? Ti ha detto qualcosa?" Sento il desiderio nella mia voce e mi do della stupida. Quanto sono patetica? Potrei mettermi un timbro sulla fronte: *un'altra stupida ragazza che si è innamorata del suo rapitore*. Naturalmente, dubito che molti rapitori abbiano il fascino letale di Julian, quindi forse dovrei rilassarmi.

Per fortuna, Beth non mi prende in giro per la mia evidente infatuazione. "Non c'è bisogno che lo dica" spiega. "È del tutto ovvio."

Metto giù il pennello per un attimo. "Ovvio in che senso?" Questa conversazione sta soddisfacendo un bisogno che non sapevo nemmeno di avere, quello di una vera e propria sessione di gossip tra ragazze riguardo agli uomini e alle loro inspiegabili emozioni.

"Oh, per favore." Beth sta cominciando a sembrare esasperata. "Sai che Julian è fottutamente pazzo di te. Ogni volta che parlo con lui, è Nora questo, Nora quello... Nora ha bisogno di qualcosa? Nora ha mangiato bene?" Abbassa la voce in modo comico, imitando i toni più profondi di Julian.

Le sorrido. "Davvero? Non lo sapevo." E non lo sapevo davvero. Voglio dire, sapevo che Julian muore dalla voglia di scoparmi e sicuramente ha confessato di essere ossessionato da me a causa della mia somiglianza con Maria, ma non sapevo che pensasse così tanto a me fuori dalla camera da letto.

Beth alza gli occhi. "Sì, come no. Non sei neanche lontanamente ingenua come fingi di essere. Ti ho vista sbattere le tue lunghe ciglia a cena, cercando di sedurlo."

Le rivolgo il mio miglior sguardo innocente, guardandola con gli occhi spalancati. "Cosa? No!"

"Uh-huh." Beth non sembra cascarci.

Ha ragione, naturalmente; io flirto con Julian. Ora che non ho più tutta questa paura del mio rapitore, faccio del mio meglio per entrare nelle sue grazie. Da qualche parte negli angoli remoti della mia mente, c'è una speranza persistente che se si fidasse abbastanza di me, se mi volesse abbastanza bene, mi porterebbe via dall'isola.

Quando questo piano mi è venuto in mente per la prima volta, durante quei terribili primi giorni della mia prigionia, ho recitato. Non appena mi sono ritrovata lontano nell'isola, avrei fatto di tutto per scappare, a prescindere dalle mie eventuali promesse. Ora, però, non so nemmeno cosa farei se Julian mi portasse con sé. Cercherei di lasciarlo? *Voglio* davvero lasciarlo? Sinceramente non ne ho idea.

"Sei mai stata innamorata?" chiedo a Beth, riprendendo il pennello.

Con mia grande sorpresa, un'ombra scura le attraversa il viso. "No" dice seccata. "Mai."

"Ma hai amato ... qualcuno, giusto?" Non so cosa mi spinga a chiedere questo, ma a quanto pare ho toccato un tasto dolente, perché Beth si irrigidisce, come se l'avessi appena colpita.

Con mia grande sorpresa, però, invece di ribattere, annuisce. "Sì" dice tranquillamente. "Sì, Nora, ho amato." I suoi occhi brillano in modo innaturale, come se scintillassero dalle lacrime.

E mi rendo conto che soffre, che qualsiasi cosa le sia accaduta ha lasciato profonde cicatrici indelebili nella sua psiche. Il suo atteggiamento sprezzante è solo una maschera, un modo per proteggersi da ulteriori ferite. E ora, per qualche motivo, quella maschera è caduta, mostrando la vera donna che si nasconde al di sotto.

"Cos'è successo a questa persona?" chiedo, con voce dolce e gentile. "Cos'è successo alla persona che hai amato?"

"È morta." Il tono di Beth è inespressivo, ma percepisco il pozzo senza fondo di agonia in quella semplice dichiarazione. "Mia figlia morì quando aveva due anni."

Inspiro bruscamente. "Mi dispiace, Beth. Oddio, mi dispiace tanto..." Appoggiando di nuovo il pennello, mi avvicino al divano di Beth e mi siedo, abbracciandola.

In un primo momento, è rigida e tesa, come se non fosse abituata al contatto umano, ma non mi allontana. Ha bisogno di questo ora; so meglio di chiunque altro quanto possa far bene un caldo abbraccio, quando si prova un groviglio di emozioni. Julian gode nel farmi a pezzi, per poi essere quello che mi ricuce e mi rimette in piedi.

"Mi dispiace" ripeto dolcemente, strofinandole la schiena con un movimento circolare e lento. "Mi dispiace tanto."

A poco a poco, Beth smette di essere così tesa. Si lascia cullare dal mio tocco. Dopo un po', sembra ritrovare il suo equilibrio e la lascio andare, per paura che si senta a disagio per quell'abbraccio.

Indietreggiando leggermente, mi rivolge un sorrisetto imbarazzato. "Mi dispiace, Nora. Non volevo—"

"No, va tutto bene" la interrompo. "Non volevo essere indiscreta. Non sapevo—"

E poi ci guardiamo l'un l'altra, rendendoci conto che potremmo continuare a chiederci scusa per sempre e non cambierebbe nulla.

Beth chiude un attimo gli occhi e quando li apre la sua maschera è saldamente al suo posto. È di nuovo il mio carceriere, indipendente e autosufficiente come sempre.

"La cena?" chiede, alzandosi.

"La pesca di questa mattina sarebbe perfetta" dico con noncuranza, mettendo via il materiale da disegno.

E continuiamo così, come se non fosse successo niente.

CAPITOLO DICIASSETTE

Dopo quel giorno, il mio rapporto con Beth subisce un cambiamento lieve, ma evidente. Non è più così decisa a tenermi fuori e imparo lentamente a conoscere la persona dietro la facciata permalosa.

"So che pensi che Julian sia un mostro" dice un giorno, mentre peschiamo insieme "ma credimi, Nora, ti vuole davvero bene. Sei molto fortunata ad avere una persona come lui."

"Fortunata? Perché?"

"Perché nonostante quello che ha fatto, Julian non è veramente un mostro" dice Beth seriamente. "Non si comporta sempre in un modo che la società ritiene accettabile, ma non è malvagio."

"No? Allora, come si comporta una persona malvagia?" Sono davvero curiosa di vedere come Beth definisca la parola. Per me le azioni di Julian sono il classico esempio di ciò che farebbe un uomo malvagio—nonostante i miei stupidi sentimenti per lui.

"Malvagio è qualcuno che uccide un bambino" dice Beth, fissando l'acqua azzurra. "Malvagio è qualcuno che venderebbe la figlia di tredici anni a un bordello messicano..." si ferma un secondo, poi aggiunge:" Julian *non* è malvagio. Fidati di me."

Non so cosa dire, così guardo semplicemente le onde che sbattono contro la riva. Il mio petto sembra stretto in una morsa. "È stato Julian a salvarti dal male?" chiedo dopo un po', quando sono certa di poter tenere la voce abbastanza ferma.

Gira la testa per guardarmi. "Sì" dice con calma. "È stato lui. E ha distrutto il male per me. Mi ha prestato la pistola e mi ha permesso di usarla su quegli uomini— su quelli che avevano ucciso la mia bambina. Vedi, Nora, ha preso una puttana di strada usata e distrutta e le ha ridato la vita."

Reggo lo sguardo di Beth, sentendomi sgretolare all'interno. Il mio stomaco è in subbuglio per la nausea. Ha ragione: non conosco il vero significato della sofferenza. Non posso capire quello che ha passato.

Mi sorride, apparentemente godendo del mio scioccato silenzio. "La vita non è altro che una roulette incasinata" dice a bassa voce "in cui la ruota continua a girare e continuano a uscire i numeri sbagliati. Puoi piangere quanto vuoi, ma la verità è che è assolutamente più facile che le cose vadano male piuttosto che vincere alla lotteria."

Deglutisco per sbarazzarmi del nodo in gola. "Non è vero" dico, e la mia voce sembra un po' rauca. "Non è sempre così. C'è tutto un altro mondo là fuori, il mondo in cui vivono le persone normali, in cui nessuno cerca di farti del male—"

"No" dice Beth duramente. "Stai sognando. Quel mondo è reale come una fiaba della Disney. Forse vivevi come una principessa, ma per la maggior parte delle persone non è così. Le persone normali soffrono. Fanno del male, muoiono e perdono i propri cari. E si feriscono a vicenda. Si dilaniano come i selvaggi predatori che sono. Non c'è luce senza oscurità, Nora; la notte alla fine ci ingoierà tutti."

"No." Non ci credo. Non voglio crederci. Quest'isola, Beth, Julian—è tutta un'anomalia, le cose non stanno sempre così. "No, non è—"

"È vero" dice Beth. "Forse non te ne rendi conto ancora, ma è così. Hai bisogno di Julian tanto quanto lui ha bisogno di te. Lui può proteggerti, Nora. Può tenerti al sicuro."

Sembra davvero convinta di questo.

* * *

"Buongiorno, gattina mia" mi sussurra nell'orecchio una voce familiare, facendomi svegliare, e apro gli occhi per vedere Julian seduto lì, chino su di me.

Dev'essere venuto qui direttamente da qualche riunione formale di lavoro, perché indossa una camicia invece del suo solito abbigliamento più casual. Un'ondata di felicità mi attraversa. Sorridendo, alzo le braccia e lo abbraccio, tirandolo più vicino a me.

Mi strofina il collo, spingendomi sul materasso con il suo corpo caldo e pesante e mi inarco contro di lui, sentendo l'abituale eccitazione del desiderio. I miei capezzoli si induriscono e il mio intimo si trasforma in una pozza di liquido, sciogliendosi per la sua vicinanza.

"Mi sei mancata" mi sussurra nell'orecchio e io rabbrividisco dal piacere, riuscendo a trattenere a stento un gemito, mentre la sua bocca esperta si muove lungo il mio collo e mi stuzzica un punto sensibile vicino alla spalla. "Mi piaci quando sei così" mormora, baciandomi dolcemente sul petto e sulle spalle, "tutta calda, morbida e assonnata . . . e mia . . ."

Mi lamento ora, mentre avvolge la bocca intorno al mio capezzolo destro e lo succhia con forza, applicando la giusta pressione. La sua mano scivola sotto le coperte e tra le mie cosce e i miei gemiti aumentano, mentre comincia ad accarezzarmi le pieghe, disegnando con il dito dei pigri cerchi intorno al mio clitoride.

"Vieni per me, Nora" ordina a bassa voce, spingendo sul mio clitoride, e mi frantumo in mille pezzi, irrigidendomi e raggiungendo l'apice, come se reagissi al suo comando. "Che brava ragazza" sussurra, continuando a giocare con il mio sesso, tirando fuori il mio orgasmo. "Una ragazza davvero brava e dolce . . ."

Quando le mie scosse di assestamento sono finite, fa un passo indietro e comincia a spogliarsi. Lo osservo avidamente, senza riuscire a staccargli gli occhi di dosso. È più che stupendo e lo voglio disperatamente. La sua camicia viene via per prima, mostrando le spalle larghe e gli addominali scolpiti e non riesco più a trattenermi. Alzandomi, raggiungo la cerniera dei suoi pantaloni, con le mani che tremano dall'impazienza.

Fa un forte respiro, mentre il mio palmo sfiora il suo cazzo gonfio. Appena riesco a liberarlo, avvolgo le dita intorno all'asta e piego la testa, prendendolo in bocca.

"Cazzo, Nora!" geme, afferrandomi la testa e spingendo i fianchi dentro di me. "Oh, cazzo, ragazzina, è bellissimo..." Le sue dita scivolano tra i miei capelli, impigliandosi tra le ciocche e lentamente lo succhio più in profondità, aprendo la gola per far entrare tutta la lunghezza che posso.

"Oh cazzo..." Il suo gemito rauco mi riempie di gioia e gli stringo le palle leggermente, godendo per la pesante sensazione di tenerle nel palmo. Il suo cazzo si indurisce ancora di più e capisco che è sul punto di venire, ma, con mia grande sorpresa, si allontana, facendo un passo indietro.

Respira pesantemente, con gli occhi scintillanti come diamanti blu, ma riesce a controllarsi abbastanza a lungo da liberarsi dei vestiti rimasti prima di salire sopra di me. Le sue mani forti mi avvolgono i polsi, allungandoli sopra la testa e i fianchi ondeggiano pesantemente tra le mie cosce aperte, mentre la sua asta spessa indugia sul mio ingresso vulnerabile. Lo fisso con un misto di apprensione ed eccitazione; è stupendo e selvaggio, con i capelli scuri scompigliati e il suo bel viso carico di lussuria. Non sarà particolarmente delicato oggi, posso già dirlo.

E ho ragione. Mi penetra con una spinta potente, scivolando così in profondità dentro di me che ansimo, sentendomi come se mi stesse spaccando in due. Eppure il mio corpo risponde a lui, producendo più lubrificazione, facilitando la strada. Mi scopa brutalmente, senza pietà, ma le mie urla sono di piacere e la tensione dentro di me si sprigiona ancora una volta, prima che lui finalmente raggiunga l'orgasmo.

* * *

A colazione, sono un po' dolorante, ma felice. Julian è qui e va tutto bene nel mio mondo. Anche lui sembra essere di buon umore e mi prende in giro quando guardo un'intera stagione di *Friends* in una settimana e chiede dei miei ultimi tempi di gara. Gli piace che mi tengo occupata con il fitness ultimamente, o meglio, gli piacciono i risultati.

Fisicamente, sono nella miglior forma in cui sia mai stata e si vede. Sono magra e tonica e sono la prova vivente dei benefici di una dieta sana, un sacco di aria fresca e un regolare esercizio fisico. I miei folti capelli castani stanno crescendo senza alcun segno di doppie punte e la mia pelle è perfettamente liscia e abbronzata.

Non riesco a ricordare l'ultima volta in cui ho avuto un brufolo.

"La mia ultima corsa di cinque chilometri l'ho fatta in 16:20" dico a Julian senza falsa modestia. "Scommetto che non molti ragazzi riuscirebbero a batterlo."

"È vero" concorda, con i suoi occhi azzurri che danzano dal ridere. "Probabilmente non ci riuscirei."

"Davvero?" Sono affascinata dall'idea di battere Julian in qualcosa. "Vuoi provare? Sarei felice di gareggiare con te."

"Non farlo, Julian" dice Beth, ridendo. "È veloce. Era veloce prima, ma ora è un fottuto razzo."

"Ah sì?" alza un sopracciglio. "Un fottuto razzo, eh?"

"Esatto." Gli rivolgo uno sguardo di sfida. "Vuoi gareggiare o sei troppo fifone?"

Beth inizia a fare il verso del coniglio e Julian sogghigna, tirandole un pezzo di pane. "Zitta, traditrice."

Mentre ridono per le loro buffonate, tiro un pezzo di pane a Julian e Beth rimprovera entrambi. "Sono io quella che dovrà ripulire tutto questo casino" brontola, e Julian promette di aiutarla a raccogliere le briciole, rassicurandola con uno dei suoi sorrisi smaglianti.

Quando è di buon umore, il suo fascino è incredibile e mi coinvolge, facendomi dimenticare la verità sulla mia situazione. In fondo, so che niente di tutto questo è vero, che questo senso di connessione, questo cameratismo non è altro che un miraggio, ma ogni giorno che passa inizia a importarmi sempre meno. Stranamente, mi sento come se ci fossero due persone in me: la donna che si sta innamorando del bellissimo assassino spietato seduto al tavolo della colazione e quella che osserva il tutto con un senso di orrore e incredulità.

Dopo la colazione, mi metto i vestiti da corsa—un paio di pantaloncini e un reggiseno sportivo—e vado a leggere un libro sotto la veranda, in modo da poter digerire il cibo prima della corsa. Julian va in ufficio, come al solito. La sua attività non può aspettare solo perché è sull'isola; un impero illegale di armi richiede un'attenzione costante.

Anche se Julian parla raramente del suo lavoro, sono riuscita a raccogliere qualche informazione negli ultimi mesi. Da quello che ho capito, il mio rapitore è il capo di un'organizzazione internazionale specializzata nella produzione e nella distribuzione di armi all'avanguardia e di alcuni tipi di apparecchiatura elettronica. I suoi clienti sono le organizzazioni e gli individui che non possono ottenere le armi legalmente.

"Ha a che fare con dei figli di puttana davvero pericolosi" mi ha detto una volta Beth. "Molti psicopatici. Non mi fiderei mai di loro."

"Allora, perché lo fa?" le ho chiesto. "È molto ricco. Sono sicura che non ha bisogno di soldi . . ."

"Non è una questione di soldi" mi ha spiegato Beth. "Lo fa per l'emozione che gli dà, per il senso di sfida. Gli uomini come Julian vivono di questo."

A volte mi chiedo se è questo che a Julian piaccia di me, la sfida di farmi piegare alla sua volontà, di farmi diventare quello di cui crede di aver bisogno. Trova emozionante la consapevolezza che sono sua prigioniera e che può farmi quello che vuole? È l'aspetto illegale di tutta la faccenda ad eccitarlo?

"Pronta a partire?" La voce di Julian interrompe i miei pensieri e alzo lo sguardo dal libro per vederlo lì, con solo un paio di pantaloncini neri da corsa e delle scarpe da ginnastica. Il suo torso nudo è scavato da forti muscoli perfettamente scolpiti e la sua pelle dorata e liscia brilla alla luce del sole, facendomi venir voglia di toccarlo dappertutto.

"Uhm, sì." Mi alzo, mettendo giù il libro e comincio a sgranchirmi, vedendo Julian fare lo stesso con la coda dell'occhio. Il suo corpo è straordinario e mi chiedo cosa faccia per mantenersi in forma. Non l'ho mai visto esercitarsi qui sull'isola.

"Ti alleni quando sei in viaggio?" chiedo, guardandolo spudoratamente mentre si piega toccandosi le dita dei piedi con sorprendente flessibilità. "Come fai a tenerti così in forma?"

Si raddrizza e mi sorride. "Mi alleno con i miei uomini quando posso. Credo che si possa definire allenamento."

"I tuoi uomini?" Penso subito al delinquente che aveva pestato Jake. Il ricordo mi fa star male e lo reprimo, non volendo pensare a questi brutti argomenti ora. Devo farlo a volte, per dividere questa nuova vita in piccole sezioni ordinate, separando i momenti belli da quelli brutti. È il mio meccanismo brevettato di sopravvivenza.

"Le mie guardie del corpo e alcuni altri dipendenti" spiega Julian mentre ci dirigiamo verso la spiaggia, camminando velocemente per riscaldarci. "Alcuni di loro militavano nelle Forze Speciali della Marina e l'allenamento con loro non è una passeggiata, credimi."

"Ti alleni con le Forze Speciali?" Mi fermo e rivolgo a Julian uno sguardo duro. "Stavi scherzando prima, non è vero? Sul fatto di non riuscirmi a battere in una gara?"

Le sue labbra si piegano in un sorriso un po' malizioso e molto seducente. "Non lo so, gattina mia" dice a bassa voce. "Stavo scherzando? Perché non partiamo e lo vediamo?"

"Va bene" dico, decisa a dare il meglio di me. "Facciamolo."

* * *

Cominciamo la nostra gara vicino a un albero che ho segnato appositamente per questo. Sull'altro lato dell'isola c'è un altro albero che funge da traguardo. Se corriamo sulla sabbia, lungo l'oceano, sono esattamente cinque chilometri da qui a quel punto.

Julian conta fino a cinque, io imposto il mio cronometro e partiamo. Ognuno sceglie un ritmo abbastanza veloce, che non è la nostra velocità massima. Mentre corro, sento i muscoli sciogliersi al ritmo del movimento e gradualmente accelero il passo, spingendo più di quanto faccio di solito a questo punto della corsa. Julian corre accanto a me, ma la sua falcata gli permette di tenere il passo con facilità.

Corriamo in silenzio, senza parlare, e furtivamente continuo a lanciare occhiate a Julian con la coda dell'occhio. Siamo a metà della corsa, sudo e respiro a fatica, ma il mio straordinario rapitore sembra spingere appena. È incredibilmente in forma: i suoi muscoli tonici brillano per le gocce di sudore, contraendosi e flettendosi a ogni movimento. Corre con leggerezza, atterrando sulla punta dei piedi e io invidio il suo passo facile, desiderando anche solo un quarto della sua forza e della sua evidente resistenza.

Quando percorriamo l'ultimo chilometro, accelero, decisa a batterlo, nonostante la chiara inutilità dello sforzo. Non ha nemmeno il fiatone, mentre io sto già cercando di riprendere fiato. Accelera anche lui, ma nonostante i miei sforzi non riesco a distanziarlo. È praticamente incollato al mio fianco.

Quando arriviamo a meno di cento metri dall'albero, grondiamo di sudore e ogni muscolo del mio corpo reclama l'ossigeno. Sono sul punto di crollare e lo so, ma faccio un ultimo tentativo eroico e scatto verso il traguardo.

E proprio quando la mia mano sta per toccare l'albero che stabilisce il vincitore della gara, il palmo di

Julian tocca la corteccia, proprio un secondo prima del mio.

Frustrata, mi giro e mi ritrovo addosso all'albero con Julian chino su di me. "Ho vinto" dice, con gli occhi che brillano, e vedo che respira quasi normalmente.

Senza fiato, lo spingo, ma non indietreggia. Anzi, si avvicina e mi mette il ginocchio tra le cosce. Allo stesso tempo, le sue mani afferrano la parte posteriore delle mie ginocchia, sollevandole contro di lui, mentre tengo le cosce divaricate e spinge la sua erezione nel mio bacino.

La nostra piccola gara a quanto pare lo ha eccitato.

Ansimando, lo guardo, aggrappandomi alle sue spalle. Riesco a malapena a reggermi in piedi e vuole scoparmi?

La risposta ovviamente è sì, perché mi mette giù in piedi per un secondo, mi tira giù i pantaloncini e le mutandine, e poi fa lo stesso con i suoi vestiti. Barcollo, con le gambe tremanti per lo sforzo. Non posso credere che stia succedendo questo. Chi scopa subito dopo una gara? Tutto quello che voglio fare è sdraiarmi e bere un litro d'acqua.

Ma Julian ha altre idee per la testa. "In ginocchio" ordina con voce roca, spingendomi giù prima che io possa obbedire.

Atterro pesantemente in ginocchio e mi preparo con le mani. La posizione in realtà mi aiuta a riprendere fiato in qualche modo, e con piacere respiro un po'. Mi gira la testa per il caldo che fa e per i postumi di una dura corsa e spero di non svenire.

Un braccio duro e muscoloso scivola sotto i miei fianchi, tenendomi ferma, e poi sento il suo cazzo che spinge sulle mie natiche. Confusa e tremante, aspetto la spinta che ci unirà, con il sesso bagnato e palpitante per l'attesa. La reazione del mio corpo a Julian è folle, ridicola, dato il mio stato fisico generale.

Mi toglie i capelli intrisi di sudore dalla schiena e si piega in avanti per baciarmi il collo, coprendomi con il suo corpo pesante. "Sai" sussurra "sei bellissima quando corri. Avevo voglia di farlo fin dal primo chilometro." E con questo, spinge in profondità dentro di me, aprendomi con il suo spessore, riempiendomi fino all'orlo.

Grido, con le mani che afferrano la terra mentre comincia a spingere, con le mani che ora mi tengono i fianchi, sbattendo dentro di me. I miei sensi si restringono, concentrandosi solo su questo: i movimenti ritmici dei suoi fianchi, il piacere-dolore del suo possesso rude... Mi sento come se stessi bruciando dentro, morendo per il violento mix di calore e lussuria. La pressione che cresce dentro di me è troppa, insopportabile, e butto la testa all'indietro con un urlo, mentre il mio corpo esplode, scosso dall'orgasmo che mi colpisce con una tale forza che svengo letteralmente.

Quando riprendo conoscenza, Julian mi culla sulle ginocchia. La sua schiena è schiacciata contro l'albero che segna il traguardo e mi fa bere dei sorsetti d'acqua, assicurandosi che io non soffochi. "Stai bene, tesoro?" chiede, guardandomi con quella che sembra essere una sincera preoccupazione sul suo bel viso.

"Uhm, sì." La mia gola è ancora secca, ma mi sento sicuramente meglio e molto imbarazzata per lo svenimento.

"Non mi ero reso conto che fossi così disidratata" dice, con un leggero cipiglio. "Perché hai spinto così tanto?"

"Perché volevo vincere" confesso, chiudendo gli occhi e respirando il profumo della sua pelle. Sa di sesso e sudore, una combinazione stranamente attraente.

"Ecco, bevi altra acqua" dice, e riapro gli occhi, bevendo obbedientemente quando preme la bottiglia sulle mie labbra. Ha preso la bottiglia dal frigo che tengo nascosto su questo lato dell'isola per dissetarmi dopo le corse.

Dopo qualche minuto—e un'intera bottiglia d'acqua—mi sento abbastanza bene da rimettermi in cammino. Ma Julian non mi permette di camminare. Anzi, non appena mi alzo, si china e mi prende in braccio senza sforzo, come se fossi una bambola. "Reggiti al mio collo" ordina, e avvolgo le braccia intorno a lui, lasciando che mi riporti a casa.

CAPITOLO DICIOTTO

La mattina dopo mi sveglio con la delicata sensazione di sentire i piedi massaggiati. È talmente straordinaria che per qualche secondo credo di sognare e cerco di evitare di svegliarmi. La sensazione delle dita che mi strofinano il piede è fin troppo reale, però, e gemo nella beatitudine mentre ogni singolo dito viene strofinato e accarezzato con la giusta pressione.

Aprendo gli occhi, vedo Julian seduto sul letto, magnificamente nudo e con in mano una bottiglia di olio da massaggio. Versandone un po' sul palmo della mano, si china su di me e inizia a massaggiarmi le caviglie e i polpacci.

"Buongiorno" mi fa le fusa, guardandomi. Lo fisso, muta per la sorpresa. Julian mi ha massaggiata in passato, ma di solito solo per farmi rilassare prima di farmi qualcosa che mi avrebbe fatto urlare. Non mi ha mai svegliata in questo modo piacevole prima d'ora.

Vedo un sorrisetto sulle sue labbra sensuali e non posso fare a meno di sentirmi nervosa. "Uhm, Julian" dico incerta: "Che . . . che stai facendo?"

"Ti sto facendo un massaggio" dice, con gli occhi luccicanti dal divertimento. "Perché non ti rilassi e te lo godi?"

Sbatto le palpebre, guardando le sue mani muoversi lentamente sui miei polpacci. Ha delle mani grandi— forti e mascoline. Le mie gambe sembrano incredibilmente snelle e femminili nella sua presa, anche se ho dei muscoli ben definiti grazie a tutti gli allenamenti. Sento i calli sui suoi palmi che mi graffiano leggermente la pelle e deglutisco, pensando involontariamente che quelle sono le mani di un assassino.

"Girati" dice, tirandomi le gambe, e mi sdraio sulla pancia, sentendomi ancora nervosa. Cos'ha intenzione di farmi? Non mi piacciono le sorprese quando si tratta di Julian.

Comincia ad accarezzarmi la parte posteriore delle gambe, individuando infallibilmente le zone più doloranti dopo la corsa di ieri e gemo, mentre i muscoli rigidi cominciano a sciogliersi sotto le sue dita esperte. Eppure, non riesco a rilassarmi completamente; Julian è fin troppo imprevedibile per poter stare tranquilla.

Percependo il mio disagio, si china su di me e mi sussurra in un orecchio: "È solo un massaggio, gattina mia. Non c'è bisogno di essere così preoccupati."

Sentendomi un po' rassicurata, mi rilasso, sprofondando nella comodità del mio materasso. Le mani di Julian sono magiche; ho ricevuto dei massaggi professionali, ma non erano neanche lontanamente al suo livello. È completamente in sintonia con me, fa attenzione al minimo cambiamento del mio respiro, alla più lieve contrazione dei miei muscoli... Dopo alcuni minuti di questo, non mi importa più del suo strano atteggiamento; semplicemente sguazzo nella beatitudine di questa esperienza.

Dopo avermi massaggiata tutta accuratamente e mentre continuo a stare sdraiata e a sentirmi soddisfatta, Julian si ferma e mi accompagna sotto la doccia. Poi si abbassa su di me, facendomi provare il piacere con la bocca fino a farmi esplodere in uno sconvolgente orgasmo.

A colazione, canticchio per la soddisfazione. Questa è la miglior mattina dopo mesi, forse addirittura anni. Per una strana coincidenza, Beth ha preparato il mio cibo preferito—Uova alla Benedict con torta di granchio. Non ho mangiato niente di così peccaminoso dal mio arrivo sull'isola. Il cibo che Beth ci cucina è buono e di solito è sano. Frutta, verdura e pesce sembrano costituire la maggior parte della nostra dieta. Non ricordo quando è stata l'ultima volta in cui ho mangiato qualcosa di così abbondante e soddisfacente, come la salsa olandese che Beth ha preparato oggi.

"Mmm, è davvero buona" mugolo con la bocca piena. "Beth, è squisita. Probabilmente sono le migliori uova che abbia mai mangiato."

Mi sorride. "Sono venute bene, non è vero? Non ero sicura di aver capito bene la ricetta, ma a quanto pare l'ho indovinata."

"Oh, sì" la rassicuro prima di prenderne un'altra porzione. "È ottima."

Julian sorride, con gli occhi scintillanti di tenero divertimento. "Hai fame, gattina mia?" Lui stesso ha già mangiato una porzione considerevole, ma lo sto raggiungendo.

"Sto morendo di fame" gli dico, portando un'altra forchettata alla bocca. "Credo di aver bruciato un sacco di calorie ieri."

"Penso proprio di sì" dice, ampliando il sorriso, e poi racconta a Beth di come ho quasi vinto la gara, tralasciando la parte della scopata e del mio successivo svenimento.

Finita la colazione, sono così sazia da non riuscire a mandar giù neppure un altro boccone. Ringraziando Beth per il pasto, mi alzo in piedi per andare a prendere un libro e dedicarmi a una rilassante sessione di lettura nella veranda, quando Julian all'improvviso avvolge la mano intorno al mio polso. "Aspetta, Nora" dice a bassa voce, tirandomi per farmi sedere di nuovo. "C'è un'altra cosa che Beth ha preparato oggi." E rivolge a

Beth uno sguardo indecifrabile, dopo il quale Beth si alza subito per andare in cucina.

"Uhm, va bene." Sono molto confusa. Ha preparato qualcosa, ma non l'ha servita durante il pasto vero e proprio?

In quel momento, Beth torna al tavolo, portando un vassoio con una grande torta al cioccolato, con sopra delle candele accese.

"Buon compleanno, Nora" dice Julian con un sorriso, mentre Beth mi mette la torta davanti. "Ora esprimi un desiderio e spegni le candeline."

* * *

Spengo le candeline con il pilota automatico, senza nemmeno accorgermi che mi ci vogliono tre tentativi per farlo. Beth brinda, battendo le mani, e ho la sensazione che i rumori vengano da lontano. La mia mente è un turbinio vorticoso, ma mi sento stranamente insensibile, come se nulla potesse toccarmi in questo momento. Tutto quello a cui riesco a pensare, tutto quello su cui riesco a concentrarmi, è il fatto che è il mio compleanno.

Il mio compleanno. È il mio compleanno. Oggi compio diciannove anni.

La presa di coscienza mi fa venir voglia di urlare.

Ho conosciuto Julian poco prima del mio ultimo compleanno e mi ha portata su quest'isola poco dopo. Se oggi è il mio compleanno, significa che è passato quasi un anno dal mio rapimento, da quando sono qui, alla mercé di Julian e completamente isolata dal resto del mondo.

Ho trascorso un anno della mia vita da prigioniera.

Mi sento soffocare, come se tutta l'aria avesse lasciato la stanza, ma so che è solo un'illusione. C'è un sacco di ossigeno qui; semplicemente non riesco a respirarlo.

"Nora?" La voce di Beth in qualche modo supera il frastuono. "Nora, ti senti bene?"

Finalmente riesco a respirare un po' dell'aria di cui ho tanto bisogno e sollevo lo sguardo dalla torta. Beth mi fissa con un cipiglio perplesso sul volto e Julian non sorride più. Sembra ancora una volta un pericoloso estraneo, con lo sguardo oscuro e inquietante.

Con uno sforzo sovrumano, mostro un sorriso incerto. "Certo. Grazie per la torta, Beth."

"Volevamo farti una sorpresa" dice lei, addolcendo i lineamenti mentre prende le mie parole per oro colato. "Spero che ti sia rimasto un po' di spazio per il dessert. La torta al cioccolato è la tua preferita, vero?"

Il ronzio nelle mie orecchie si intensifica. "Uhm, sì." Nonostante lo sforzo, la mia voce sembra soffocata. "E mi avete fatto davvero una bellissima sorpresa."

"Lasciaci soli, Beth" dice Julian bruscamente, guardandola. "Io e Nora abbiamo bisogno di stare da soli in questo momento."

Beth sbatte le palpebre, ovviamente sconcertata dal tono di Julian. Non l'ho mai sentito parlarle in quel modo prima d'ora. Tuttavia, lei obbedisce subito, praticamente correndo su per le scale verso la sua camera.

Non vedevo Julian così arrabbiato da un po', so che dovrei essere spaventata, ma in questo momento non riesco a preoccuparmi per quello che succederà. Ogni muscolo del mio corpo trema, sforzandosi di contenere la terribile tempesta che sento agitarsi dentro di me ed è un sollievo che Beth non sia qui. *Un anno. È passato un fottutissimo anno.* La rabbia che sta crescendo dentro di me è diversa da qualsiasi cosa io abbia mai provato prima; è come se una diga si fosse rotta e non potesse essere più controllata. Una nebbia rossa scende su di me, oscurandomi la vista, e il ronzio nelle orecchie si acuisce mentre le emozioni diventano incontrollabili.

Non appena Beth è fuori dalla vista, esplodo. Non sono più razionale o lucida; sono la furia personificata. Afferro la cosa più vicina che riesca a raggiungere—la torta di cioccolato—e la sbatto in terra, cospargendo la glassa scura dappertutto. Seguono il mio piatto e il bicchiere, che colpiscono il muro frantumandosi in mille pezzi, e nel frattempo sento urlare da lontano. Una parte ancora funzionante del mio cervello si rende conto che sono io, che sono le mie urla e le mie imprecazioni che sento, ma non posso fermarle più di quanto io possa contenere un tifone. Tutta la rabbia, il terrore e la frustrazione dell'anno passato sono affiorati in superficie, sprigionandosi in una lava di feroce rabbia.

Non so per quanto tempo io continui a stare in quello stato insensato prima che due braccia d'acciaio mi avvolgano da dietro, imprigionandomi in un familiare abbraccio. Scalcio e urlo fin quando la mia voce si fa rauca, ma i miei sforzi sono inutili. Julian è molto, molto più forte di me e ora usa quella forza per sottomettermi, per tenermi ferma fin quando non ce la faccio più e crollo accanto a lui, sconfitta, con le lacrime che mi rigano il volto.

"Hai finito?" mi sussurra in un orecchio, e sento il ben noto sottofondo oscuro nella sua voce. Come al solito, lo trovo sia sinistro che eccitante, mentre il mio corpo ormai è costretto a desiderare il dolore che verrà e la beatitudine in grado di sconvolgermi la mente che inevitabilmente lo accompagnerà.

Scuoto la testa in risposta alla sua domanda, ma so di aver finito, che qualunque cosa mi sia presa è passata, lasciandomi sfinita e vuota.

Julian mi gira tra le sue braccia, per costringermi a guardarlo. Lo fisso, con gli occhi pieni di lacrime che osservano impotenti la perfetta simmetria dei suoi lineamenti. I suoi zigomi alti si tingono di un tocco di colore e c'è qualcosa di inquietante nel modo in cui mi guarda, come se volesse divorarmi, strapparmi l'anima e ingoiare tutto. I nostri sguardi si incrociano e so di essere sull'orlo di un precipizio in questo momento, che una voragine si sta aprendo sotto ai miei piedi.

E in quel momento, vedo le cose chiaramente.

Non sono arrabbiata perché sono imprigionata sull'isola da un anno intero. No, la mia rabbia va molto, molto più in profondità. Ciò che mi brucia dentro non è il fatto di essere stata una prigioniera tutto questo tempo, ma il fatto che mi piace la prigionia.

Nel corso degli ultimi mesi, in qualche modo ho accettato la mia nuova vita. Ho iniziato ad apprezzare i ritmi lenti e rilassanti dell'isola. L'oceano, la sabbia, il sole: è quanto di più simile al paradiso. La libertà e tutto ciò che essa comporta ormai è solo un vago sogno impossibile. Riesco a malapena a immaginare i volti di coloro che ho lasciato alle spalle; sono solo figure sfocate e indistinte nella mia mente. L'unica cosa che conta per me ora è l'uomo che mi stringe nel suo forte abbraccio.

Julian—il mio rapitore, il mio amante.

"Perché, Nora?" mi chiede, quasi senza far rumore. Le sue braccia mi stringono, affondando le dita nella pelle morbida della mia schiena. Dato che non rispondo, la sua espressione si rabbuia ulteriormente. "Perché?"

Rimango in silenzio, non volendo fare quell'ultimo passo irreversibile. Non posso mostrarmi a Julian in questo modo. Non posso proprio. Ha già preso troppo da me; non posso permettergli di avere anche questo.

"Dimmelo" ordina, alzando una mano fino a torcermi i capelli, costringendomi a piegare il collo all'indietro. "Dimmelo ora."

"Ti odio" gracchio, radunando gli ultimi brandelli della mia resistenza. La mia voce è come carta vetrata, rauca dopo tutte le urla. "Ti odio—"

I suoi occhi mi fulminano con un fuoco blu. "Davvero?" sussurra, chinandosi su di me, continuando a tenermi piegata e impotente. "Mi odi, gattina mia?"

Reggo il suo sguardo, rifiutandomi di sbattere le palpebre. Devo tentare il tutto per tutto. "Sì" sibilo: "Ti odio!" Devo convincerlo del mio odio perché l'alternativa è impensabile. Non deve sapere la verità. Non può.

Il volto di Julian si indurisce, trasformandosi in ghiaccio. Con un movimento rapido, butta in terra i restanti piatti sul tavolo della cucina e mi spinge sul tavolo, costringendomi a piegarmi, con la faccia sulla superficie di legno levigato. Cerco di scalciare con le gambe, ma è inutile. Mi afferra la nuca con la sua mano forte e poi sento il rumore minaccioso di una cinta che si slaccia.

Scalcio con più forza, riuscendo a sfiorargli la gamba. Naturalmente, non ottengo nulla. Non posso fuggire da Julian. Non riuscirò mai a fuggire da Julian.

Si china su di me, spingendomi sul tavolo, stringendo le dita intorno al mio collo. "Sei mia, Nora" dice con durezza, con il suo grande corpo che mi domina, che mi eccita. "Mi appartieni, hai capito? Ogni singola parte di te è mia." La sua erezione preme sulle mie natiche; la sua durezza senza compromessi è sia una minaccia che una promessa.

Si piega all'indietro, continuando a tenermi giù con la mano sul mio collo, e sento il sibilante sussurro di una cinta che viene tolta dai pantaloni. Un attimo dopo, il mio vestito è su, mostrando la parte inferiore del corpo. Stringo gli occhi, preparandomi a quello che accadrà.

Tump. Tump. La cinta si abbatte sul mio culo, più e più volte, e ogni colpo è come un fuoco che mi brucia le cosce e i glutei. Sento le mie grida, sento il mio corpo irrigidirsi a ogni colpo e poi il dolore mi proietta in quello strano stato in cui tutto è capovolto, in cui dolore e piacere si fondono, diventando indistinguibili l'uno dall'altro e il mio carnefice è il mio unico conforto. Il mio corpo si rilassa, si scioglie, mentre ogni colpo di cinta comincia ad assomigliare più a una carezza, e so che in qualche modo ho bisogno di questo ora, che Julian ha varcato quel mio lato oscuro e segreto che è l'immagine speculare dei suoi desideri contorti. È una parte di me che anela a rinunciare al controllo, a perdersi completamente e ad essere solo *sua*.

Quando Julian si ferma e mi ribalta, non è rimasto neanche un briciolo di disprezzo in me. Mi gira la testa per la scarica di endorfine più potente di qualsiasi altra cosa io abbia mai provato e mi aggrappo a lui, alla disperata ricerca di comodità, di sesso, di qualcosa di simile all'amore e all'affetto. Le mie braccia avvolgono il collo di Julian, tirandolo giù sul tavolo con me, e gioisco del suo sapore, dei baci affamati e profondi con cui mi consuma la bocca. Il mio fondoschiena sembra essere in fiamme, ma questo non attenua la mia libidine neanche un po'; anzi, la intensifica. Julian mi ha addestrata bene. Il mio corpo desidera il piacere che verrà dopo.

Julian armeggia con i jeans, aprendo la cerniera, e poi è dentro di me, penetrandomi con una potente spinta. Mi vengono i brividi per il sollievo, per l'estasi che confina con l'agonia, e avvolgo le gambe intorno alla sua vita, portandolo più in profondità, sentendo la necessità che mi scopi, che mi prenda nel modo più primitivo possibile.

"Dimmi, tesoro" mi sussurra in un orecchio, con le labbra che mi sfiorano la tempia. La sua mano destra scivola tra i miei capelli, tenendomi immobile. "Dimmi quanto mi odi." L'altra mano trova il punto che ci unisce, strofina lì, poi si sposta giù di qualche centimetro, verso l'altra mia apertura. "Dimmi . . . "

Ansimo mentre il suo dito spinge nel mio ano, scatenando delle sensazioni contrastanti. Confusa, apro gli occhi e guardo Julian, vedendo il mio oscuro bisogno riflesso sul suo volto. Vuole possedermi, farmi a pezzi per ricostruirmi e non riesco più a contrastarlo.

"Non ti odio." Le mie parole escono basse e roche, mentre ingoio per bagnarmi la gola secca. "Non ti odio, Julian."

Qualcosa di simile al trionfo brilla sul suo volto. I suoi fianchi spingono in avanti, mentre la sua asta scava dentro di me, e trattengo un gemito, continuando a reggere il suo sguardo.

"Dimmi" ripete, con voce profonda. I suoi occhi bruciano nei miei e non posso più resistere al desiderio che vedo in loro. Mi vuole tutta e non ho altra scelta che non sia quella di sottomettermi.

"Ti amo." La mia voce si sente appena e ogni parola sembra essermi strappata dall'anima. "Non ti odio, Julian . . . Non posso . . . Non posso perché ti amo."

Vedo le sue pupille dilatarsi, rendendo i suoi occhi più scuri. Il suo cazzo si gonfia in me, diventando più spesso e più duro di prima, e poi tira fuori e spinge di nuovo dentro, facendomi ansimare dalla ferocia del suo possesso.

"Ripetilo" geme, e io ripeto quello che ho detto. Stavolta le parole escono più facilmente. Non ho più motivo di nascondere la verità, non ho più motivo di mentire. Sono innamorata cotta del mio sadico rapitore e nulla al mondo può cambiare questo fatto.

"Ti amo" sussurro, muovendo la mano per accarezzargli la guancia. "Ti amo, Julian."

I suoi occhi diventano ancora più scuri e poi piega la testa, consumandomi la bocca in un profondo bacio appassionato.

Ora sono veramente sua e lui lo sa.

CAPITOLO DICIANNOVE

I tre mesi successivi volano.

Dopo quel giorno, dopo quello che ritengo l'Incidente del Compleanno, il mio rapporto con Julian subisce un notevole cambiamento, diventando più... *romantico*, in mancanza di una parola migliore.

È una storia d'amore contorta, lo so. Potrei dipendere da Julian, ma non sono così cieca da non rendermi conto di quanto sia malsano tutto questo. Sono innamorata dell'uomo che mi ha rapita, dell'uomo che continua a tenermi prigioniera.

Dell'uomo che sembra aver bisogno del mio amore tanto quanto ha bisogno del mio corpo.

Non so se ricambi il mio amore. Non so nemmeno se sia capace di provare quell'emozione. Come si può amare qualcuno a cui si è rubata la libertà senza pensarci due volte? Eppure non posso fare a meno di pensare che mi vuole bene, che la sua ossessione per me non è solo di natura sessuale. Penso questo per il modo in cui mi guarda a volte, per il modo in cui cerca di prevedere ogni mia esigenza.

Mi porta sempre i miei cibi preferiti, i miei libri e la musica preferiti. Se gli dico di aver bisogno di una lozione per le mani, me la compra durante il suo viaggio successivo. Non potrei desiderare di essere più coccolata. È anche orgoglioso del mio talento, lodando le mie opere d'arte e arrivando a portare numerosi dipinti con sé per appenderli nel suo ufficio di Hong Kong.

Inoltre, gli manco quando non siamo insieme. Lo so perché me lo dice e perché ogni volta che torna, cade su di me come un uomo affamato appena uscito di prigione. Questo, più di tutto, mi fa sperare che i suoi sentimenti per me vadano oltre quelli del padrone per la sua proprietà.

"Vedi altre donne? Là fuori, nel mondo reale?" gli chiedo a colazione, dopo una notte in cui mi prende tre volte di fila. Quella domanda mi tormentava da mesi e semplicemente non potevo più trattenermi. Il mio rapitore è più che splendido; ha quel fascino pericoloso e magnetico che probabilmente attira dozzine di donne. Posso facilmente immaginarlo dormire con una bellezza diversa ogni notte, un pensiero che mi fa venir voglia di accoltellare qualcosa. Nonostante le sue inclinazioni sadiche, so che non avrebbe problemi a trovare compagne di letto; probabilmente ci sono un sacco di donne che, come me, traggono piacere dal dolore erotico.

Mi sorride con un oscuro divertimento, nemmeno un po' scoraggiato dalla mia evidente manifestazione di gelosia. "No, gattina mia" dice a bassa voce. Allungandosi, mi prende la mano, accarezzandomi l'interno del polso con il pollice. "Perché dovrei aver voglia di scopare qualcun altro quando ho te? Non sono stato con un'altra donna dal giorno in cui ci siamo conosciuti."

"Davvero non ci sei stato?" Non posso nascondere la mia sorpresa. Julian mi è stato fedele per tutto questo tempo?

Mi guarda, curvando le labbra in un delizioso sorriso peccaminoso. "No, tesoro, non ci sono stato" dice, e in quel momento, mi sento la donna più felice del mondo.

Mi piace quando mi chiama 'tesoro'. È un termine affettuoso usato comunemente, lo so, ma in qualche modo, quando lo dice Julian, sembra diverso, come se mi stesse accarezzando con quella parola. Preferisco di gran lunga 'tesoro' piuttosto che essere chiamata 'la mia gattina.'

In realtà, però, so di essere questo per lui—la sua gattina, una sua cosa. Gli piace l'idea che gli appartengo, che è l'unico uomo che possa toccarmi, vedermi. Gli piace vestirmi con gli abiti che mi fornisce, nutrirmi con il cibo che mi porta. Sono completamente dipendente da lui, sono pienamente alla sua mercé e credo che qualcosa di questo gli piaccia e gli permetta di placare i demoni, che spesso vedo in agguato sotto l'apparenza.

Sinceramente, non mi dispiace essere posseduta. È una presa di coscienza inquietante, ma a una parte di me sembra piacere questo tipo di dinamica. Mi sento al sicuro e amata, anche se la logica mi dice che sono tutt'altro che al sicuro con un uomo che si occupa di armi per vivere, un uomo che ha confessato di aver ucciso, senza alcun rimorso. Le mani che mi toccano la notte sono quelle che hanno causato la morte di altri, ma c'è qualcosa di piccante in questo. Rende tutto più intenso in qualche modo, mi aiuta a sentirmi più viva.

Inoltre, nonostante il suo bisogno di farmi del male, Julian non me ne ha mai veramente fatto, non fisicamente, almeno. Quando è in uno dei suoi stati d'animo sadici, finisco col ritrovarmi segni e lividi sulla pelle, ma svaniscono in fretta. È attento a non sfregiarmi il corpo, anche se so che il sangue e le lacrime—le mie lacrime—lo eccitano.

Quando condivido alcuni dei miei sentimenti con Beth, non ne sembra affatto sorpresa.

"Sapevo che voi due eravate fatti l'uno per l'altra dal primo momento che vi ho visti insieme" dice, rivolgendomi uno sguardo ironico. "Quando tu e Julian siete nella stessa stanza, l'aria praticamente si surriscalda. Non ho mai visto una chimica simile tra due persone. Quello che condividete è raro e speciale. Non opporti, Nora. È il tuo destino e tu sei sua."

Sembra esserne del tutto convinta.

* * *

La notte in cui la mia vita cambia irrimediabilmente, tutto inizia normalmente.

Julian è sull'isola e condividiamo un delizioso pasto insieme, prima che mi porti al piano di sopra per una prolungata sessione di sesso. È uno di quei momenti in cui è gentile e mi venera con il corpo come se fossi una dea, e mi addormento rilassata e soddisfatta, avvolta nel suo abbraccio.

Quando mi sveglio nel cuore della notte per andare al bagno, mi accorgo di un dolore vago vicino all'ombelico. Dopo essere andata di corpo, mi lavo le mani e striscio di nuovo a letto, allungandomi vicino alla sagoma addormentata di Julian. Sento un po' di nausea e mi chiedo se ho un'indigestione. Potrebbe essere un'intossicazione alimentare?

Cerco di addormentarmi, ma il dolore sembra peggiorare ogni minuto che passa. Si sposta nel basso ventre, divenendo acuto e straziante. Non voglio svegliare Julian, ma non riesco più a sopportarlo. Ho bisogno di un antidolorifico, di qualsiasi tipo.

"Julian" sussurro, toccandolo. "Julian, credo di star male."

Si sveglia subito e si siede sul letto, accendendo la lampada sul comodino. Non c'è traccia di confusione sul suo volto; è sveglio come se fosse mezzogiorno, anziché le tre del mattino. "Che c'è che non va?"

Mi raggomitolo in una piccola palla mentre il dolore si intensifica. "Non lo so" riesco a dire. "Mi fa male lo stomaco."

Alza le sopracciglia. "Dove ti fa male, tesoro?" dice a bassa voce, spingendomi sulla schiena.

"Il ... il fianco" ansimo, mentre delle lacrime di dolore cominciano a rigarmi il viso.

"Qui?" chiede, spingendo su un lato, e io scuoto la testa.

"Qui?"

"Sì!" In qualche modo ha trovato infallibilmente la zona esatta che mi tormenta.

Si alza immediatamente e comincia a vestirsi. "Beth!" grida. "Beth, vieni subito qui!"

Arriva di corsa trenta secondi dopo, indossando un accappatoio sul pigiama. "Che è successo?"

Sembra impaurito e anch'io sono terrorizzata. Non ho mai visto Julian in questo stato. Sembra quasi ... spaventato.

"Preparati" dice laconicamente. "La porto alla clinica e tu vieni con noi. Potrebbe trattarsi di appendicite."

Appendicite! Ora che l'ha detto, mi rendo conto che è la spiegazione più plausibile, ma è più che spaventoso. Non sono un medico, ma so che se l'appendice mi scoppia prima che la taglino, sono bello che andata.

Sarebbe spaventoso anche se fossi a un'ora di distanza da un medico, ma sono su un'isola privata nel bel mezzo del Pacifico. E se non riuscissi ad arrivare all'ospedale in tempo?

Julian deve pensare la stessa cosa, perché l'espressione del suo volto è seria mentre mi avvolge in un accappatoio e mi tira su, portandomi fuori dalla stanza.

"Posso camminare" protesto debolmente, con lo stomaco che si contorce mentre Julian cammina velocemente giù per le scale.

"Col cavolo che puoi." Il suo tono è inutilmente duro, ma non mi offendo. So che è preoccupato per me in questo momento, e anche con le viscere agonizzanti, mi sento confortata da quel pensiero.

Quando raggiungiamo l'hangar, Beth apre i cancelli per noi e ci aspetta nella parte posteriore dell'aereo. Julian mi sistema le cinghie sul sedile del passeggero e mi rendo conto che il mio più grande desiderio sta per realizzarsi.

Sto per lasciare l'isola.

Il mio stomaco sobbalza e afferro il sacchetto di carta marrone posto opportunamente davanti a me. Un'improvvisa nausea calda mi ribolle nella gola e vomito nel sacchetto, con il corpo tutto sudato e tremante.

Sento Julian imprecare mentre l'aereo comincia a decollare e sono così imbarazzata che vorrei solo morire. "Mi dispiace" sussurro, con gli occhi in fiamme. Non mi sono mai sentita così triste in tutta la mia vita.

"Va tutto bene" dice Julian bruscamente. "Non ti preoccupare."

"Ecco." Beth mi porge una salvietta umidificata dal retro. "Questo dovrebbe farti sentire un po' meglio."

Ma non è così. Anzi, quando l'aereo sale di quota, ho di nuovo la nausea. Gemendo, mi stringo lo stomaco, sentendo il dolore al fianco destro intensificarsi.

"Cazzo" mormora Julian. "Cazzo, cazzo, cazzo." Le sue nocche sono bianche per quanto stringe i controlli.

Vomito di nuovo.

"Quanto tempo ci vorrà per arrivare?" La voce di Beth è insolitamente alta.

"Due ore" risponde Julian, cupo. "Se il vento ci aiuta."

Quelle due ore si riveleranno essere le più lunghe della mia vita. Quando l'aereo comincia la sua discesa, vomito cinque volte e supero la sensazione di imbarazzo. Il dolore allo stomaco si è trasformato da tempo in agonia e l'unica cosa di cui mi rendo conto è il mio tormento fino al profondo delle ossa.

Mani forti mi toccano, facendomi scendere dal velivolo, e sono vagamente consapevole del fatto che Julian mi sta portando da qualche parte, cullandomi sul suo grande torace. C'è una babele di voci che parlano in un mix di inglese e di una lingua straniera, e quindi vengo messa su una barella e condotta in un lungo corridoio in una camera bianca, che sembra sterile.

Diverse persone in camice bianco si agitano intorno a me, mentre un uomo dà ordini in quella stessa lingua stranamente mista e sento un'acuta puntura al braccio, quando mi attaccano l'ago della flebo al polso. Stordita, alzo lo sguardo e vedo Julian in un angolo, con il viso stranamente pallido e gli occhi scintillanti... e poi le tenebre mi inghiottono.

CAPITOLO VENTI

Quando riprendo conoscenza, mi sento solo un po'
meglio. La mia testa sembra essere imbottita di lana e il
fastidioso dolore al fianco persiste, anche se è diverso
ora, meno acuto e più simile a un dolore costante. Per
un attimo, credo di essermi addormentata sentendomi
male e di aver sognato tutto, ma l'odore mi convince
del contrario. È quell'inconfondibile odore antisettico
che si sente solo negli studi medici e negli ospedali.

Quell'odore significa che sono viva... e lontana
dall'isola.

Il cuore inizia a battermi all'impazzata a quel
pensiero.

"È sveglia" dice una voce femminile sconosciuta in
un accento inglese, a quanto pare rivolgendosi a
qualcun altro nella stanza.

Sento dei passi e noto qualcuno seduto sul lato del mio letto. Delle dita calde si allungano e mi accarezzano la guancia. "Come ti senti, tesoro?"

Aprendo gli occhi con qualche sforzo, vedo gli splendidi lineamenti di Julian. "Come se fossi stata tagliata e ricucita" riesco a gracchiare. La mia gola è così secca e dolente che mi fa male parlare e sento un dolore sordo e lancinante al fianco destro.

"Ecco." Julian tiene una tazza con una cannuccia piegata dentro. "Devi avere sete."

La porta verso il mio viso e io obbedientemente serro le labbra intorno alla cannuccia, mandando giù un po' d'acqua. Sono ancora confusa e, per un attimo, il muro tra i ricordi belli e quelli brutti si sgretola. Ricordo il primo giorno sull'isola, quando Julian mi aveva offerto una bottiglia d'acqua, e un brivido involontario mi attraversa la schiena. In quel momento, Julian non è l'uomo che amo; è di nuovo il mio nemico, la persona che mi ha rapita, quello che mi ha fatta sua contro la mia volontà.

"Hai freddo?" chiede, allontanando la tazza prima di chinarsi per sistemare il lenzuolo, coprendomi le spalle.

"Uhm, sì, un po'." *Ho lasciato l'isola. Oh mio Dio, ho lasciato l'isola.* Mi gira la testa. Mi sento combattuta, come se ci fossero due persone diverse in me—la ragazza terrorizzata che insiste sul fatto che questa sia la sua possibilità per fuggire e la donna che desidera disperatamente il tocco di Julian.

"Ti hanno tolto l'appendice" dice Julian, sistemandomi una ciocca di capelli che mi stava facendo il solletico sulla fronte. "L'operazione è andata bene e non dovrebbero esserci complicazioni. Non è vero, Angela?" Alza lo sguardo verso sinistra.

"Sì, Signor Esguerra."

Esguerra? È questo il cognome di Julian? Riconoscendo quella voce, giro la testa e vedo una giovane donna minuta in camice bianco. La sua pelle liscia è di un bel marrone chiaro, mentre i capelli e gli occhi sono scuri, quasi neri. Direi che è filippina o forse tailandese, ma non posso fingere di essere un'esperta di queste nazionalità.

Quello che posso dire è che lei è la prima persona che ho visto negli ultimi quindici mesi che non sia né Beth, né Julian.

Ho lasciato l'isola. Oh mio Dio, ho lasciato l'isola. Per la prima volta dopo il mio rapimento, ho una reale possibilità di fuga.

"Dove mi trovo?" chiedo, fissando la giovane infermiera. Non posso credere che Julian stia permettendo a qualcun altro di vedere me, la ragazza che ha rapito.

"Sei in una clinica privata nelle Filippine" risponde Julian, quando la donna mi sorride. "Angela è l'infermiera che si prenderà cura di te."

In quel momento, la porta si apre e Beth entra. "Oh, guarda chi si è svegliata" esclama, avvicinandosi al mio letto. "Come ti senti?"

"Bene, credo" dico con cautela. *Porca puttana, ho lasciato quell'isola del cazzo.*

"Hanno detto che Julian ti ha portata qui appena in tempo" mi dice Beth, prendendo una sedia e sedendosi accanto al mio letto. "La tua appendice stava per scoppiare. L'hanno tolta e ti hanno messo i punti, quindi dovresti sentirti sana come un pesce."

Mi lascio sfuggire una risatina nervosa... e subito gemo, mentre quel movimento mi tira i punti nel fianco.

"Ti fa male?" Julian mi rivolge uno sguardo preoccupato. Girandosi verso Angela, le ordina: "Dalle altri antidolorifici."

"Sto bene, ho solo un po' di dolore" cerco di rassicurarlo. "Davvero, non ho bisogno di farmaci." L'ultima cosa che voglio in questo momento è qualcosa che mi annebbi la mente. Sono fuori dall'isola e devo capire che cosa fare. Faccio del mio meglio per mantenere la calma, ma ci vuole tutta la mia forza di volontà per non urlare o fare qualcosa di stupido. La libertà è così vicina che posso praticamente assaporarla.

"Certo, signor Esguerra." Angela ignora completamente le mie proteste e si avvicina al letto, trafficando con la busta trasparente che alimenta la mia flebo.

Julian si appoggia al letto e mi bacia delicatamente le labbra. "Hai bisogno di riposare" dice a bassa voce. "Ti voglio in buona salute. Capito?"

Annuisco, con le palpebre che cominciano a farsi più pesanti, man mano che il farmaco inizia a fare effetto. Per un attimo, mi sento come se stessi fluttuando, senza provare più dolore, e poi non mi rendo più conto di niente.

* * *

Quando mi risveglio, sono sola nella stanza. Una calda luce solare attraversa le grandi vetrate trasparenti e diverse piante sono splendidamente in fiore sul davanzale della finestra. In realtà è abbastanza accogliente. Se non fosse per quell'odore di ospedale e per le varie macchine e i monitor, avrei creduto di essere nella camera da letto di qualcuno. Qualunque cosa sia questa clinica privata, è piuttosto lussuosa, cosa che non ero riuscita ad apprezzare davvero prima.

La porta si apre e Angela entra nella stanza. Rivolgendomi un grande sorriso, dice con una voce allegra: "Come stai, Nora?"

"Bene" rispondo, con un po' di diffidenza. "Dov'è Julian?" Qualcosa di questa donna mi dà sui nervi e non riesco a capire cosa. So che probabilmente rappresenta la mia migliore possibilità di fuga, ma non so se posso fidarmi di lei. Per prima cosa, potrebbe facilmente lavorare alle dipendenze di Julian, come Beth.

"Il Sig. Esguerra è dovuto andar via per un paio d'ore" dice, continuando a sorridermi. "Beth è qui, però. È appena andata in bagno."

"Oh, bene." La guardo, cercando di raccogliere il coraggio. Devo dirle che sono stata rapita. Devo proprio farlo. È la mia unica opportunità di fuga. Forse è fedele a Julian, ma devo provare lo stesso perché potrei non avere mai più una tale opportunità.

Angela si avvicina al letto e mi porge la tazza con la cannuccia piegata. "Ecco qui" dice con la stessa voce allegra. "Ti porto subito qualcosa da mangiare."

Alzo il braccio e prendo la tazza dalle sue mani, sussultando un po' quando il movimento mi tira i punti. "Grazie" dico, ingurgitando l'acqua avidamente. Ho davvero, davvero bisogno di dirle di chiamare la polizia, o come si chiamano le forze dell'ordine locali, ma per qualche ragione, non lo faccio. Al contrario, bevo l'acqua e la guardo uscire dalla stanza, lasciandomi sola ancora una volta.

Gemo. Cosa c'è che non va in me? La libertà è una possibilità reale per la prima volta dopo più di un anno, ed eccomi qui, a rimandare e a procrastinare. Mi ripeto che è perché voglio essere cauta, perché non voglio che qualcuno si faccia del male—né Angela, né certamente qualcuno a casa, ma nel profondo, conosco la verità.

Per quanto la libertà sembri allettante, è anche spaventosa. Sono prigioniera da così tanto tempo che in realtà mi manca il conforto della mia gabbia; stare qui in questa stanza sconosciuta mi rende stressata, ansiosa e c'è una parte di me che vorrebbe solo tornare sull'isola, alla regolare routine. La cosa più importante, tuttavia, è che la libertà significa lasciare Julian e non riesco a farlo.

Non voglio lasciare l'uomo che mi ha rapita.

Dovrei rallegrarmi al pensiero della polizia che viene ad arrestarlo, invece mi sento inorridita. Non voglio vedere Julian dietro le sbarre. Non voglio separarmi da lui, nemmeno per un minuto.

Chiudendo gli occhi, mi dico che sono una pazza, un'idiota a cui è stato fatto il lavaggio del cervello, ma non importa.

Mentre sono sdraiata in quel letto d'ospedale, accetto il fatto di non essere più una prigioniera forzata. Anzi, sono semplicemente una donna che appartiene a Julian, proprio come lui ora appartiene a me.

* * *

Guarisco dopo una settimana passata in clinica. Julian viene a trovarmi ogni giorno, trascorrendo diverse ore al mio fianco, e Beth fa lo stesso. Angela si prende cura di me per la maggior parte del tempo, anche se un paio di medici sono venuti a dare un'occhiata alle mie analisi e a regolare il mio dosaggio di antidolorifici.

Non ho ancora detto a nessuno di essere una vittima di rapimento, né ho più intenzione di farlo. Per prima cosa, ho la sensazione che il personale della clinica sia pagato per essere discreto. Nessuno sembra minimamente curioso di sapere cosa ci faccia una ragazza americana nelle Filippine, né sono propensi a fare qualsiasi domanda. L'unica cosa che Angela vuole sapere è se provo dolore, sete, fame o se ho bisogno di andare al bagno. Sono abbastanza sicura che se le chiedessi di chiamarmi la polizia, sorriderebbe e mi darebbe altri antidolorifici.

Ho visto anche un certo numero di guardie nel corridoio fuori dalla stanza. Le intravedo quando la porta si apre. Sono armate fino ai denti e sembrano degli spaventosi figli di puttana; mi ricordano il delinquente che ha pestato Jake.

Quando chiedo a Julian di loro, confessa senza problemi che sono suoi dipendenti. "Sono lì per proteggerti" spiega, seduto sul lato del mio letto. "Ti ho detto che ho dei nemici, vero?"

Me l'aveva detto, ma non avevo capito la vera portata del pericolo. Secondo Beth, c'è un piccolo esercito di guardie del corpo nella clinica e intorno ad essa, che ci proteggono da qualsiasi minaccia preoccupi Julian.

"Quali nemici?" chiedo con curiosità, guardandolo. "Chi ti dà la caccia?"

Mi sorride. "Non sono affari tuoi, gattina mia" dice gentilmente, ma c'è qualcosa di freddo e implacabile in agguato sotto al calore del suo sorriso. "Mi occuperò di loro al più presto."

Rabbrividisco e spero che Julian non se ne accorga. A volte il mio amante può fare molta, molta paura.

"Torneremo a casa domani" dice, cambiando argomento. "I medici hanno detto che dovrai riposarti nelle prossime settimane, ma non c'è bisogno che resti qui. Puoi guarire tranquillamente a casa."

Annuisco, mentre mi si stringe lo stomaco con un misto di timore e attesa. Casa... La casa sull'isola. Questa strana parentesi nella clinica, così vicina alla libertà, è quasi finita.

Domani ricomincia la mia vera vita.

CAPITOLO VENTUNO

Bum! Bum! Gli scoppi della marmitta di una macchina mi svegliano da un sonno profondo. Con il cuore che mi martella nel petto, mi metto subito seduta, poi mi tocco i punti di sutura sul fianco con una fitta di dolore.

Bum! Bum! Bum! Gli scoppi continuano e mi blocco. Nessun'auto scoppietta come quella.

Sento degli spari. Spari e grida.

È buio e l'unica luce proviene dai monitor collegati a me. Sono sul letto nel bel mezzo della stanza—sono la prima cosa che qualcuno vedrebbe aprendo la porta. Mi viene in mente che tanto varrebbe essere seduta lì con un bersaglio dipinto in mezzo alla fronte.

Cercando di controllare il mio respiro irregolare, stacco la flebo dal braccio e mi alzo in piedi. Mi fa ancora male camminare, ma ignoro il dolore. Sono certa che i proiettili farebbero molto più male.

Camminando a piedi nudi verso la porta, la apro leggermente e sbircio nel corridoio. Il mio stomaco si contorce. Non si vede una sola guardia del corpo; il corridoio davanti a me è completamente vuoto.

Cazzo. Cazzo, cazzo, cazzo.

Guardandomi intorno freneticamente, cerco un nascondiglio, ma l'unico armadio nella stanza è troppo piccolo per me. Non ci sono altri posti in cui nascondermi. Rimanere qui sarebbe un suicidio. Devo andarmene e devo farlo ora.

Stringendomi il camice intorno, esco cautamente nel corridoio. Il pavimento è freddo sotto ai miei piedi nudi, il che si aggiunge al gelo dentro di me. Qui fuori, mi sento ancora più esposta e vulnerabile e la voglia di nascondermi cresce. Individuando un mucchio di porte sull'altra estremità del corridoio, ne scelgo una a caso, aprendola con cautela. Con mio grande sollievo, non c'è nessuno all'interno, ed entro, chiudendo la porta con attenzione alle mie spalle.

Il rumore degli spari continua a intervalli casuali, avvicinandosi sempre di più. Faccio un passo in un angolo dietro la porta e mi appiattisco al muro, cercando di controllare il panico che cresce. Non ho idea di chi siano gli uomini armati, ma le possibilità che mi vengono in mente non sono rassicuranti.

Julian ha dei nemici. E se fossero loro là fuori? E se li stesse affrontando in questo momento al fianco delle sue guardie del corpo? Lo immagino ferito, morto, e il freddo dentro di me si diffonde, penetrandomi in profondità nelle ossa. *Ti prego, Dio, no. Ti prego, tutto tranne questo.* Preferirei morire io piuttosto che perderlo.

Tremo tutta e sento un sudore freddo attraversarmi la schiena. Non sento più gli spari e il silenzio è più inquietante del rumore assordante di prima. Sento la paura; è nitida e dal sapore metallico sulla mia lingua e mi rendo conto di aver morso l'interno della guancia così forte da farlo sanguinare.

Il tempo scorre ad un ritmo angoscioso. Ogni minuto sembra allungarsi in un'ora, ogni secondo sembra un'eternità. Infine, sento voci e passi pesanti nel corridoio. Sembra che ci siano molti uomini e che stiano parlando in una lingua che non capisco, una lingua dura e gutturale per le mie orecchie.

Sento le porte che si aprono e mi rendo conto che stanno cercando qualcosa... o qualcuno. Osando appena respirare, cerco di fondermi con il muro, di diventare così piccola da essere invisibile per gli uomini armati che si aggirano nel corridoio.

"Dov'è lei?" chiede una dura voce maschile in un forte accento inglese. "Dovrebbe essere qui, su questo piano."

"No, non è qui." La voce che gli risponde è quella di Beth e soffoco un gemito terrorizzato, rendendomi conto che gli uomini l'hanno catturata in qualche modo. Lei sembra sprezzante, ma percepisco un sottofondo di paura nella sua voce. "Te l'ho detto, Julian l'ha già portata via—"

"Non mentirmi, cazzo" ruggisce l'uomo, in un accento sempre più marcato. Al rumore di uno schiaffo, segue il grido di dolore di Beth. "Dove cazzo sta?"

"Non lo so" singhiozza Beth istericamente. "Se n'è andata, te l'ho detto, se n'è andata—"

L'uomo **sbraita qualcosa** nella sua lingua e sento altre porte che si aprono. Si stanno avvicinando alla stanza in cui sono nascosta, e so che è solo una questione di tempo prima che mi trovino. Non so per quale motivo mi stiano cercando, ma so di essere la 'lei' in questione. Vogliono trovarmi e sono disposti a fare del male a Beth per prendermi.

Esito solo un attimo prima di uscire dalla stanza. **Sull'altro lato** del corridoio, vedo Beth sul pavimento, con un uomo vestito di nero che le tiene forte il braccio. Un'altra dozzina di uomini sono intorno a loro, con fucili d'assalto e pistole—che puntano **su di** me non appena esco fuori.

"Cercate me?" chiedo con calma. Non sono mai stata più terrorizzata in vita mia, ma la mia voce **sgorga sicura**, quasi divertita. Non sapevo che fosse possibile essere **insensibili alla paura**, ma è così che mi sento ora—così terrorizzata che in realtà non provo più paura.

Ho la mente stranamente lucida e **registro diverse** cose contemporaneamente. Gli uomini sembrano del

Medio Oriente, con la pelle olivastra e i capelli scuri. Un paio di loro è ben rasato, ma la maggior parte sembra avere folte barbe nere. Almeno due di loro sono feriti e sanguinanti. E nonostante tutte le loro armi, sembrano piuttosto ansiosi, come se si aspettassero di essere attaccati da un momento all'altro.

L'uomo che stringe Beth ringhia un altro ordine in una lingua che ora mi rendo conto che è l'arabo e riconosco che la sua voce è quella dell'uomo che aveva parlato in inglese. Sembra che sia il loro capo. Al suo comando, due degli uomini si avvicinano a me e mi afferrano per le braccia, trascinandomi verso di lui. Riesco a non inciampare, anche se i punti mi fanno male con una rinnovata ferocia.

"È lei?" sussurra a Beth, scuotendola in modo rude. "È la puttanella di Julian?"

"Sarei io" gli dico prima che Beth possa rispondere. La mia voce è ancora innaturalmente calma. Non credo di essere ancora pienamente consapevole del pericolo in cui mi trovo. Tutto quello che voglio fare ora è impedirgli di fare del male a Beth. Allo stesso tempo, in fondo alla mia mente, elaboro il fatto che mi vogliono perché sono l'amante di Julian. Questo potrebbe significare solo una cosa: Julian è vivo e vogliono usarmi contro di lui. Sopprimo un brivido di sollievo a quel pensiero.

Il capo mi fissa, apparentemente sorpreso quanto me dalla mia insolita audacia. Lasciando andare Beth, viene da me, afferrandomi la mascella con dita forti e crudeli. Chinandosi su di me, mi studia, con gli occhi scuri che scintillano freddamente. È basso per essere un uomo, solo un metro e settanta al massimo e il suo respiro si riversa su di me, portando il fetido odore di aglio e tabacco stantio. Reprimo la voglia di vomitare, fissandolo con aria di sfida.

Dopo pochi secondi, mi lascia andare e dice qualcosa in arabo alla sua truppa. Due uomini si affrettano ad afferrare di nuovo Beth. Lei urla e inizia a combatterli e uno di loro la colpisce, stordendola. Allo stesso tempo, la mano del capo mi prende il braccio, stringendolo dolorosamente. "Andiamo" dice bruscamente e mi lascio guidare verso la porta in fondo al corridoio.

La porta dà su una scala e mi rendo conto che siamo al secondo piano. Gli uomini armati formano un cerchio intorno a me, il leader, Beth, e tutti noi scendiamo le scale e usciamo da una porta che conduce a uno spazio all'aperto e non pavimentato. Superiamo il cadavere di un uomo sulla scala e ce ne sono molti altri fuori. Distolgo lo sguardo, deglutendo convulsamente per impedire alla bile di salirmi nella gola. Il sole splende e l'aria è calda e umida, ma riesco a malapena a sentire il calore sulla mia pelle congelata. La realtà dei fatti sta cominciando a manifestarsi e comincio a tremare; piccoli brividi dilaniano il mio corpo.

Ci sono diversi SUV neri che ci aspettano e gli uomini trascinano me e Beth verso uno di questi, costringendoci a sedere sul sedile posteriore. Due di loro salgono con noi, costringendoci a stringerci. Sento Beth tremare e mi allungo per stringere la sua mano fredda, traendo conforto dal tocco umano. Mi guarda e il terrore nei suoi occhi mi gela il sangue. Il suo volto lentigginoso è pallido e la sua guancia destra è gonfia, con un enorme livido che sta cominciando a formarvisi sopra. Il suo labbro inferiore è spaccato in due parti e c'è una macchia di sangue sul mento. Chiunque siano questi uomini, non si fanno scrupoli a fare del male alle donne.

Vorrei disperatamente chiederle cosa sa, ma resto in silenzio. Non voglio attirare l'attenzione su di noi più del necessario. Il mio pensiero torna ai cadaveri che abbiamo appena superato e respingo il bisogno di vomitare. Non so cosa intendano farci queste persone, ma ho il forte sospetto che le nostre possibilità di uscirne vive siano minime. Ogni minuto in cui sopravviviamo, ogni minuto in cui ci lasciano in pace, è prezioso e dobbiamo fare tutto il necessario per prolungare quei minuti il più a lungo possibile.

La macchina si avvia e si allontana. Continuando a stringere la mano di Beth, guardo fuori dal finestrino, vedendo l'edificio bianco della clinica scomparire dietro di noi. La strada su cui ci troviamo è sterrata e accidentata e l'atmosfera in macchina è tesa. I due uomini sul sedile posteriore con noi stringono forte le armi, e ho di nuovo la sensazione che abbiano paura di qualcosa . . . o di qualcuno.

Mi chiedo se si tratti di Julian. Sa cos'è successo? Sta tornando alla clinica? Guardo fuori dal finestrino, con gli occhi secchi e che mi bruciano. Le cose non dovevano andare così. Sarei dovuta tornare sull'isola oggi, tornare alla vita tranquilla che conduco da un anno. È una vita che ora desidero con una disperata intensità. Voglio essere avvolta nell'abbraccio di Julian, sentire il suo tocco e odorare il caldo profumo della sua pelle. Voglio che mi possegga e mi protegga, che mi tenga al sicuro da tutto e da tutti, tranne che da sé stesso.

Ma non è qui. L'auto sobbalza lungo la strada, portandoci sempre più lontano dalla sicurezza. Fa caldo all'interno e sento l'odore piccante di corpi maschili non lavati e di sudore; permea la macchina, facendomi sentire come se stessi soffocando. Beth sembra essere in stato di shock, con il viso pallido e teso. Vorrei abbracciarla, ma stiamo troppo strette, così le stringo delicatamente la mano. Le sue dita sono molli e sudaticce nel palmo della mia mano.

Il viaggio sembra durare all'infinito, ma dev'essere passata solo un'ora all'incirca, perché il sole non è ancora alto nel cielo quando arriviamo a destinazione. Si tratta di una pista di atterraggio in mezzo al nulla e c'è un aereo dalle dimensioni considerevoli. Sembra vagamente militare. Gli uomini ci obbligano a scendere dalla macchina e ci trascinano verso l'aereo. Faccio del mio meglio per camminare dove mi stanno portando, temendo di strapparmi i punti. Nemmeno Beth oppone resistenza, anche se sembra troppo sconvolta per camminare dritta, costringendoli praticamente a tirarla su.

All'interno, l'aereo è tutt'altro che lussuoso. Come avevo sospettato, il corpo dell'aereo è in stile militare, con i sedili lungo le pareti, invece di essere disposti in file. È il tipo di aereo che ho visto nei film, di solito con le Forze Speciali che saltano fuori con il paracadute. Gli uomini legano con le cinghie sia me che Beth su due sedili separati e ci ammanettano prima di sedersi.

I motori vanno su di giri, l'aereo comincia a rollare e poi voliamo, mentre il sole brilla intensamente nei miei occhi.

CAPITOLO VENTIDUE

Quando atterriamo un paio d'ore dopo, muoio di sete e ho un disperato bisogno di fare pipì. Lanciando un'occhiata furtiva a Beth, vedo che si sente ancora più a disagio, con gli occhi vitrei e dall'aspetto febbricitante. Il gonfiore sul suo viso si è trasformato in un brutto livido e le sue labbra sono incrostate di sangue. Con le mani ammanettate, non riesco nemmeno a raggiungerla per darle una pacca di conforto sul braccio.

Non appena l'aereo atterra, ci slegano e ci trascinano fuori dall'aereo con le mani ancora ammanettate davanti a noi. Il capo ci si avvicina, dandoci una rapida occhiata prima di dirigersi verso un SUV nero parcheggiato a pochi metri di distanza. Ordina qualcosa ai suoi uomini e mi pare di capire che stia dicendo loro che il nostro viaggio continuerà. Prima di obbligarci a salire a bordo del veicolo, però, decido di parlare. "Ehi" dico sottovoce: "Devo andare in bagno."

Beth mi lancia uno sguardo terrorizzato, ma la ignoro, concentrando la mia attenzione sul capo. Sono abbastanza certa che preferirei morire che pisciarmi nei pantaloni o nel camice d'ospedale, visto come stanno le cose. Esita un attimo, fissandomi, poi alza il pollice verso i cespugli. "Vai, troia" dice con durezza. "Hai un minuto."

Mi affretto verso i cespugli, ignorando l'uomo con la mitragliatrice che mi segue fin lì. Per fortuna, distoglie lo sguardo mentre sollevo il camice e mi accovaccio per alleviare il peso, con il volto in fiamme dall'imbarazzo. Con la coda dell'occhio, vedo Beth seguire il mio esempio una decina di metri più in là.

Quando abbiamo finito, saliamo su un'altra auto calda e soffocante. Questa volta, il viaggio è ancora più lungo e la strada si snoda attraverso quella che sembra essere una sorta di giungla. Quando arriviamo in un anonimo edificio che sembra un magazzino—la nostra destinazione finale—sono zuppa di sudore e disidratata. Ho anche fame, ma quel bisogno è secondario, rispetto alla sete che mi consuma in questo momento.

Quando entriamo nell'edificio, veniamo condotte verso due sedie di metallo poste nell'angolo. Le manette vengono sbloccate, ma prima di avere la possibilità di gioire, lo stesso uomo che mi aveva fatto la guardia vicino ai cespugli mi lega i polsi dietro la schiena. Poi mi lega le caviglie alla sedia, una per ogni gamba, prima di avvolgermi una corda intorno al corpo per assicurarmi alla sedia. Il suo tocco sulla mia pelle è indifferente, impersonale; sono solo una cosa per lui, non una donna. Girando la testa di lato, vedo che la stessa cosa viene fatta a Beth, solo che il suo controllore sembra godere nel provocarle dolore, separandole le gambe per legarle alla sedia. Beth non fa un fiato, ma il suo viso impallidisce ancora di più e le sue labbra screpolate tremano un po'.

Guardo tutto con rabbia impotente, poi mi giro appena l'uomo la lascia sola, concentrando la mia attenzione su ciò che ci circonda.

A quanto pare la mia impressione iniziale era giusta. Siamo in un magazzino, con scatole e ripiani in metallo che formano un labirinto al centro della stanza. Ora che siamo legate saldamente alle sedie, gli uomini ci lasciano in pace, radunandosi intorno a un lungo tavolo nell'altro angolo.

Io e Beth abbiamo finalmente un po' di privacy per parlare.

"Stai bene?" le chiedo, assicurandomi di parlare a voce bassa. "Ti hanno fatto del male? Prima che uscissi per farmi vedere, voglio dire..."

Scuote la testa, serrando la bocca. "Solo qualche schiaffo" dice sottovoce. "Non è niente. Non avresti dovuto farti vedere, Nora. È stato stupido."

"Mi avrebbero trovata comunque. Era solo una questione di tempo." Ne sono convinta. "Sai chi sono o cosa vogliono da noi?"

"Non ne sono sicura, ma posso immaginarlo" dice, con le mani legate sul grembo. "Credo che facciano parte del gruppo terrorista jihadista di cui Julian mi ha parlato un paio di mesi fa. A quanto pare, sono arrabbiati perché non gli ha venduto qualche arma che la sua società ha recentemente sviluppato."

"Perché no?" chiedo incuriosita. "Perché non gliele ha vendute?"

Si stringe nelle spalle. "Non lo so. Julian è molto selettivo quando si tratta di soci in affari e forse non si fidava abbastanza di loro."

"Quindi, ci hanno prese come merce di scambio?"

"Sì, credo di sì" dice a bassa voce. "Come minimo, questo è il motivo per cui sei qui. Qualcuno nella clinica doveva essere un loro dipendente, perché sapevano chi fossi tu e cosa significassi per Julian. Stavo dormendo in una delle camere al piano terra quando mi hanno trovata e sono saliti subito al secondo piano, nella stanza in cui eri tu. Credo che vogliano usarti per forzare la mano di Julian e farsi dare le armi."

Mi lascio sfuggire un respiro tremante. "Capisco." Posso solo immaginare in che modo degli uomini abbastanza psicotici da uccidere dei civili innocenti possano 'forzare la mano di Julian.' Immagini raccapriccianti di parti del corpo mozzate mi danzano nella mente e le scaccio a fatica, rifiutandomi di cedere al panico che minaccia di inghiottirmi.

"È una fortuna che Julian non fosse nella clinica quando sono venuti" dice Beth, interrompendo i miei pensieri cupi. "Hanno ucciso tutti, tutti i sedici uomini di Julian che erano stati assegnati lì per fare la guardia."

Deglutisco con difficoltà. "Sedici uomini?"

Beth annuisce. "Avevano un'incredibile potenza di fuoco e sono venuti in trenta o quaranta uomini. Non hai visto il peggio perché sono entrati dal retro. C'erano corpi accatastati fino a due metri d'altezza, con molte vittime dalla loro parte."

La fisso, cercando di controllare il mio respiro. *Cazzo. Cazzo, cazzo, cazzo.* Per sacrificare così tanti compagni, qualunque cosa vogliano da Julian dev'essere un'arma straordinaria. Si arrenderebbe a loro per salvarci? Vuole abbastanza bene a me e a Beth da farlo? So che mi vuole e che si preoccupa del mio benessere in qualche modo, ma non so se mi metterebbe davanti ai suoi interessi.

Naturalmente, anche se dà loro quello che vogliono, non vi è alcuna garanzia che ci lasceranno vivere. Ricordo cosa mi aveva detto Julian sulla morte di Maria . . . su come venne uccisa per punirlo per qualche incursione nel magazzino. Nel mondo di Julian, le azioni hanno delle conseguenze. Conseguenze molto brutali.

"Pensi che verrà a salvarci?" chiedo a Beth tranquillamente. L'ironia di tutto questo non mi sfugge. Ora considero Julian il mio potenziale salvatore, il mio cavaliere coraggioso. Non è più quello da cui ho bisogno di essere salvata.

Mi guarda, con gli occhi scuri sul suo viso pallido. "Lo farà" risponde a bassa voce. "Verrà a salvarci. Solo che non so se avrà importanza a quel punto."

* * *

Le due ore successive volano. Gli uomini più che altro ci ignorano, anche se ho visto due di loro guardarmi le gambe nude quando il loro capo non stava prestando attenzione. Per fortuna, il camice è in genere privo di forme e composto da un materiale spesso—l'abito meno sexy che possa immaginare. Il pensiero che uno—o tanti—di quegli uomini mi possa toccare mi fa accapponare la pelle.

Inoltre non ci danno niente da mangiare o bere. Non è un buon segno; vuol dire che non gli importa se viviamo o meno. Ho talmente tanta sete che tutto quello a cui riesco a pensare è l'acqua e provo un senso di vuoto allo stomaco. La cosa peggiore di tutte, però, è la fredda paura che si presenta sotto forma di ondate e immagini cupe che mi attraversano la mente come un brutto film dell'orrore.

Cerco di parlare con Beth per evitare di impazzire, ma dopo la nostra conversazione iniziale, diventa silenziosa e tranquilla, rispondendo al massimo a monosillabi. È come se mentalmente non fosse nemmeno qui. La invidio. Vorrei riuscire a fuggire in quel modo, ma non ci riesco. Per liberarmi la mente, ho bisogno di Julian e del suo particolare marchio di tortura erotica.

Quando mi sento quasi pronta a urlare dalla frustrazione, altri due uomini entrano nel magazzino. Con mia grande sorpresa, uno di loro sembra un uomo d'affari; il suo completo gessato è sciccoso e su misura e un'elegante borsa Strotter pende dalla sua spalla come se fosse un fattorino. È anche abbastanza giovane, avrà una trentina d'anni e sembra essere in buona forma. Ben rasato, con la carnagione olivastra e i capelli neri e lucidi, avrebbe potuto stare sulla copertina di GQ, se non fosse per il fatto che probabilmente è un terrorista.

Scambia qualche parola con gli uomini dall'altra parte del magazzino, poi si dirige verso me e Beth. Mentre si avvicina a noi, noto il freddo bagliore nei suoi occhi e il modo in cui le sue narici si dilatano un po'. C'è qualcosa di vagamente viscido nel suo sguardo impassibile e soffoco un brivido quando si ferma a un paio di metri e mi studia, con la testa inclinata di lato.

Lo fisso, con il cuore che mi batte forte nel petto. Oggettivamente, potrebbe essere considerato bello, ma non mi sento neanche minimamente attratta da lui. L'unica cosa che sento è la paura. In realtà è un sollievo; una parte di me si è sempre chiesta se sono semplicemente diversa dagli altri, se sono destinata a desiderare gli uomini che mi fanno paura. Ora mi rendo conto che si tratta di un fenomeno specifico di

Julian nel mio caso. Provo paura e repulsione per il criminale in piedi davanti a me—una reazione perfettamente normale che accolgo con piacere.

"Da quanto tempo conosci Esguerra?" chiede l'uomo, rivolgendosi a me. Ha un accento britannico, mischiato a un pizzico di qualcosa di straniero ed esotico. Al suono della sua voce, Beth alza lo sguardo, sorpresa, e vedo che è di nuovo con noi per il momento.

Aspetto un secondo prima di rispondere. "Circa quindici mesi" dico infine. Non vedo alcun pericolo nel rivelare questo.

Lui alza le sopracciglia. "E ti ha tenuta nascosta tutto questo tempo? Impressionante . . ."

Reprimo l'improvviso bisogno di ridacchiare. Julian mi ha letteralmente tenuta nascosta sulla sua isola, quindi questo ragazzo ha più ragione di quanto creda. Le mie labbra si contraggono involontariamente e vedo un lampo di sorpresa attraversare il volto dell'uomo.

"Beh, sei una puttanella coraggiosa, non è vero?" dice lentamente, osservandomi con lo sguardo cupo. "O pensi che questo sia tutto uno scherzo?"

Non dico nulla in risposta. Cosa posso dire? *No, non penso che sia uno scherzo. So che mi torturerai e che probabilmente mi ucciderai per ottenere quello che vuoi da Julian.* In qualche modo questo semplicemente non gli suonerebbe bene.

Stringe gli occhi e mi rendo conto che sono riuscita a farlo arrabbiare. Sembra un cobra pronto a colpire. Il cuore mi batte all'impazzata e mi irrigidisco, preparandomi al colpo, ma prende semplicemente la sua borsa Strotter e la apre per mostrare il suo iPad. Guardando verso il basso, scrive velocemente un'e-mail e poi mi guarda. "Vediamo se Esguerra pensa che sia uno scherzo" dice piano, chiudendo la borsa. "Per il tuo bene, ragazza, mi auguro che non sia così."

Poi si volta e se ne va, tornando dov'erano riuniti gli altri uomini.

* * *

Nonostante il mio terrore e il disagio, in qualche modo riesco ad addormentarmi sulla sedia. Il mio corpo si sta ancora riprendendo dall'operazione e sono sfinita sia fisicamente che emotivamente per gli eventi della giornata passata.

Mi sveglio sentendo delle voci. Il ragazzo col completo e quello basso che avevo etichettato come il capo sono in piedi davanti a me, a sistemare quella che sembra una grande videocamera su un alto cavalletto.

Ingoio, fissandoli. Ho la bocca secca come il deserto del Sahara e nonostante tutto il tempo che è passato, non ho il minimo bisogno di fare pipì. Credo che significhi che sono disidratata.

Vedendomi sveglia, Sciccoso—decido di chiamarlo così nella mia mente—mi rivolge un sorriso a labbra strette. "È il momento dello show. Vediamo quanto Esguerra rivuole la sua puttanella."

La nausea mi irrita lo stomaco vuoto e giro la testa per guardare Beth. Ha lo sguardo fisso davanti a sé, il viso pallido e lo sguardo assente. Non so se abbia dormito, ma sembra ancora più assente di prima.

Puntano la videocamera verso di noi, controllando l'angolo un paio di volte, e poi Sciccoso si avvicina a me. Non appena la luce della videocamera si accende, mi mette la mano sulla testa, tirandomi rudemente i capelli arruffati. "Sai cosa voglio, Esguerra" dice tranquillamente, guardando la videocamera. "Hai tempo fino alla mezzanotte di domani per darmelo. Fallo e la tua puttana rimarrà illesa. Te la restituirò pure. Altrimenti, beh . . . la riavrai indietro comunque." Fa una pausa, sorridendo crudelmente. "Un po' per volta."

Fisso la videocamera, mentre la bile mi sale fino alla gola. Non mi hanno fatto del male—ancora—ma percepisco la violenza in questi uomini. È la stessa oscurità che macchia l'anima di Julian. Uomini come questi sono diversi. Non rispettano il patto sociale. Non seguono le stesse regole degli altri.

La mano di Sciccoso mi lascia i capelli e fa un passo verso Beth. "Forse dubiti di me, Esguerra" dice, continuando a parlare verso la videocamera. "Forse pensi che mi manchi la determinazione. Beh, permettimi di darti una piccola dimostrazione di quello che succederà alla tua bella puttana se non ottengo quello che voglio. Cominceremo con la rossa e poi passeremo a quella—" fa un cenno con la testa verso di me: "—domani dopo la mezzanotte."

"No!" Grido, capendo cosa intende fare. "Non toccarla!" Mi dibatto per liberarmi, ma le corde mi tengono troppo stretta. Non posso far altro che guardare impotente mentre avvolge la mano intorno alla gola di Beth e inizia a stringere. "Non toccarla, cazzo! Julian ti ucciderà per questo! Ti ucciderà, cazzo—"

Ignorando le mie urla, Sciccoso ringhia un ordine in arabo e un uomo si fa avanti, tagliando le corde di Beth con un coltello affilato. Intravedo i suoi occhi terrorizzati e poi la buttano a terra a faccia in giù. Sciccoso le spinge il ginocchio contro la schiena e le tira i capelli, costringendola a inarcarsi. Vedo le gambe di Beth dimenarsi inutilmente contro il pavimento e le mie urla si fanno più forti, mentre Sciccoso tira fuori un coltello corto e sottile e comincia a tagliare la guancia di Beth.

Lei urla, opponendo resistenza, e vedo il sangue sparso dappertutto mentre le affetta il volto, lasciando dietro di sé una ferita sanguinante e profonda. Sono nauseata e mi si contorce lo stomaco, ma lui non ha ancora finito. Segue l'altra guancia di Beth e poi le spinge il coltello nel braccio, tagliando una striscia di carne. Le sue urla agonizzanti echeggiano in tutto il magazzino, unendosi alle mie grida isteriche. Sento il dolore di Beth come se fosse il mio e non riesco a sopportarlo. "Lasciala stare!" strillo. "Bastardo del cazzo! Lasciala stare!"

Non mi ascolta, naturalmente. Continua a tagliarla, con gli occhi scuri che brillano dall'eccitazione. Disgustata, mi rendo conto che sta godendo di questo; non lo sta facendo solo per la videocamera. Beth smette di opporsi sempre di più e le sue grida si trasformano in singhiozzi. C'è sangue dappertutto; Beth sta praticamente annegando in esso. Non so come faccia a rimanere cosciente. Vedo delle macchie nere e mi sento come se le pareti si chiudessero su di me, mentre il torace mi spinge sui polmoni impedendomi di respirare.

Improvvisamente, il corpo di Beth sobbalza, e si lascia sfuggire uno strano gorgoglio prima di zittirsi. Tutto quello che sento ora è il forte rumore dei miei singhiozzi. Beth è sdraiata lì immobile, mentre una pozza di sangue si espande dal suo collo. Sciccoso si alza, asciugandosi il coltello sui pantaloni, e si rivolge alla videocamera. "Uno spettacolo accelerato per te, Esguerra" dice, con un gran sorriso stampato sul volto. "Non ho voluto tirarla troppo per le lunghe, dal momento che so che avrai bisogno di un po' di tempo per farmi ottenere quello che ho chiesto. Naturalmente, se non lo ottengo, il prossimo spettacolo sarà molto, molto più lungo." Facendo un passo verso di me, fa scorrere un dito insanguinato lungo la mia guancia. "La tua puttanella è davvero bella, potrei anche farci giocare i miei uomini prima di cominciare . . ."

Questa volta non riesco a controllarmi. Un vomito caldo mi riempie la gola e faccio appena in tempo a girare la testa di lato prima che il contenuto del mio stomaco si svuoti sul pavimento in una serie di violenti conati.

CAPITOLO VENTITRE

Dopo aver spento la videocamera, mi lasciano di nuovo sola. Il corpo di Beth viene trascinato via e il pavimento viene ripulito con poca cura, lasciando numerose strisce rossastre. Le guardo, con i miei pensieri lenti e pigri, come se fossi in uno stato di torpore. Non tremo più, anche se un brivido di tanto in tanto mi tormenta ancora il corpo. I punti mi provocano un dolore sordo e mi chiedo se ne ho strappato qualcuno mentre mi dimenavo. Non vedo sangue che esce dal mio camice, quindi forse non ho strappato nulla.

Poco tempo dopo, mi portano un po' d'acqua. Mando giù avidamente tutta la tazza, facendo ridere alcuni uomini mentre dicono qualcosa in arabo e si strofinano l'inguine in modo insinuante. Credo quasi che sperino che Julian non faccia quello che vogliono, in modo da poter 'giocare' con me prima che Sciccoso si metta a lavoro.

Per ora, però, mi lasciano in pace. Mi permettono addirittura di uscire un minuto per andare al bagno, e lo stesso ragazzo di prima, quello impassibile, mi controlla mentre mi addentro nei cespugli. Credo che ormai sia il mio accompagnatore ufficiale di bagno e tra me e me comincio a chiamarlo Ragazzo del Bagno.

Do dei nomi anche ad alcuni degli altri. Quello con la barba nera che gli arriva in mezzo al petto—lo chiamo Barbanera. Quello stempiato è Pelatino. Il ragazzo basso che ha guidato il raid nella clinica è Alito d'Aglio.

Lo faccio per distrarmi dal pensiero di Beth. Non posso ancora permettermi di pensare a lei, non se voglio rimanere sana di mente. Se esco viva da qui, allora piangerò la donna che mi era diventata amica. Se sopravvivo, allora mi concederò di piangere e di provare dolore, di provare rabbia per la violenza insensata della sua morte. Ma in questo momento, posso solo esistere attimo per attimo, concentrandomi sulle cose più insignificanti e ridicole per evitare di essere schiacciata dal peso della brutale realtà.

Il tempo scorre lentamente. Mentre cala la notte, fisso il pavimento, le pareti, il soffitto. Addirittura mi assopisco un paio di volte, anche se mi sveglio al minimo accenno di rumore, con il cuore in gola. Non mi hanno ancora dato da mangiare e i morsi della fame mi provocano sempre più dolore allo stomaco. Non importa, però. Sono felice di essere ancora viva, ma so che non continuerò ad esserlo ancora a lungo, a meno che Julian non accetti di fornirgli le armi.

Chiudendo gli occhi, cerco di fingere di essere a casa sull'isola, a leggere un libro sulla spiaggia. Cerco di immaginare che da un momento all'altro posso tornare a casa e trovarci Beth, che prepara la cena per noi. Cerco di convincermi che Julian è semplicemente partito per uno dei suoi viaggi d'affari e che lo rivedrò presto. Immagino il suo sorriso, il modo in cui i suoi capelli neri si arricciano intorno al suo viso, incorniciando la perfezione dura e mascolina dei suoi lineamenti e sto male per lui, per il calore e la sicurezza del suo forte abbraccio, mentre la mia mente si abbandona gradualmente a un sonno agitato.

* * *

Una grande mano mi stringe forte la bocca, facendomi svegliare. Spalanco gli occhi, con l'adrenalina che mi scorre nelle vene. Terrorizzata, comincio a dimenarmi... e poi sento una voce familiare sussurrarmi in un orecchio: "Shh, Nora. Sono io. Devi stare calma ora, va bene?"

Annuisco leggermente, tremando dal sollievo, e mi toglie la mano dalla bocca. Girando la testa, guardo Julian, incredula.

Si accovaccia accanto a me; è vestito tutto di nero. Un giubbotto antiproiettile gli copre il petto e le spalle e ha il volto dipinto con delle strisce diagonali nere. Ha una mitragliatrice appesa alla spalla e un intero arsenale di armi legato alla cinta. Sembra un pericoloso sconosciuto. Solo i suoi occhi sono familiari, sorprendentemente luminosi sul viso dipinto di nero.

Per un attimo, mi convinco che sto sognando. Non può essere qui, in questo magazzino in mezzo al nulla, a parlare con me. Non quando i suoi nemici sono a meno di trenta metri di distanza. Con il cuore che mi batte all'impazzata, lancio un'occhiata frenetica al magazzino.

Gli uomini nell'altro angolo sembrano essere addormentati, distesi su delle coperte sul pavimento. Conto otto uomini, il che significa che molti di loro probabilmente sono fuori, a fare la guardia al palazzo. Non vedo Sciccoso da nessuna parte; anche lui dev'essere fuori.

Rivolgendo l'attenzione a Julian, lo vedo tagliarmi le corde sulle caviglie con un coltello dall'aspetto malvagio. "Come hai fatto a entrare qui?" sussurro, fissandolo meravigliata.

Si ferma per un secondo, guardandomi. "Taci" dice, in modo quasi impercettibile. "Devo farti uscire di qui prima che si sveglino."

Annuisco, smettendo di parlare mentre ricomincia a tagliarmi le corde. Nonostante la nostra situazione pericolosa, ho quasi le vertigini dalla gioia. Julian è qui, con me. È venuto per me. L'ondata di amore e gratitudine è così forte che riesco a contenerla a fatica. Vorrei saltare e abbracciarlo, ma rimango immobile mentre finisce il suo compito, liberandomi dalle corde rimaste.

Una volta libera, mi mette in piedi e mi avvolge le braccia attorno al corpo, stringendomi forte a lui. Sento il leggero tremore del suo corpo potente e poi mi lascia andare, facendo mezzo passo indietro. Avvolgendomi il volto con le mani, mi guarda, con i suoi occhi azzurri penetranti e ferocemente possessivi. Condividiamo un momento di comunicazione priva di parole e lo so. So quello che non può dire in questo momento.

So che ci sarà sempre per me.

So che ucciderebbe per me.

So che morirebbe per me.

Abbassando le braccia, mi prende la mano. "Andiamo" dice tranquillamente, continuando a guardarmi. "Non abbiamo molto tempo."

Gli stringo forte la mano, facendomi portare verso la zona buia vicino alla parete sul lato opposto dove gli uomini stanno dormendo. Il labirinto di scaffali e scatole in mezzo al magazzino ci nasconde velocemente dallo loro vista e Julian si ferma lì, accovacciandosi di nuovo e lasciando andare il mio palmo. Lo sento armeggiare con qualcosa, come se la sua mano fosse alla ricerca di qualcosa lungo il pavimento e poi sento un sordo scricchiolio mentre solleva una tavola dal pavimento e la mette di lato.

Sul pavimento davanti a noi c'è una grande apertura quadrata.

Mi inginocchio accanto ad essa, scrutando l'oscurità sottostante.

"Scendi giù" mi sussurra Julian in un orecchio, mettendomi la mano sul ginocchio e stringendolo leggermente. Quel tocco familiare mi tranquillizza un po'. "C'è una scala."

Ingoio, allungando la mano per trovare la scala. Come fa a sapere questo?

"Ho violato il loro computer e ho trovato i progetti di questo edificio" spiega con calma, come se potesse leggermi nella mente. "C'è un deposito qui sotto con un tubo di scarico che conduce all'esterno. Trovalo e striscia fuori." Toglie la mano dal mio ginocchio e mi sento persa senza il suo tocco, di nuovo consapevole della nostra situazione.

Le mie dita toccano la scaletta metallica e la afferro, muovendomi verso di essa. Julian mi tiene il braccio, mentre trovo l'equilibrio e comincio a scendere con cautela. È buio pesto laggiù e in circostanze normali sarei restia a scendere in uno scantinato sconosciuto, ma non c'è niente di più spaventoso per me in questo momento degli uomini da cui stiamo fuggendo.

Scendo alcuni gradini, poi alzo lo sguardo, vedendo che Julian è ancora seduto lì. L'espressione sul suo volto è tesa e vigile, come se stesse ascoltando qualcosa.

E poi lo sento—un mormorio di voci, seguito da grida in lingua araba.

Hanno scoperto la mia assenza.

Julian si alza in piedi con un movimento fluido e mi guarda, con le mani sulla mitragliatrice. "Va'" mi ordina, con voce bassa e dura. "Ora, Nora. Trova il tubo di scarico ed esci fuori. Li tratterrò."

"Cosa? No!" Lo fisso, inorridita. "Vieni con me—"

Mi rivolge uno sguardo furioso. "Va'" sibila. "Ora, o siamo entrambi morti. Non posso preoccuparmi per te e combatterli."

Esito un secondo, sentendomi distrutta. Non voglio lasciarlo indietro, ma non voglio nemmeno essere un ostacolo per lui. "Ti amo" dico sottovoce, guardandolo, e vedo un sorriso smagliante come risposta.

"Va', tesoro" dice, in un tono molto più dolce ora. "Ti raggiungerò presto."

Addolorata, faccio come dice lui, scendendo la scala il più velocemente possibile. Le grida si fanno sempre più forti e capisco che gli uomini stanno cercando nel magazzino, iniziando dal labirinto nel mezzo. È solo una questione di tempo prima che arrivino alla zona buia lungo questa parete. Tremo tutta con un mix di nervi e adrenalina e mi concentro per evitare di cadere mentre scendo sempre più giù nelle tenebre.

Tat-tat-tat! La raffica di spari mi terrorizza e scendo ancora più velocemente, respirando con difficoltà. Non appena i miei piedi toccano il pavimento, allungo le mani davanti a me e comincio a brancolare nel buio, alla ricerca del muro con il tubo di scarico.

Altri spari. Urla. Grida. Il cuore mi batte così forte nel petto che mi sembra di avere un tamburo nelle orecchie.

Qualcosa scricchiola sotto i miei piedi e delle zampette corrono sulle mie dita nude. Le ignoro, cercando freneticamente quel tubo di scarico. I ratti non sono un problema per me in questo momento. Da qualche parte lassù, Julian è in pericolo di vita. Non so se è solo o se ha portato i rinforzi, ma il pensiero che venga ferito o ucciso è così straziante che non riesco a concentrarmi su questo ora. Non se voglio sopravvivere.

Le mie mani toccano il muro, ma non riesco a trovare un varco. È troppo buio. Ansimando, mi faccio strada lungo il muro, sfregando le mani su e giù lungo la superficie liscia. I punti mi fanno male, ma ignoro il dolore. Devo trovare una via d'uscita. Se mi catturano di nuovo, non sopravvivrò a lungo.

Un'altra raffica di mitra, seguita da altre urla.

Continuo la ricerca, mentre il terrore e la frustrazione crescono ogni minuto che passa. *Julian. Julian è lassù.* Cerco di non pensarci, ma non ci riesco. Non posso fare niente per aiutarlo; logicamente, lo so. Sono a piedi nudi e indosso un camice, senza nemmeno una forchetta per difendermi. Nel frattempo, lui è armato fino ai denti e indossa un giubbotto antiproiettile.

Certo, la logica non ha nulla a che fare con la paura angosciante che sento al pensiero di perderlo.

Sopravvivrà, mi dico, mentre continuo a cercare il tubo di scarico. Julian sa cosa sta facendo. Questo è il suo mondo, la sua area di competenza. Questa è la parte della sua vita da cui mi stava proteggendo sull'isola.

Tocco qualcosa di duro sul muro vicino alle mie ginocchia e poi sprofondo nell'apertura.

Il tubo di scarico. L'ho trovato.

Sento un altro squittio acuto e qualcosa scappa fuori dal tubo verso di me. Salto indietro, terrorizzata, ma poi mi metto carponi e con determinazione scivolo dentro, preparandomi ad altri incontri con i roditori.

Il tubo di scarico è abbastanza grande da permettermi di camminare sulle mani e sulle ginocchia e striscio il più velocemente possibile, ignorando l'odore stantio di fogna e ruggine. Per fortuna, è solo un po' bagnato lì, e cerco di non soffermarmi su cosa possa essere quell'umidità.

Infine, raggiungo l'altra apertura. Raggomitolandomi, riesco a girarmi e a far uscire prima i piedi.

Allontanandomi dal tubo, mi guardo intorno. Il cielo sopra di me è coperto di stelle e l'aria è impregnata del profumo della calda terra e della vegetazione della giungla. Vedo l'edificio del magazzino sulla collinetta sopra di me, a meno di cinquanta metri di distanza.

Lo guardo, morendo dalla paura per Julian. Sento un'altra raffica, accompagnata da lampi di luce intensa.

La sparatoria è ancora in corso, il che è un buon segno, mi dico. Se Julian fosse morto—se i terroristi avessero vinto—non ci sarebbero più spari. Deve aver portato i rinforzi.

Avvolgendomi le braccia intorno, premo la schiena contro un albero, con le gambe tremanti per il mix di terrore e adrenalina.

E in quel momento, il cielo si illumina mentre l'edificio esplode . . . e una raffica d'aria rovente mi fa volare in mezzo ai cespugli a parecchi metri di distanza.

CAPITOLO VENTIQUATTRO

Le ventiquattro ore successive sono una macchia nella mia memoria.

Quando mi alzo in piedi, sono stordita e disorientata, mi fa male la testa e mi sento come se il mio corpo fosse un gigantesco livido. Sento un frastuono nelle orecchie e tutto sembra venire da lontano.

Devo essere svenuta dopo l'esplosione, ma non ne sono sicura. Quando mi riprendo abbastanza da riuscire a camminare, l'incendio che ha divorato l'edificio si è quasi estinto.

Confusa, barcollo sopra la collina e comincio a cercare tra le rovine fumanti del magazzino. Di tanto in tanto, trovo qualcosa che assomiglia a un arto carbonizzato, e un paio di volte, mi imbatto in un corpo quasi intatto, con solo la testa o una gamba mancanti. Prendo nota di queste scoperte, ma non le elaboro completamente. Mi sento stranamente distaccata, come se non fossi davvero lì. Niente mi tocca. Niente mi infastidisce. Persino le sensazioni fisiche sono offuscate dallo shock.

Lo cerco per ore. Quando mi fermo, il sole è alto nel cielo e grondo di sudore.

Non ho altra scelta che non sia affrontare la verità ora.

Non ci sono sopravvissuti. È molto semplice.

Dovrei piangere. Dovrei urlare. Dovrei provare qualcosa.

Ma non è così.

Mi sento intorpidita.

Allontanandomi dal magazzino, comincio a camminare. Non so dove sto andando e non mi interessa. Tutto quello che riesco a fare è mettere un piede davanti all'altro.

Quando inizia a fare buio, mi imbatto in un gruppo di casette di legno e cartone. C'è un basso ruscello che attraversa il centro del villaggio e vedo un paio di donne che fanno il bucato a mano.

I loro volti scioccati sono l'ultima cosa che ricordo prima di crollare a pochi metri da loro.

* * *

"Signorina Leston, se La sente di rispondere ad alcune domande? Sono l'Agente Wilson, FBI, e questo è l'Agente Bosovsky."

Guardo l'uomo grassoccio di mezza età in piedi accanto al mio letto. Non è affatto come immaginavo gli agenti dell'FBI. Ha il viso rotondo, sembra quasi un cherubino di bell'aspetto, con le guance rosee e due brillanti occhi azzurri. Se l'Agente Wilson indossasse un cappello rosso e avesse la barba bianca, sembrerebbe un grande Babbo Natale. In confronto, il suo collega—l'Agente Bosovsky—è terribilmente magro, con delle rughe che gli scavano il viso smunto.

Negli ultimi due giorni, sono stata in un ospedale di Bangkok. A quanto pare, una delle donne al torrente aveva comunicato alle autorità locali della ragazza che vagava nel loro villaggio. Ricordo vagamente che mi hanno fatto delle domande, ma dubito di aver dato qualche risposta sensata quando ho parlato con loro. Tuttavia, hanno capito abbastanza da contattare l'Ambasciata americana per mio conto e gli ufficiali americani hanno iniziato da lì.

"I Suoi genitori stanno arrivando" dice l'Agente Bosovsky quando continuo a guardarli senza dire una parola. "Il loro volo atterra tra poche ore."

Sbatto le palpebre, mentre le sue parole in qualche modo penetrano lo strato di ghiaccio che mi ha tenuta isolata da tutti e da tutto dopo l'esplosione. "I miei genitori?" sussurro, con la gola che sembra stranamente gonfia.

L'agente magro annuisce. "Sì, Signorina Leston. Sono stati contattati ieri e li abbiamo messi sul primo volo per Bangkok. Volevano parlarLe, ma era sedata ormai."

Elaboro quelle informazioni. I medici mi hanno già informata della lieve commozione cerebrale che ho riportato, oltre alle ustioni di primo grado e alle lacerazioni sui piedi. A parte questo, sono rimasti colpiti dalla mia buona salute generale—nonostante la disidratazione, il recente intervento chirurgico e contusioni varie. Eppure, hanno dovuto sedarmi per farmi riposare.

"Pensa di poter rispondere ad alcune domande prima che arrivino i Suoi genitori?" chiede gentilmente l'Agente Wilson quando continuo a rimanere in silenzio.

Annuisco, quasi impercettibilmente, e tira su una sedia. L'Agente Bosovsky fa la stessa cosa.

"Signorina Leston, Lei è stata rapita nel giugno dello scorso anno" dice l'Agente Wilson, con un'espressione calda e comprensiva sul suo viso tondo. "Puoi dirci qualcosa sul rapimento?"

Esito un momento. Voglio dir loro qualcosa di Julian? E poi mi ricordo che è morto e che nulla ha più importanza. Per un attimo, l'angoscia è così acuta da togliermi il respiro, ma poi l'ipnotico muro di ghiaccio torna ad avvolgermi. "Certo" dico con convinzione. "Cosa volete sapere?"

"Sa come si chiama?"

"Julian Esguerra. È—" deglutisco "—*era* un trafficante d'armi."

L'agente dell'FBI sgrana gli occhi. "Un trafficante d'armi?"

Annuisco e dico loro quello che so sull'organizzazione di Julian. L'Agente Bosovsky prende nota il più velocemente possibile, mentre l'Agente Wilson continua a farmi domande sulle attività di Julian e sui terroristi che mi hanno portata via da lui. Sembrano delusi della sua morte—e del fatto che non ne so quasi niente—e spiego che non ho lasciato l'isola dal giorno del mio rapimento.

"L'ha tenuta lì per tutti i quindici mesi?" chiede l'Agente Bosovsky, approfondendo le rughe sul suo viso magro. "Solo Lei e quella donna, Beth?"

"Sì."

Gli agenti si scambiano un'occhiata, e io li guardo, intuendo cosa stanno pensando. *Povera ragazza, tenuta come un animale in gabbia per il divertimento di un criminale.* Un tempo pensavo la stessa cosa, ma ora non più. Ora farei qualsiasi cosa per tornare indietro nel tempo ed essere ancora la prigioniera di Julian.

L'Agente Wilson si gira verso di me e si schiarisce la voce. "Signorina Leston, una psicologa esperta di abuso sessuale Le parlerà nel pomeriggio. È molto brava—"

"Non c'è bisogno" lo interrompo. "Sto bene."

Ed è vero. Non mi sento una vittima di abusi. Mi sento semplicemente intorpidita.

Dopo un altro paio di domande, mi lasciano in pace. Non rivelo alcun dettaglio della mia relazione con Julian, ma credo che possano immaginarla.

Successivamente il ritrattista dell'FBI viene a trovarmi e gli descrivo Julian. Continua a rivolgermi delle strane occhiate, mentre correggo la sua interpretazione delle mie descrizioni. "No, le sue sopracciglia sono un po' più folte, un po' più dritte . . . I suoi capelli sono un po' più mossi, sì, così . . ."

In particolare ha difficoltà con la bocca di Julian. È difficile descrivere la bellezza di quel suo oscuro sorriso angelico. "Ha il labbro superiore un po' più carnoso . . . No, questo è troppo carnoso, dovrebbe essere più sensuale, quasi . . ."

Quando finiamo, il volto di Julian mi fissa dal foglio di carta bianco. Una fitta di angoscia mi attraversa ancora una volta, ma il torpore viene subito in mio soccorso, come prima.

"È un bel ragazzo" commenta l'artista, esaminando la sua opera. "Non si vedono tutti i giorni uomini del genere."

Le mie mani stringono con forza, mentre le unghie scavano nella mia pelle. "No, infatti."

Poi viene a farmi visita la psicologa esperta di abuso sessuale che avevano menzionato prima. È una bruna un po' sovrappeso, che sembra avere all'incirca quarant'anni, ma il suo sguardo mi ricorda Beth.

"Sono Diane" dice, presentandosi mentre tira su una sedia. "Posso chiamarti Nora?"

"Va bene" dico. Non ho molta voglia di parlare con questa donna, ma lo sguardo determinato sul suo viso mi dice che non ha intenzione di andarsene finché non le avrò parlato.

"Nora, puoi parlarmi del periodo trascorso sull'isola?" chiede, guardandomi.

"Cosa vuoi sapere?"

"Qualunque cosa vuoi dirmi."

Ci penso un attimo. La verità sulla questione è che non voglio dirle niente. Come posso descrivere il modo in cui mi faceva sentire Julian? Come posso spiegare gli alti e bassi del nostro rapporto poco ortodosso? So cosa penserebbe—che sono disturbata se amo una persona del genere. Che i miei sentimenti non sono reali, ma un effetto collaterale della mia prigionia.

E probabilmente avrebbe ragione, ma non mi importa più. Esistono le cose giuste e quelle sbagliate e poi c'è quello che io e Julian avevamo. Niente e nessuno riuscirà mai a colmare il vuoto lasciato dentro di me. Nessuna sessione terapeutica mi farà riprendere dal dolore per la sua perdita.

Rivolgo a Diane un sorriso gentile. "Scusa" dico tranquillamente. "Preferirei non parlare in questo momento."

Annuisce, per niente sorpresa. "Capisco. Spesso, dopo essere state vittime, incolpiamo noi stesse per quello che è successo. Pensiamo di aver fatto qualcosa per provocare quello che ci è accaduto."

"Non penso questo" dico, aggrottando la fronte. Va bene, forse quel pensiero mi è balenato per un attimo nella mente quando sono stata presa per la prima volta, ma conoscere Julian mi aveva rapidamente fatto cambiare idea. Era un uomo che semplicemente otteneva quello che voleva—e lui mi voleva.

"Capisco" dice lei, sembrando un po' perplessa. Poi smette di corrugare la fronte appena sembra aver risolto il mistero nella sua mente. "Era un uomo molto bello, non è vero?" intuisce, fissandomi.

La fisso in silenzio, non volendo confessare nulla. Non posso parlare dei miei sentimenti in questo momento, non se voglio mantenere quella gelida distanza che mi tiene sana di mente.

Mi guarda per qualche secondo, poi si alza, porgendomi il biglietto da visita. "Quando ti va di parlare, Nora, chiamami" dice a bassa voce. "Non puoi tenerti tutto dentro. Prima o poi ti consumerà—"

"Va bene, ti chiamerò" la interrompo, prendendo il foglietto e mettendolo sul comodino. Mento spudoratamente e sono certa che lei lo sappia.

Gli angoli della sua bocca si curvano in un debole sorriso e poi esce dalla stanza, lasciandomi finalmente sola con i miei pensieri.

* * *

Per l'arrivo dei miei genitori, insisto sul fatto di alzarmi e indossare un abito normale. Non voglio che mi vedano sdraiata su un letto d'ospedale. Sono sicura che si siano già preoccupati fin troppo per me e l'ultima cosa che voglio è metterli ancora più in ansia.

Una delle infermiere mi dà un paio di jeans e una T-shirt e li infilo con gratitudine. Mi stanno bene. L'infermiera è una minuta donna tailandese e portiamo più o meno la stessa taglia. È strano indossare di nuovo questi vestiti. Mi ero così abituata agli abiti estivi leggeri che i jeans sembrano insolitamente duri e pesanti sulla pelle. Non metto scarpe però, dato che i miei piedi devono ancora guarire dalle ustioni che mi sono provocata vagando per i resti del magazzino.

Quando i miei genitori finalmente entrano nella stanza, sono seduta su una sedia ad aspettarli. Mia madre è la prima ad entrare. Il suo viso cambia espressione non appena mi vede e si precipita nella mia stanza, con le lacrime che le rigano il volto. Mio padre è proprio dietro di lei e presto mi abbracciano entrambi, dicendo mille parole al minuto e singhiozzando dalla gioia.

Sorrido ampiamente, ricambio l'abbraccio e faccio del mio meglio per rassicurarli che sto bene, che tutte le mie ferite non sono gravi e che non c'è niente di cui preoccuparsi. Io non piango, però. Non ci riesco. Sembra tutto nebbioso e distante e perfino i miei genitori sembrano più cari ricordi che persone reali. Tuttavia, mi sforzo di comportarmi normalmente; ho già causato loro troppo stress e ansia.

Dopo un po', si calmano abbastanza da sedersi e parlare.

"Vi ha chiamato lui, vero?" chiedo, ricordando la promessa di Julian. "È stato lui a dirvi che ero viva?"

Mio padre annuisce, con la mascella serrata. "Un paio di settimane dopo la tua scomparsa, abbiamo ricevuto un versamento sul nostro conto in banca" dice a bassa voce. "Un versamento pari a un milione di dollari da un conto offshore non rintracciabile. Abbiamo pensato che avessimo vinto alla lotteria."

Rimango a bocca aperta. "Cosa?" Julian ha dato dei soldi ai miei genitori?

"Allo stesso tempo, abbiamo ricevuto un'e-mail" continua mio padre, con la voce tremante. "L'oggetto era: 'da vostra figlia con amore'. Conteneva la tua foto. Eravamo sdraiati su una spiaggia, a leggere un libro. Sembravi così bella, così serena..." deglutisce visibilmente. "L'e-mail diceva che stavi bene e che stavi con qualcuno che si sarebbe preso cura di te—e che avremmo dovuto utilizzare quei soldi per pagare il mutuo. Diceva anche che ti avremmo messa in pericolo se fossimo andati alla polizia con queste informazioni."

Lo fisso perplessa, cercando di immaginare cosa debbano aver pensato a quel punto. *Un milione di dollari...*

"Non sapevamo cosa fare" dice mia madre, torcendo le mani con ansia. "Abbiamo pensato che questo potesse essere un indizio utile per le indagini, ma, allo stesso tempo, non volevamo far nulla per mettere in pericolo te, ovunque tu fossi . . ."

"Allora, che cos'avete fatto?" chiedo affascinata. L'FBI non mi aveva detto nulla circa il milione di dollari, quindi a quanto pare i miei genitori non gliene hanno parlato. Allo stesso tempo, non riesco a immaginare che abbiano preso tranquillamente quei soldi senza indagare ulteriormente.

"Abbiamo usato quei soldi per assumere una squadra di investigatori privati" spiega mio padre. "I migliori che potessimo trovare. Sono riusciti a rintracciare il magazzino di una società di comodo nelle Isole Cayman, ma nulla di più." Fa una pausa, guardandomi. "Abbiamo usato quel denaro per cercarti da quel momento in poi."

"Cos'è successo, tesoro?" chiede mia madre, sporgendosi in avanti sulla sedia. "Chi ti ha rapita? Da dove viene questo denaro? Dove sei stata tutto questo tempo?"

Sorrido e comincio a rispondere alle loro domande. Nello stesso tempo, li guardo, soffermandomi sulle loro caratteristiche familiari. I miei genitori formano una bellissima coppia, entrambi sono sani e in forma. Mi hanno avuta quando erano entrambi poco più che ventenni, quindi tuttora sono abbastanza giovani. Mio padre ha solo qualche capello grigio, anche se ora noto che ne ha qualcuno in più.

"Così, davvero nuotavi nell'oceano e leggevi i libri sulla spiaggia?" Mia madre mi fissa incredula mentre le descrivo la mia giornata tipo sull'isola.

"Sì." Le rivolgo un sorriso enorme. "In un certo senso, è stata come una vacanza molto lunga. E si è davvero preso cura di me, come vi ha promesso che avrebbe fatto."

"Ma perché ti ha rapita?" chiede mio padre, frustrato. "Perché ti ha portata via?"

Mi stringo nelle spalle, non volendo lasciarmi andare a spiegazioni dettagliate sull'estrema possessività di Julian. "Perché quell'uomo era fatto così, credo" dico con noncuranza. "Perché non poteva frequentarmi normalmente, data la sua professione."

"Ti ha fatto del male, tesoro?" chiede mia madre, con i suoi occhi scuri pieni di comprensione. "Era crudele con te?"

"No" dico a bassa voce. "Non era affatto crudele con me."

Non posso spiegare ai miei genitori la complessità della mia relazione con Julian, quindi non ci provo nemmeno. Anzi, tralascio molti aspetti della mia prigionia, concentrandomi solo su quelli positivi. Racconto delle mie mattutine spedizioni di pesca con Beth e del mio nuovo hobby, la pittura. Descrivo la bellezza dell'isola e come ho ripreso a correre. Quando mi fermo a riprendere fiato, mi guardano entrambi con strane espressioni sul volto.

"Nora, tesoro" chiede mia madre, incerta: "Sei . . . sei innamorata di questo Julian?"

Rido, ma il suono esce ruvido e vuoto. "Amarlo? No, certo che no!" Non so cosa glielo faccia pensare, visto che ho cercato di evitare di parlare di Julian il più possibile. Più penso a lui, più sento che il muro di ghiaccio intorno a me potrebbe crollare, facendomi annegare nel dolore.

"Certo che no" dice mio padre, guardandomi da vicino, e mi accorgo che non mi crede.

In qualche modo, entrambi i miei genitori intuiscono la verità—che sono molto più traumatizzata dal mio salvataggio che dal mio rapimento.

CAPITOLO VENTICINQUE

Nei quattro mesi successivi, cerco di raccogliere i pezzi della mia vita.

Dopo un altro giorno trascorso nell'ospedale di Bangkok, mi ritengono abbastanza sana da viaggiare, e vado a casa, torno in Illinois con i miei genitori. Abbiamo due accompagnatori dell'FBI durante il nostro viaggio verso casa—gli agenti Wilson e Bosovsky—che sfruttano il volo di venti ore per farmi ancora più domande. Entrambi sembrano frustrati perché, in base alle loro banche dati, Julian Esguerra semplicemente non esiste.

"Non l'ha mai sentito usare altri pseudonimi?" chiede l'Agente Bosovsky per la terza volta, quando la loro richiesta all'Interpol torna senza alcun risultato.

"No" dico con pazienza. "Lo conoscevo solo come Julian. I terroristi lo chiamavano Esguerra."

L'ipotesi di Beth circa l'identità degli uomini che ci hanno preso dalla clinica di Julian si è rivelata esatta. Facevano davvero parte di un'organizzazione jihadista particolarmente pericolosa chiamata Al-Quadar—al punto che l'FBI non era riuscita a scovarla.

"Questo non ha proprio senso" dice l'Agente Wilson, con le guance tonde frementi dalla frustrazione. "Chiunque avesse avuto quel tipo di influenza avrebbe dovuto essere sul nostro radar. Se era davvero a capo di un'organizzazione illegale che produceva e distribuiva armi all'avanguardia, com'è possibile che nemmeno un ente governativo fosse a conoscenza della sua esistenza?"

Non so cosa dirgli, così alzo semplicemente le spalle come risposta. Nemmeno gli investigatori privati assunti dai miei genitori erano riusciti a scoprire qualcosa su di lui.

Io e miei genitori avevamo discusso sulla possibilità di dire all'FBI del denaro di Julian, ma alla fine avevamo deciso di non farlo. Rivelare queste informazioni così tardi avrebbe solo messo i miei genitori nei guai e avrebbe fatto pensare all'FBI che fossi complice di Julian. Dopo tutto, quale rapitore manda i soldi alla famiglia della sua vittima?

Quando torniamo a casa, sono esausta. Sono stanca di avere sempre i genitori in mezzo ai piedi e sono stufa dei milioni di domande che mi fa l'FBI. Soprattutto, non ne posso più di avere tutta questa gente intorno. Dopo più di un anno passato con il contatto umano ridotto ai minimi termini, mi sento schiacciata dalla folla dell'aeroporto.

Trovo la mia vecchia camera nella casa dei miei genitori praticamente intatta. "Abbiamo sempre sperato che tornassi" spiega mia madre, con il viso raggiante di felicità. Sorrido e l'abbraccio prima di accompagnarla con gentilezza fuori dalla stanza. Più che altro, ho bisogno di stare da sola in questo momento, perché non so per quanto tempo riuscirò a fingere questa apparenza di 'normalità'.

Quella sera, mentre faccio la doccia nel mio vecchio bagno d'infanzia, finalmente mi arrendo al dolore e piango.

* * *

Due settimane dopo il mio arrivo a casa, lascio la casa dei miei genitori. Cercano di farmi cambiare idea, ma li convinco che ho bisogno di questo, che devo stare da sola ed essere indipendente. La verità sulla questione è che, per quanto voglio bene ai miei genitori, non posso stare con loro ventiquattro ore su ventiquattro. Non sono più la ragazza spensierata che conoscevano e trovo troppo stressante fingere di esserlo.

È molto più facile essere me stessa nel piccolo monolocale che ho affittato nelle vicinanze.

I miei genitori cercano di darmi ciò che resta del dono di Julian—mezzo milione più o meno—ma lo rifiuto. Per come la vedo io, quel denaro doveva servire ad estinguere il loro mutuo e voglio che venga utilizzato per questo. Dopo numerose discussioni, raggiungiamo un accordo: saldano la maggior parte del mutuo, rifinanziano il resto e il denaro rimanente va nel fondo per il mio college.

Anche se tecnicamente non ho bisogno di lavorare per un po', trovo in ogni caso un lavoro come cameriera. Mi permette di uscire di casa, ma non è particolarmente impegnativo, il che è esattamente quello di cui ho bisogno in questo momento. Ci sono notti in cui non dormo e giorni in cui alzarsi dal letto è una tortura. Il vuoto dentro di me è straziante, il dolore quasi soffocante e ci vuole tutta la mia forza per vivere in modo semi-normale.

Quando dormo, ho gli incubi. La mia mente riproduce la morte di Beth e l'esplosione del magazzino più e più volte, fin quando mi sveglio madida di sudore freddo. Dopo quei sogni, rimango sdraiata, soffrendo per Julian, per il calore e la sicurezza del suo abbraccio. Mi sento persa senza di lui, come una nave alla deriva. La sua assenza è una ferita infetta che si rifiuta di guarire.

Mi manca anche Beth. Mi manca il suo atteggiamento pratico, il suo approccio alla concretezza della vita. Se fosse qui, sarebbe la prima a dirmi che capita di stare nella merda e che dovrei semplicemente accettarlo. Vorrebbe che tirassi avanti.

E ci provo... ma la violenza insensata della sua morte mi divora. Julian aveva ragione: non sapevo cosa fosse l'odio vero prima. Non sapevo cosa significasse voler fare del male a qualcuno, desiderare la sua morte. Ora lo so. Se potessi tornare indietro nel tempo e uccidere il terrorista che ha ucciso Beth così brutalmente, lo farei subito. Non è abbastanza per me che sia morto in quell'esplosione. Vorrei esser stata io a porre fine alla sua vita.

I miei genitori insistono affinché io veda un terapeuta. Per tranquillizzarli, ci vado qualche volta. Non aiuta. Non sono pronta ad aprire il cuore e l'anima a un estraneo e le nostre sessioni finiscono per essere uno spreco di tempo e denaro. Non sono nello stato d'animo giusto per seguire una terapia—la mia perdita è troppo recente, le mie emozioni troppo forti.

Riprendo a dipingere, ma non riesco più a riprodurre gli stessi paesaggi radiosi di prima. La mia arte è più oscura ora, più caotica. Dipingo l'esplosione più e più volte, cercando di cancellarla dalla mente, e ogni volta viene fuori un po' diversa, un po' più astratta. Dipingo anche il volto di Julian. Lo faccio a memoria e mi dà fastidio che io non riesca a cogliere la perfezione devastante dei suoi lineamenti. Per quanto mi sforzi, non riesco a farlo bene.

Tutti i miei amici sono al college, così per le prime settimane parlo con loro solo al telefono e via Skype.

Non sanno bene come comportarsi con me e non li biasimo. Cerco di mantenere le nostre conversazioni leggere, concentrandomi soprattutto su quello che è successo nella loro vita dopo il nostro diploma, ma so che trovano strano parlare di problemi di ragazzi e di esami con qualcuno che considerano la vittima di un terribile crimine. Mi guardano con pietà e inquietante curiosità e non riesco a parlare con loro della mia esperienza sull'isola.

Eppure, quando Leah torna a casa dall'Università del Michigan, usciamo insieme. Dopo qualche abbraccio, la maggior parte dell'imbarazzo iniziale svanisce, ed è ancora la ragazza che è stata la mia migliore amica per tutta la scuola media e oltre.

"Mi piace la tua casa" dice, camminando per il mio monolocale ed esaminando i quadri che ho appeso alle pareti. "Sono fighi quei dipinti. Dove li hai presi?"

"Li ho dipinti io" le dico, tirando su i miei stivali. Ceneremo in un ristorante italiano. Indosso un paio di jeans attillati e un top nero, proprio come ai vecchi tempi.

"Davvero?" Leah mi rivolge uno sguardo attonito. "Da quando dipingi?"

"Ho iniziato da poco" dico, afferrando il mio trench. È già autunno e sta cominciando a fare freddo. Mi ero abituata al clima tropicale dell'isola e anche con sedici gradi fa freddo per me.

"Bene, cazzo, Nora, questo è figo" dice, avvicinandosi a uno dei dipinti che raffigurano l'esplosione per dare un'occhiata più da vicino. Questi sono gli unici che ho appeso—i miei ritratti di Julian sono privati. "Non sapevo che fossi così brava."

"Grazie." Le sorrido. "Pronta per andare?"

* * *

Facciamo una cena fantastica. Leah mi dice che va al college nel Michigan e mi parla di Jason, il suo nuovo fidanzato. La ascolto con attenzione e scherziamo sui ragazzi e sul loro inspiegabile bisogno di ubriacarsi.

"Quando farai domanda per il college?" chiede quando siamo a metà del dessert. "Volevi frequentare un college locale all'inizio. Hai ancora intenzione di farlo?"

Annuisco. "Sì, penso che farò domanda per il semestre primaverile." Anche se ora posso permettermi di andare in qualsiasi università, non voglio cambiare i miei piani. Il denaro nel mio conto in banca non mi sembra del tutto reale e stranamente sono riluttante a spenderlo.

"È fantastico" dice Leah, sorridendo. Sembra un po' su di giri, come se fosse esaltata per qualcosa.

Scopro presto cos'è quel qualcosa.

"Ehi, Nora" dice una voce familiare dietro di me, proprio mentre ci prepariamo a pagare il conto.

Salto su, sorpresa. Girandomi, fisso Jake—il ragazzo con cui ero uscita quella fatidica notte in cui Julian mi aveva presa.

Il ragazzo a cui Julian aveva fatto del male per farmi rigare dritta.

Non sembra cambiato: capelli striati dal sole, calorosi occhi castani, un bel fisico. Solo l'espressione del suo viso è diversa. È accigliato e teso e la diffidenza nel suo sguardo è come un pugno allo stomaco.

"Jake..." Mi sento come se stessi affrontando un fantasma. "Non sapevo che fossi in città. Pensavo che fossi nel Michigan—"

E poi capisco la verità. Girandomi, rivolgo uno guardo accusatorio a Leah, che reagisce con un enorme sorriso. "Spero che non ti dispiaccia, Nora" dice allegramente. "Ho detto a Jake che sarei venuta a trovarti questo fine settimana e mi ha chiesto di unirsi a me. Non sapevo come l'avresti presa, visto come stanno le cose—" il suo volto arrossisce un po' "—così ho detto solo che saremmo state qui stasera."

Sbatto le palpebre, con le mani che cominciano a sudare. Leah non sa del pestaggio che Jake ha subito per colpa mia. Ho rivelato quel piccolo episodio solo all'FBI. Forse teme che rivedere Jake possa far riaffiorare in me i dolorosi ricordi del rapimento, ma non può assolutamente conoscere il nauseante senso di colpa e l'ansia che sento ora.

Jake sa che sono io il responsabile dell'aggressione, però. Lo vedo dal modo in cui mi guarda.

Mi sforzo di sorridere. "Certo che non mi dispiace" mento senza problemi. "Sediamoci. Prendiamoci un caffè." Faccio un gesto indicando il sedile sul lato opposto del nostro ṭavolo e mi siedo. "Come stai?"

Mi sorride, con i suoi occhi castani che si increspano agli angoli in un modo che una volta trovavo accattivante. È ancora uno dei ragazzi più carini che io abbia mai incontrato, ma non mi sento più attratta da lui. La cotta che avevo per lui impallidisce in confronto alla mia travolgente ossessione per Julian—al desiderio oscuro e disperato che mi fa contorcere e rigirare di notte.

Quando non riesco a dormire, penso spesso alle cose che io e Julian facevamo insieme, alle cose che mi faceva fare . . . alle cose che mi aveva insegnato a volere. Nel buio della notte, mi masturbo con fantasie proibite. Fantasie di squisito dolore e piacere forzato, di violenza e lussuria. Soffro dal bisogno di essere presa e usata, ferita e posseduta. Desidero Julian, l'uomo che ha risvegliato questo lato di me.

L'uomo che ora è morto.

Sopprimendo quel pensiero straziante, mi concentro su quello che Jake mi sta dicendo.

"—non sono riuscito a tornare in quel parco per mesi" dice, rendendomi conto che sta parlando della sua esperienza dopo il mio rapimento. "Ogni volta che lo facevo, pensavo a te e a dove avresti potuto essere . . . La polizia diceva che era come se fossi scomparsa dalla faccia della Terra—"

Lo ascolto, mentre la vergogna e il disgusto covano dentro di me. Come posso provare certe emozioni verso un uomo che ha fatto una cosa così terribile e che ha fatto del male a così tante persone? Quanto devo essere malata per amare qualcuno capace di tanto male? Julian non era un eroe tormentato e incompreso costretto a fare cose malvagie in circostanze al di fuori della sua volontà. Era un mostro, tutto qui.

Un mostro che mi manca con ogni fibra del mio essere.

"Mi dispiace tanto, Nora" dice Jake, distraendomi dalla mia auto-flagellazione. "Mi dispiace non averti potuta proteggere quella notte—"

"Aspetta . . . Cosa?" Lo fisso incredula. "Sei pazzo? Sai chi avevi contro? Non avresti potuto fare niente—"

"Avrei dovuto comunque provarci." La voce di Jake è carica di senso di colpa. "Avrei dovuto fare qualcosa, qualsiasi cosa . . ."

Mi allungo sul tavolo, coprendogli impulsivamente la mano con la mia. "No" dico con fermezza. "Non devi assolutamente sentirti in colpa per questo." Guardo Leah con la coda dell'occhio; sta giocherellando col telefono, mentre cerca di far finta di non essere qui. La ignoro. Devo convincere Jake che non è stata colpa sua, per aiutarlo a superare tutto questo.

La sua pelle è calda sotto le mie dita e sento la tensione vibrare dentro di lui. "Jake" dico a bassa voce, continuando a guardarlo: "Nessuno avrebbe potuto fermarlo. Nessuno. Julian ha—*aveva*—il tipo di risorse che avrebbe suscitato l'invidia di una squadra speciale. Se c'è qualcuno a cui dare la colpa, quella persona sono io. Sei stato trascinato in questa storia a causa mia e mi dispiace davvero tanto." Gli sto chiedendo scusa non solo per quella notte al parco e lui lo sa.

"No, Nora" dice lentamente, con gli occhi castani pieni di ombre. "Hai ragione. È colpa *sua*, non nostra." E mi rendo conto che sta offrendo il perdono anche a me, che vuole liberare anche me dal senso di colpa.

Sorrido e gli stringo la mano, accettando il suo perdono in silenzio.

Vorrei che fosse così facile perdonare me stessa, ma non ci riesco.

Perché anche ora, mentre sono seduta stringendo la mano di Jake, non riesco a smettere di amare Julian.

A prescindere da quello che ha fatto.

CAPITOLO VENTISEI

"Sai, credo che sia davvero innamorato di te" dice Leah mentre mi porta a casa. "Sono sorpresa che non ti abbia chiesto di uscire subito."

"Chiedermi di uscire? Jake?" Le rivolgo uno sguardo incredulo. "Sono l'ultima ragazza che frequenterebbe."

"Oh, non ne sarei così sicura" dice, pensierosa. "Voi due sarete anche usciti una sola volta, ma era seriamente depresso quando sei scomparsa. E il modo in cui ti guardava stasera . . ."

Mi abbandono a una risata nervosa. "Leah, per piacere, è una follia. Io e Jake abbiamo una storia complessa. Voleva chiuderla stasera, ecco tutto." L'idea di frequentare Jake—o di frequentare chiunque altro— mi sembra estranea e sconosciuta. Nella mia mente, appartengo ancora a Julian, e il pensiero di lasciarmi toccare da un altro uomo mi rende inspiegabilmente ansiosa.

"Sì, chiuderla, giusto." La voce di Leah gronda di sarcasmo. "Per tutta la serata non ha fatto altro che guardarti come se fossi la cosa più sexy che avesse mai visto. Non vuole chiudere con te, te lo assicuro."

"Oh, dai—"

"No, dico sul serio" dice Leah, guardandomi, mentre si ferma a un semaforo. "Dovresti uscire con lui. È un bravo ragazzo e so che ti piaceva prima..."

La guardo e la voglia di farle capire cosa provo si scontra con il mio profondo bisogno di proteggermi. "Leah, quello era prima" dico lentamente, decidendo di rivelare un po' della verità. "Non sono la stessa persona ora. Non posso frequentare un ragazzo come Jake... Non dopo Julian."

Lei tace, rivolgendo di nuovo l'attenzione alla strada mentre la luce diventa verde.

Quando si ferma davanti al mio palazzo, si gira verso di me. "Mi dispiace" dice lentamente. "È stato stupido e sconsiderato da parte mia. Sembrate stare così bene insieme che per un attimo ho dimenticato..." Ingoia, con le lacrime che le fanno brillare gli occhi. "Quando avrai voglia di parlarne, sono qui per te—lo sai, vero?"

Annuisco, rivolgendole un sorriso. Sono fortunata ad avere un'amica come lei e un giorno potrei prendere in considerazione il suo consiglio. Ma non ancora, non quando mi sento così scossa e a pezzi dentro.

* * *

Le settimane successive trascorrono a passo di lumaca. Vivo momento per momento, superando un giorno alla volta. Ogni mattina, stilo una lista di compiti che voglio portare a termine durante il giorno e diligentemente mi attengo a quella, a prescindere dalla mia voglia di infilarmi sotto le coperte del letto senza uscirne più fuori.

Il più delle volte, le mie liste comprendono attività ordinarie, come mangiare, correre, andare al lavoro, fare la spesa e chiamare i miei genitori. Di tanto in tanto, aggiungo altri progetti più ambiziosi, come la domanda per il college per il semestre primaverile—cosa che faccio, come ho detto a Leah che avrei fatto.

Mi iscrivo anche alle lezioni di tiro. Con mia grande sorpresa, scopro di essere abbastanza brava a tenere una pistola. Il mio istruttore dice che ho un talento naturale e comincio a informarmi su cosa mi occorra per richiedere un porto d'armi in Illinois. Frequento anche corsi di autodifesa e comincio a imparare alcuni movimenti di base per proteggermi. Non riuscirò mai a vincere contro qualcuno come Julian, gli uomini che mi hanno presa e Beth, ma saper sparare e combattere mi fa sentire meglio, più sicura.

Tra tutte quelle nuove attività, il lavoro e la mia arte sono troppo occupata per socializzare, cosa che mi va benissimo. Non sono in vena di fare nuove amicizie e tutte quelle vecchie sono lontane.

Sia Jake che Leah sono tornati nel Michigan. Jake mi scrive su Facebook e chiacchieriamo qualche volta. Non mi chiede di uscire, però.

Sono contenta. Anche se non frequentasse un college a tre ore e mezza di distanza, non funzionerebbe mai tra noi. Jake è abbastanza intelligente da capire che non potrebbe mai venire fuori nulla di buono dal frequentare una come me, una che è ancora la prigioniera di Julian a tutti gli effetti.

Lo sogno quasi ogni notte. Come un incubo, il mio ex rapitore viene a farmi visita nel buio, quando sono più vulnerabile. Invade la mia mente nel modo spietato in cui un tempo mi prendeva. Quando non rivivo la sua morte, i miei sogni sono inquietantemente sessuali. Sogno la sua bocca, il suo cazzo, le sue mani. Sono ovunque, su di me, dentro di me. Sogno il suo sorriso spaventosamente bello, il modo in cui mi stringeva e mi accarezzava.

Il modo in cui mi torturava fino a farmi dimenticare tutto e a farmi perdere in lui.

Lo sogno... e mi sveglio bagnata e palpitante, con una sensazione di vuoto interiore e desiderosa di essere posseduta da lui. Come un tossicodipendente in fase di astinenza, sono alla disperata ricerca di una soluzione, di qualcosa che metta a tacere il mio bisogno.

Non sono pronta a frequentare gente, ma al mio corpo non importa e alla fine decido di arrendermi.

Mi vesto, prendo la mia vecchia carta d'identità falsa e mi dirigo in un bar locale.

* * *

Gli uomini mi ronzano intorno come mosche. È facile, così fottutamente facile. Una ragazza sola in un bar—è tutto l'incoraggiamento di cui hanno bisogno. Come lupi che sentono l'odore della preda, percepiscono la mia disperazione, il mio desiderio di qualcosa di più di un freddo e desolato letto.

Permetto a uno di loro di offrirmi qualche drink. Uno shottino di vodka, poi uno di tequila . . . Quando mi chiede se vogliamo andare, tutto intorno a me è confuso. Annuendo, gli permetto di portarmi in macchina con lui.

È un uomo di bell'aspetto sulla trentina, con capelli color sabbia e occhi grigio-azzurri. Non particolarmente alto, ma abbastanza robusto. È un avvocato, mi dice, portandomi in un motel qui vicino.

Chiudo gli occhi mentre continua a parlare. Non mi interessa chi sia o cosa faccia. Voglio solo che mi scopi, per riempire quel vuoto dentro di me. Per cacciare il freddo che è penetrato in profondità nelle mie ossa.

Affitta una stanza presso la reception e saliamo di sopra. Quando entriamo nella stanza, mi toglie il cappotto e comincia a baciarmi. Sento la birra e un pizzico di tacos sulla sua lingua. Mi stringe a sé, con le mani calde e desiderose che cominciano a esplorarmi il corpo—e improvvisamente non ce la faccio più.

"Basta." Lo spingo via più forte che posso. Colto di sorpresa, indietreggia di un paio di passi.

"Che cazzo—" resta a bocca aperta, incredulo.

"Mi dispiace" dico in fretta, afferrando il cappotto. "Non si tratta di te, te lo giuro."

E prima che possa dire una parola, corro fuori dalla stanza.

Prendendo un taxi, vado a casa, sentendomi nauseata dall'alcol e assolutamente triste. Non c'è rimedio per la mia dipendenza, non c'è modo di placare la mia sete.

Non riesco a sopportare di essere toccata da un altro uomo, nemmeno quando sono ubriaca.

CAPITOLO VENTISETTE

Comincia un altro sogno erotico.

Forti mani dure scivolano sul mio corpo nudo, con i palmi callosi che mi grattano la pelle mentre mi stringe i seni e i pollici mi sfregano i capezzoli sensibili. Mi inarco, sentendo il calore della sua pelle, il peso del suo corpo potente che mi spinge sul materasso. Le sue gambe muscolose mi separano le cosce e la sua erezione stuzzica il mio sesso, mentre la sua punta larga scorre tra le morbide pieghe ed esercita una leggera pressione sul mio clitoride.

Gemo, strofinandomi contro di lui, con i muscoli interni che si contorcono dal bisogno di averlo dentro di me. Sono bagnata fradicia e ansimante, mentre afferro il suo culo sodo e muscoloso, cercando di costringerlo a scoparmi.

Ride, emettendo un basso rombo seducente, e le sue grandi mani mi afferrano i polsi, inchiodandole sopra la mia testa. "Ti manco, gattina mia?" mi sussurra in un orecchio, con il suo alito caldo che mi provoca brividi erotici lungo il corpo.

Gattina mia? Julian non parla mai nei miei sogni—

Ansimo, aprendo gli occhi . . . e nella timida luce del mattino, vedo *lui*.

Julian.

Nudo ed eccitato, è sdraiato sopra di me, schiacciandomi sul letto. I suoi capelli scuri sono più corti rispetto a prima e il suo magnifico viso trasuda lussuria, con gli occhi che brillano come gioielli azzurri.

Mi blocco, fissandolo, con il cuore che mi batte forte nel petto. Per un attimo, penso che io stia ancora sognando, che la mente mi stia giocando scherzi crudeli. La mia vista si appanna, si offusca, e mi rendo conto che ho letteralmente smesso di respirare per un attimo, che lo shock mi ha fatto uscire tutta l'aria dai polmoni.

Inspiro bruscamente, ancora bloccata, e lui abbassa la testa, con la bocca sulla mia. La sua lingua scivola tra le mie labbra socchiuse, invadendomi, e il suo sapore ossessivamente familiare mi fa girare la testa.

Non ho più alcun dubbio.

È davvero Julian, più vivo e vitale che mai.

Una furia acuta e improvvisa mi attraversa. È vivo— è stato sempre vivo! Per tutto il tempo in cui ho pianto la sua scomparsa, in cui ho cercato di rimettere insieme i pezzi della mia anima in frantumi, era vivo e vegeto, senza dubbio a ridere dei miei patetici tentativi di voltare pagina.

Gli mordo il labbro, con forza, con la selvaggia necessità di fargli del male, di strappargli la carne come mi ha strappato il cuore. Il sapore forte del sangue mi riempie la bocca e sobbalza con un'imprecazione, mentre il suo sguardo si rabbuia per la rabbia.

Non ho paura, però. Non più. "Lasciami andare" sibilo furiosa, dimenandomi contro la sua presa. "Stronzo del cazzo! Bastardo! Non eri morto! Col cazzo che eri morto..." Per la mia completa umiliazione, l'ultima frase mi esce come un singhiozzo soffocato, con la voce rotta sul finale.

Serra la mascella mentre mi fissa, con la sensuale perfezione delle sue labbra rovinate dal segno insanguinato causatogli dai miei denti. Mi stringe senza sforzo, con il suo cazzo duro pronto all'ingresso morbido del mio corpo. Infuriata, mi giro di lato, cercando di morderlo di nuovo, e mi sposta i polsi nel palmo della sua mano sinistra, tenendomi con una mano mentre mi afferra i capelli con l'altra. Ora non posso affatto muovermi; tutto quello che posso fare è guardarlo, mentre lacrime di rabbia e frustrazione amara mi bruciano gli occhi.

Inaspettatamente, la sua espressione si addolcisce. "A quanto pare la mia gattina ha tirato fuori gli artigli" sussurra, con la voce carica di oscuro divertimento. "Credo che mi piaccia."

Vedo letteralmente rosso. "Vaffanculo!" grido, dimenandomi contro di lui, incurante dei nostri corpi nudi che si sfiorano. "Vaffanculo a te e a quello che ti piace—"

La sua bocca si precipita su di me, ingoiando le mie parole rabbiose, e i miei denti scattano in un altro tentativo di morderlo. Si allontana all'ultimo secondo, ridendo sommessamente. Allo stesso tempo, la punta del suo cazzo comincia a spingere dentro di me. Non potendo più sopportarlo, urlo—e la sua mano destra lascia i capelli, coprendomi la bocca. "Shhh" mi sussurra in un orecchio, ignorando le mie grida soffocate. "Non vorrai farti sentire dai nostri vicini, no?"

In questo momento, non mi importa se il mondo intero ci sente. Sento il primitivo bisogno di scagliarmi contro di lui, di fargli del male come lui ne ha fatto a me. Se avessi una pistola con me, gli sparerei volentieri per l'angoscia in cui mi ha gettata.

Ma non ho una pistola. Non ho niente e spinge lentamente in profondità nella mia apertura vulnerabile, con il suo grosso cazzo che mi distende, penetrandomi con la sua calda durezza. Sono ancora bagnata per il 'sogno' di prima, ma sono anche carica di rabbia e il mio corpo protesta per l'intrusione, mentre tutti i miei muscoli si contraggono per respingerlo. È di nuovo come la nostra prima volta, tranne che per il fatto che il tornado di emozioni nel mio petto in questo momento è molto più complesso della paura che provavo una volta. Mentre smetto gradualmente di oppormi, lo guardo in silenzio, scossa dallo shock del suo ritorno.

Quando è tutto dentro di me, si ferma, alzando lentamente la mano dalla mia bocca.

Resto in silenzio, con le lacrime che mi escono dagli angoli degli occhi.

Abbassando la testa, mi bacia dolcemente, come se volesse chiedere scusa per avermi presa in modo così spietato. I miei polmoni smettono di funzionare; come sempre, questo particolare mix di crudeltà e tenerezza mi lascia senza fiato, scatenando il caos nella mia mente già confusa.

"Mi dispiace, tesoro" mormora, sfiorando con le labbra la mia guancia bagnata dalle lacrime. "Non doveva andare così. Dovevo proteggerti e ho rovinato tutto. Ho rovinato tutto nel peggiore dei modi..." Sospira delicatamente. "Non avevo intenzione di lasciarti, non ho mai voluto lasciarti andare—"

"Ma l'hai fatto." La mia voce è bassa e sofferente, come quella di un bambino ferito. "Mi hai fatto credere che fossi morto—"

"No." Mi lascia andare i polsi e si appoggia sui gomiti, prendendomi il viso tra le sue grandi mani. I suoi occhi bruciano nei miei così intensamente che mi sento come se mi stesse consumando con lo sguardo. "Non è stato così. Non è stato affatto così."

Le mie mani si abbassano lentamente sulle sue spalle. "Com'è andata allora?" chiedo amaramente.

Come ha potuto farmi una cosa del genere? Come ha potuto rapirmi, prendermi tutto, per poi abbandonarmi in modo così crudele?

"Ti spiegherò tutto" promette, con la voce bassa e carica di lussuria. Il sudore imperla la sua fronte e sento il suo cazzo palpitare profondamente dentro di me. Cerca di tenere la situazione sotto controllo. "Ma in questo momento, ho bisogno di te, Nora. Ho bisogno di questo..." Spinge i fianchi in avanti e io gemo mentre colpisce il mio punto G, scatenando un'esplosione di sensazioni nelle mie terminazioni nervose.

"Esatto" sussurra aspramente, ripetendo il movimento. "Ho bisogno di questo. Voglio sentire la tua piccola vagina stretta avvolgermi come un guanto. Voglio scoparti e voglio fottutamente *divorarti*. Ogni centimetro del tuo corpo è mio, Nora, solo mio..." Abbassa di nuovo la testa, prendendomi la bocca in un bacio profondo e penetrante mentre continua a spingere in me con un ritmo lento e inesorabile.

Il mio respiro aumenta, mentre una vampata di calore mi inonda il corpo. Le mie dita gli stringono le spalle e avvolgo le gambe sulle sue cosce muscolose, portandolo più in profondità dentro di me. Dopo mesi di astinenza, è quasi troppo, ma accolgo volentieri il lieve bruciore, lo straordinario piacere-dolore del suo possesso. Sento la tensione crescere dentro di me, il delizioso formicolio della beatitudine pre-orgasmica e poi esplodo con un grido strozzato, mentre i miei muscoli interni si stringono intorno al suo spesso cazzo.

"Sì, tesoro, eccomi" geme con voce roca, accelerando il ritmo, e poi, con un'ultima spinta potente, raggiunge il suo apice, con la sua asta che spinge. Sento il calore del suo seme che si riversa dentro di me e lo stringo forte mentre crolla su di me, con il suo grande corpo pesante e ricoperto di sudore.

* * *

"Vuoi il tè o il caffè?" chiedo, guardando Julian mentre armeggio nella minuscola cucina nell'angolo del mio monolocale. È seduto al tavolo vicino alla parete e indossa un paio di jeans, l'unica cosa che si è degnato di mettere dopo la doccia. Il suo busto abbronzato e muscoloso cattura la mia attenzione e mi trema un po' la mano mentre raggiungo una tazza. Con i capelli corti, i suoi zigomi sembrano più pronunciati, i suoi lineamenti ancora più cesellati di prima. Alzando le sopracciglia, lo guardo più attentamente. Sembra più magro di quanto ricordassi, quasi come se avesse perso un po' di peso.

Ignorando il mio sguardo fisso, Julian si appoggia allo schienale della fragile sedia che ho comprato all'IKEA, distendendo le lunghe gambe. I suoi piedi sono nudi e sorprendentemente mascolini. "Il caffè sarebbe perfetto" dice pigramente, guardandomi sotto le pesanti palpebre.

Mi ricorda una pantera che bracca pazientemente la sua preda.

Deglutisco, mettendo la tazza sul tavolo e raggiungendo la macchina del caffè. Al contrario di lui, indosso jeans, calzettoni e un maglione in pile. Essere completamente vestita mi fa sentire meno vulnerabile, con la situazione più sotto controllo.

Tutto questo è surreale. Se non fosse per il leggero dolore tra le cosce, penserei di avere le allucinazioni. Ma no, il mio rapitore—l'uomo che è stato il centro della mia esistenza per così tanto tempo—è qui nel mio piccolo appartamento e lo domina con la sua forte presenza.

Quando è pronto il caffè, ne verso una tazza per ciascuno e mi siedo al tavolo accanto a lui. Mi sento sbilanciata, come se stessi camminando su una fune tesa. Un attimo prima vorrei urlare dalla gioia perché è vivo e quello dopo vorrei ucciderlo per avermi condannata a questa tortura. E nonostante tutto, in fondo alla mia mente, penso che nessuna di queste sia una risposta adeguata per questa situazione. A buon diritto, dovrei cercare di fuggire e chiamare la polizia.

Julian non sembra nemmeno un po' spaventato da questa possibilità. Si sente a proprio agio ed è sicuro di sé nel mio monolocale com'era sull'isola. Sollevando la tazza, beve un sorso di caffè e mi guarda, con un affascinante sorrisetto sulle sue bellissime labbra.

Piego le mani intorno alla mia tazza, godendo del calore tra le mie mani. "Come hai fatto a sopravvivere all'esplosione?" chiedo con calma, guardandolo negli occhi.

La sua bocca si piega leggermente. "Ho rischiato di non farcela. Quando si sono accorti che stavano perdendo, uno di quei suicidi figli di puttana ha fatto esplodere una bomba. Io e due dei miei uomini eravamo accanto alla scala per lo scantinato e all'ultimo minuto ci siamo tuffati nell'apertura. Una parte del pavimento è crollata su di me, stordendomi e uccidendo uno degli uomini che erano con me. Fortunatamente per me, l'altro—Lucas—è sopravvissuto ed è rimasto cosciente. È riuscito a trascinare entrambi nel tubo di scarico e l'aria fresca proveniente dall'esterno è stata sufficiente a non farci morire per le esalazioni del fumo."

Mi lascio sfuggire un respiro tremante. Il *tubo di scarico*... Era l'unico posto in cui non avevo cercato quel terribile giorno, quando ho passato ore a setacciare le rovine in fiamme del palazzo. Ero così stordita e sotto shock che non mi era neanche venuto in mente di cercare lì i sopravvissuti.

"Quando Lucas ci ha portati entrambi in ospedale, ero tutt'altro che in buone condizioni" continua Julian, guardandomi. "Avevo la testa rotta e diverse ossa fratturate. I medici mi hanno messo in coma farmacologico per curare il gonfiore nel mio cervello e ho ripreso conoscenza solo poche settimane fa." Sollevando la mano, si tocca i capelli corti e mi rendo conto del motivo del suo nuovo taglio di capelli. Devono avergli rasato la testa in ospedale.

Mi trema la mano mentre alzo la tazza per bere un sorso. Era quasi morto dopotutto—non che questo renda la sua assenza delle ultime settimane più giustificabile. "Perché non mi hai contattata a quel punto? Perché non mi hai fatto sapere che eri vivo?" Come hai potuto permettere che la mia tortura si protraesse un giorno in più del necessario?

Inclina la testa di lato. "E poi cosa?" chiede, con la voce pericolosamente vellutata. "Che cosa avresti fatto, gattina mia? Saresti corsa al mio fianco per stare con me in Tailandia? O avresti detto ai tuoi amici dell'FBI dove avrebbero potuto trovarmi, così mi avrebbero preso mentre ero debole e indifeso?"

Inspiro bruscamente. "Non gliel'avrei detto—"

"No?" Mi lancia un'occhiata sardonica. "Credi che non sappia di cos'hai parlato con loro? Che ora hanno il mio nome e la foto?"

"Ho parlato con loro solo perché credevo che fossi morto!" Salto in piedi, quasi rovesciando la mia tazza di caffè. Tutta la mia rabbia improvvisamente riaffiora. Furiosa, afferro il bordo del tavolo e lo guardo. "Non ti ho mai tradito, anche se avrei dovuto farlo—"

Si alza in piedi, mostrando il suo fisico alto e muscoloso con grazia atletica. "Sì, probabilmente avresti dovuto" concorda a bassa voce, rabbuiando lo sguardo mentre ci guardiamo a vicenda uno di fronte all'altra. "Avresti dovuto consegnarmi in quella clinica delle Filippine e correre il più lontano e il più velocemente possibile, gattina mia."

Mi passo la lingua sulle labbra secche. "Sarebbe servito a qualcosa?"

"No. Ti avrei trovata ovunque."

Il mio stomaco si contorce con un mix di entusiasmo e paura. Non sta scherzando. Lo vedo sul suo volto. Sarebbe venuto a cercarmi e nessuno avrebbe potuto fermarlo.

"Chi sei?" sospiro, fissandolo incredula. "Perché non c'era traccia di te nel database del governo? Se sei un famoso trafficante d'armi, perché l'FBI non aveva mai sentito parlare di te?"

Mi guarda, con gli occhi incredibilmente azzurri sul suo volto scuro e abbronzato. "Perché ho una vasta rete di collegamenti, Nora" dice tranquillamente. "E perché, come parte delle mie interazioni con i clienti, di tanto in tanto mi imbatto in qualche informazione che il governo degli Stati Uniti trova preziosa—informazioni sulla sicurezza del popolo americano."

Rimango a bocca aperta. "Sei una spia?"

"No." Ride. "Non nel senso tradizionale del termine. Non sono sul libro paga di nessuno—ci scambiamo semplicemente dei favori. Io aiuto il tuo governo e in cambio mi coprono. Solo alcuni dei funzionari di livello più alto della CIA sono al corrente della mia esistenza." Fa una pausa, poi aggiunge sottovoce: "O almeno, era così prima che l'FBI mettesse le mani su di te, gattina mia. Ora è un po' più complicato e dovrò chiedere un bel po' di quei favori per eliminare quelle informazioni."

"Capisco" dico con tono piatto. Mi gira la testa. L'uomo che mi ha rapita lavora con il mio governo. È quasi più di quanto io riesca a metabolizzare in questo momento.

Sorride, godendo visibilmente della mia confusione. "Non pensarci troppo, gattina mia" mi consiglia, con gli occhi luccicanti di divertimento. "Solo perché aiuto a prevenire un attacco terroristico di tanto in tanto non significa che sono un bravo ragazzo."

"No" concordo. "Non lo sei." Voltandomi, cammino verso la piccola finestra e guardo fuori. Il sole sta appena iniziando a spuntare e c'è un leggero strato di neve sul terreno.

La prima neve della stagione—dev'essere caduta durante la notte.

Non lo sento muoversi, ma improvvisamente è dietro di me, con le sue grandi braccia che mi avvolgono, stringendomi contro il suo corpo. Sento l'odore virile della sua pelle e una parte della residua tensione si scarica. *Julian è vivo.*

"Allora, dove andiamo da qui?" chiedo, continuando a fissare la neve. "Mi riporterai sull'isola?"

Resta un attimo in silenzio. "No" dice alla fine. "Non posso. Non se non c'è Beth." Sento una stretta nella sua voce e mi rendo conto che manca anche a lui, che sente la sua perdita in modo altrettanto acuto.

Mi giro nel suo abbraccio e guardo su verso di lui, mettendogli le mani sul torace. "Sono contenta che quei figli di puttana sono morti." Le parole escono in un basso sibilo feroce. "Sono contenta che li hai uccisi tutti."

"Sì" dice, e vedo un riflesso della mia rabbia e del mio dolore nel duro scintillio dei suoi occhi. "Gli uomini che le hanno fatto del male sono morti e mi sto preparando a estirpare tutta la loro organizzazione. Quando avrò finito, Al-Quadar non sarà altro che una cartella negli archivi governativi."

Reggo il suo sguardo senza battere ciglio. "Bene." Li voglio tutti distrutti. Voglio che Julian li faccia a pezzi e gli faccia provare l'agonia di Beth.

In questo momento, ci capiamo perfettamente. È un assassino ed è esattamente quello che voglio che sia. Non voglio un uomo dolce e gentile con una coscienza, voglio un mostro che possa vendicare brutalmente la morte di Beth.

Un debole sorriso piega gli angoli della sua bocca. Chinandosi, mi bacia delicatamente la fronte, poi mi lascia andare per spostarsi sull'altra parte del letto, dove si trova il resto dei suoi vestiti.

Accigliata, lo guardo prendere una maglietta a maniche lunghe, calzini e un paio di stivali. "Stai andando via?" chiedo, sentendomi come se un pugno freddo stesse spremendo il mio cuore a quel pensiero.

"No" risponde lui, indossando la giacca di pelle e camminando verso il mio armadio. "*Stiamo* andando via." Aprendo la porta dell'armadio, tira fuori il mio cappotto, degli stivali invernali e me li tira.

Afferro il cappotto con il pilota automatico e lo infilo. "Mi stai di nuovo rapendo?" chiedo, mettendo gli stivali.

"Non lo so." Avvicinandosi a me, mi prende il viso tra le mani, strofinando leggermente il pollice sul mio labbro inferiore. "Lo sto facendo?"

Non lo so neanch'io. Per la prima volta dopo mesi, mi sento viva. Sento di nuovo le emozioni, chiare e nitide. Paura, eccitazione, euforia.

Amore.

Non è il tenero amore dolce che ho sempre sognato, ma è amore. Oscuro, contorto e ossessivo, è sia una costrizione che una dipendenza. So che il mondo mi condannerà per le mie scelte, ma ho bisogno di Julian quanto lui ha bisogno di me.

"E se non volessi venire con te?" Non so perché io senta il bisogno di chiederlo. So già la risposta.

Sorride. Lasciando cadere la mano dal mio viso, raggiunge la tasca della giacca e tira fuori una piccola siringa, mostrandomela.

"Capisco" dico con calma. È venuto preparato per ogni evenienza.

Mette via la siringa e mi offre la mano. Esito un attimo, poi metto la mano nel suo grande palmo. Chiude le dita intorno alle mie e i suoi occhi sono incredibilmente blu in quel momento, quasi radiosi.

Camminiamo insieme, tenendoci per mano come una coppia. Mi conduce verso un'auto che ci aspetta, una macchina nera con finestrini che sembrano particolarmente spessi. Probabilmente antiproiettile.

Mi apre la portiera e io salgo.

Mentre l'auto parte, mi tira più vicino a sé, e io nascondo il volto nella piega del suo collo, respirando il suo familiare odore.

Per la prima volta dopo mesi, mi sento come se fossi a casa.

ANTICIPAZIONI

Grazie per aver letto *Strapazzami*. Spero vi sia piaciuta questa storia dark. Se è così, segnalatela ai vostri amici e sui social network. Vi sarei grata anche se aiutaste altri lettori a scoprire il libro lasciando una recensione su Amazon, Goodreads o altri siti.

La storia di Julian & Nora continua con *Tienimi con te*, un sequel che contiene i punti di vista di entrambi. Visitate il mio sito web all'indirizzo http://annazaires.com/series/italiano/ e iscrivetevi alla mia newsletter per essere avvisati quando il libro verrà pubblicato.

E ora girate pagina per un breve assaggio di *Tienimi con te*.

ESTRATTO DI *TIENIMI CON TE*

Nota dell'autrice: *Tienimi con te* è il seguito della storia di Nora & Julian e viene raccontata sia dalla prospettiva di Nora che da quella di Julian. L'estratto che segue è tratto dal punto di vista di Julian.

* * *

Ci sono giorni in cui la voglia di fare del male, di uccidere, è troppo forte per essere soppressa. Giorni in cui il sottile mantello della civiltà rischia di scivolare alla minima provocazione, lasciando uscire il mostro nascosto dentro.

Oggi non è uno di quei giorni.

Oggi lei è qui con me.

Siamo in macchina, in viaggio verso l'aeroporto. È seduta accanto a me, con le sue braccia esili avvolte intorno a me e il viso nascosto nell'incavo del mio collo.

Cullandola con un braccio, accarezzo i suoi capelli scuri, morbidi come la seta, inebriandomi. Sono lunghi ora, e le arrivano alla vita. Non si taglia i capelli da diciannove mesi.

Da quando l'ho rapita per la prima volta.

Inspirando, respiro il suo profumo—delicato e squisitamente femminile. È un mix di shampoo e della sua particolare chimica del corpo, e mi fa venire l'acquolina in bocca. Voglio spogliarla e seguire quel profumo ovunque, per esplorare ogni curva e cavità del suo corpo.

Il mio cazzo si contrae e ricordo di averla appena scopata. Non importa, però. Il mio desiderio per lei è costante. Un tempo mi infastidiva, questa voglia ossessiva, ma ormai mi sono abituato. Ho accettato la mia follia.

Sembra calma, addirittura appagata. Mi piace. Mi piace sentirla accoccolata addosso a me, tutta morbida e fiduciosa. Conosce la mia vera natura, eppure si sente al sicuro con me. Le ho insegnato a sentirsi così.

L'ho spinta ad amarmi.

Dopo un paio di minuti, si muove tra le mie braccia, alzando la testa per guardarmi. "Dove stiamo andando?" chiede, sbattendo le lunghe ciglia nere come ventagli. Ha quei tipici occhi che farebbero mettere un uomo in ginocchio—occhi dolci e scuri che mi fanno pensare alle lenzuola aggrovigliate e alla pelle nuda.

Mi sforzo di concentrarmi. Quegli occhi fottono la mia concentrazione come nessun'altra cosa. "Stiamo andando a casa mia in Colombia" dico, rispondendo alla sua domanda. "Il luogo in cui sono cresciuto."

Non ci vado da anni— da quando i miei genitori sono stati uccisi. Tuttavia, la casa di mio padre è una fortezza e questo è esattamente quello di cui abbiamo bisogno in questo momento. Nelle ultime settimane, ho rafforzato le misure di sicurezza, rendendo il luogo praticamente inespugnabile. Nessuno porterà Nora via da me un'altra volta—ne sono certo.

"Hai intenzione di rimanere lì con me?" sento la nota di speranza nella sua voce e annuisco, sorridendo.

"Sì, gattina mia, ci sarò." Ora che è di nuovo con me, la compulsione di tenerla vicina è troppo forte per poter essere negata. L'isola un tempo era il posto più sicuro per lei, ma ora non lo è più. Ora sanno della sua esistenza—e sanno che lei è il mio tallone d'Achille. Ho bisogno di averla con me, dove posso proteggerla.

Si lecca le labbra e i miei occhi seguono il percorso della sua delicata lingua rosa. Voglio avvolgere i suoi folti capelli intorno al pugno e spingerle la testa sul mio grembo, ma resisto alla tentazione. Ci sarà un sacco di tempo per questo dopo, quando saremo in un luogo più sicuro—e meno pubblico.

"Hai intenzione di mandare ai miei genitori un altro milione di dollari?" I suoi occhi sono grandi e innocenti mentre mi guarda, ma sento la sottile sfida nella sua voce. Mi sta mettendo alla prova—sta testando i limiti di questa nuova fase del nostro rapporto.

Il mio sorriso si allarga e mi allungo per metterle una ciocca di capelli dietro l'orecchio. "Vuoi che glielo mandi, gattina mia?"

Mi fissa senza battere ciglio. "Non proprio" dice a bassa voce. "Preferirei chiamarli."

Reggo il suo sguardo. "Va bene. Puoi chiamarli quando arriviamo."

Sgrana gli occhi e vedo che l'ho sorpresa. Si aspettava che l'avrei tenuta ancora una volta prigioniera, tagliata fuori dal mondo esterno. Quello che non capisce è che non è più necessario.

Sono riuscito a fare quello che dovevo fare.

L'ho fatta mia, completamente.

"Va bene" dice lentamente "lo farò."

Mi guarda come se non riuscisse a capirmi—come se fossi un animale esotico che non ha mai visto prima. Mi guarda spesso così, con un misto di diffidenza e di trasporto. È attratta da me—lo è stata fin dal primo momento—eppure ha ancora un po' paura.

Al predatore che è in me piace. La sua paura, la sua riluttanza—aggiungono un po' di fascino a tutta la faccenda. Rende molto più dolce possederla, sentirla rannicchiata ogni notte tra le mie braccia.

"Parlami del tuo tempo trascorso a casa" mormoro, adagiandola più comodamente sulla mia spalla. Togliendole i capelli dal viso con le dita, la guardo. "Che cos'hai fatto tutti questi mesi?"

Le sue soffici labbra si piegano in un sorriso

autoironico. "Vuoi dire, oltre a sentire la tua mancanza?"

Una calda sensazione si diffonde nel mio petto. Non voglio riconoscerla. Non mi interessa. Voglio che mi ami perché sento l'insano impulso di possederla completamente. "Sì, oltre a quello" dico con calma, pensando a tutti i modi in cui la scoperò quando saremo di nuovo soli.

"Beh, ho visto dei miei amici" comincia a dire e la ascolto mentre mi offre una panoramica generale della sua vita negli ultimi quattro mesi. So già molto di questo, visto che Lucas aveva preso l'iniziativa di mettere un discreto servizio di sicurezza su Nora, mentre ero in coma. Non appena mi sono svegliato, mi ha fatto una relazione accurata su tutto, comprese le attività quotidiane di Nora.

Gli sono grato per questo—e per avermi salvato la vita. Nel corso degli ultimi anni, Lucas Kent è diventato una parte preziosa della mia organizzazione. Pochi altri avrebbero avuto le palle che ha avuto lui. Anche senza sapere tutta la verità su Nora, è stato abbastanza intelligente da dedurre che lei è importante per me e si è impegnato per garantire la sua sicurezza.

Naturalmente, l'unica cosa che non ha fatto è stato limitare le attività di Nora. "Allora, l'hai visto?" chiedo distrattamente, alzando la mano per giocare con il suo lobo. "Jake, voglio dire."

Il suo corpo si trasforma in pietra tra le mie braccia. Sento la rigida tensione in ogni muscolo. "L'ho visto una volta, dopo una cena con la mia amica Leah" dice, guardandomi. "Abbiamo preso un caffè insieme, noi tre, e quella è stata l'unica volta in cui l'ho visto."

Tengo il suo sguardo per un secondo, poi annuisco, soddisfatto. Non mi ha mentito. La relazione menzionava quello specifico episodio. Quando l'ho letta, volevo uccidere quel ragazzo con le mie mani.

Potrei ancora farlo, se osasse avvicinarsi a Nora un'altra volta.

Il pensiero di un altro uomo accanto a lei mi riempie di rabbia. Secondo la relazione, Nora non ha frequentato nessuno durante la mia assenza, con una sola rilevante eccezione. "Che mi dici dell'avvocato?" chiedo a bassa voce, facendo del mio meglio per controllare la rabbia che ribolle dentro di me. "Vi siete divertiti?"

Il suo volto impallidisce sotto la sua pelle dorata. "Non ho fatto niente con lui" dice, e sento l'apprensione nella sua voce. "Quella notte sono uscita perché mi mancavi, perché ero stanca di essere sola, ma non è successo niente. Ho bevuto un paio di drink, ma non sono riuscita ad andare fino in fondo."

"No?" Gran parte della mia rabbia defluisce. La conosco abbastanza bene da sapere quando sta mentendo, e in questo momento sta dicendo la verità. Tuttavia, prendo nota mentalmente di indagare ulteriormente sulla vicenda. Se l'avvocato l'ha toccata in qualche modo, la pagherà.

Mi guarda, e sento la sua tensione dissiparsi.

Distingue i miei stati d'animo come nessun altro. È come se fosse in sintonia con me. È stato così con lei fin dall'inizio. Diversamente dalla maggior parte delle donne, lei è sempre riuscita a capire chi sono davvero.

"No." Digrigna i denti. "Non potevo permettergli di toccarmi. Sono troppo disturbata per stare con un uomo normale ormai."

Sollevo le sopracciglia, divertito. Non è più la ragazza spaventata che ho portato sull'isola. La mia gattina si è fatta crescere degli artigli affilati e ha cominciato a imparare ad usarli.

"Bene." Mi passo scherzosamente le dita sulla guancia, poi piego la testa per respirare il suo dolce profumo. "Nessuno è autorizzato a toccarti, tesoro. Nessuno, tranne me."

Lei non risponde, continua semplicemente a guardarmi. Non ha bisogno di dire nulla. Ci capiamo perfettamente. So che ucciderò qualsiasi uomo le metta un dito addosso e lo sa anche lei.

È strano, ma non sono mai stato possessivo con una donna prima d'ora. Questo è un territorio nuovo per me. Prima di Nora, le donne erano tutte intercambiabili nella mia mente, erano solo creature soffici e belle che attraversavano la mia vita. Venivano volentieri da me, volevano essere scopate, volevano che facessi loro del male, e io soddisfacevo i miei bisogni fisici nel farlo.

Scopai la mia prima donna quando avevo quattordici anni, poco dopo la morte di Maria. Era una delle puttane di mio padre; la mandò da me dopo che feci castrare nelle loro case due degli uomini che avevano ucciso Maria. Credo che mio padre sperasse che il richiamo del sesso sarebbe stato sufficiente a distrarmi dal mio desiderio di vendetta.

Inutile dire che il suo piano non funzionò.

Lei si presentò in camera mia indossando un abito nero e stretto, un trucco perfetto e un rossetto lucido. Quando cominciò a spogliarsi davanti a me, io reagii come avrebbe fatto qualsiasi adolescente: con violenta lussuria. Ma non ero un adolescente qualsiasi a quel punto. Ero un assassino; lo ero da quando avevo otto anni.

Scopai la puttana selvaggiamente quella notte, in parte perché ero troppo inesperto per controllarmi, in parte perché volevo scagliarmi contro di lei, contro mio padre, contro tutto il fottuto mondo. Sfogai le mie frustrazioni su di lei, lasciandole lividi e segni di morsi—e lei tornò per un altro round la notte successiva, questa volta senza che mio padre lo sapesse. Scopammo per un mese; veniva a trovarmi tutte le volte che poteva, insegnandomi quello che le piaceva... quello che secondo lei piaceva a molte donne. Non voleva la dolcezza e la gentilezza a letto; voleva il dolore e la violenza. Voleva qualcuno che la facesse sentire viva.

E io scoprii che mi piaceva. Mi piaceva sentirla gridare e supplicare mentre le facevo male e la facevo venire. La violenza che covava sotto la mia pelle aveva trovato un'altra via di sfogo e sfruttavo tutte le possibili occasioni.

Non era sufficiente, ovviamente. La rabbia covava in profondità dentro di me e non poteva essere placata tanto facilmente. La morte di Maria aveva cambiato qualcosa dentro di me. Era stata l'unica cosa pura, bella della mia vita e lei non c'era più. La sua morte mi cambiò più di quanto l'educazione di mio padre avrebbe mai potuto fare: uccise definitivamente la mia coscienza. Non ero più un ragazzo che seguiva a malincuore le orme del padre; ero un predatore desideroso di sangue e vendetta. Ignorando gli ordini di mio padre, uccisi gli assassini di Maria uno per uno e gliela feci pagare, mentre urlavano e agonizzavano, supplicando la misericordia e una morte più rapida.

Dopo di ciò, ci furono rappresaglie e contro-rappresaglie. La gente morì. Gli uomini di mio padre. Gli uomini del suo rivale. La violenza crebbe fin quando mio padre decise di tranquillizzare i suoi collaboratori rimuovendomi dall'attività. Venni mandato via, in Europa e in Asia... e lì trovai decine di altre donne come quella che mi aveva fatto scoprire il sesso. Bellissime donne le cui inclinazioni rispecchiavano le mie. Realizzavo le loro oscure fantasie e loro mi offrivano un piacere momentaneo— un accordo perfetto per la mia vita, soprattutto quando tornai per prendere le redini dell'organizzazione di mio padre.

Solo diciannove mesi fa, durante un viaggio d'affari

a Chicago, ho trovato *lei*.

Nora.

La mia Maria reincarnata.

La ragazza che intendo tenere per sempre.

* * *

Visitate il mio sito
http://annazaires.com/series/italiano/ per saperne di più e per iscrivervi alla mia mailing list delle nuove pubblicazioni.

BIOGRAFIA DELL'AUTRICE

Anna Zaires è un'autrice bestseller di sci-fi romance, romance contemporaneo erotico e dark del *New York Times, USA Today*. È appassionata di libri dall'età di cinque anni, quando sua nonna le insegnò a leggere. Da allora, vive sempre parzialmente in un mondo di fantasia, in cui gli unici limiti sono quelli della sua immaginazione. Al momento risiede in Florida. Anna è felicemente sposata con Dima Zales (un autore fantasy e di science fiction) e collabora strettamente con lui in tutti i suoi lavori.

www.ingramcontent.com/pod-product-compliance
Lightning Source LLC
Chambersburg PA
CBHW072204130726
47910CB00011B/1815